茶溪听雨

何显玉　著

作家出版社
全国百佳出版社

图书在版编目（CIP）数据

茶溪听雨 / 何显玉著. -- 北京：作家出版社，2025. 1. -- ISBN 978-7-5212-3104-5

Ⅰ. I267

中国国家版本馆 CIP 数据核字第 20246PE895 号

茶溪听雨

作　　者： 何显玉
责任编辑： 丁文梅　朱莲莲
封面设计： 贾　莹
出版发行： 作家出版社有限公司
社　　址： 北京农展馆南里 10 号　　　**邮　　编：** 100125
电话传真： 86-10-65067186（发行中心）
86-10-65004079（总编室）
E-mail:zuojia @ zuojia.net.cn
http://www.zuojiachubanshe.com
印　　刷： 河北星强印刷有限公司
成品尺寸： 155 × 220
字　　数： 231 千
印　　张： 14.75
版　　次： 2025 年 1 月第 1 版
印　　次： 2025 年 1 月第 1 次印刷
ISBN 978-7-5212-3104-5
定　　价： 85.00 元

目 录

山河故人

星霜荏苒

万物有灵

序言

茶溪空山且听雨

李新丽

深秋时节，我忽然收到何显玉先生微信，他说让我给他即将付梓的新书《茶溪听雨》作个序言，我当时有点蒙。一则懵懂于何先生缘何让我来写，二则我从未获此殊荣为别人新书写过序言，故心中不免惴惴焉。

我与何先生结缘，需从 2014 年说起。那些年里，何先生常应邀到安徽大学新闻传播学院参与学院本科生实践教学。偶有暇时，他拨冗下沉到课堂给青年学子们传经送宝。何先生不仅与学生们慷慨分享自己的新闻实战经验，还无私地把自己经由实战经验浓缩而成的书籍分送给学生们。那年 11 月 17 日温暖的下午，何先生讲完课后现场给师生们签名赠书，据说求书者排着长队。我当时虽不在现场，却幸运地得到了何先生托人送我的签名版《匆匆》和《旋涡》。

因上述机缘，我们互加了微信，彼此在微信平台上多了一些交流。四五年前，我从他的微信朋友圈中了解到，他离别热闹的都市，到九华山中筑何园栖居。或许正是从那时起，他开启了在自己的理想国里煮字笔耕的慢生活，后来开通了微信公众号“茶溪听雨”。如同他在发我的书稿说明中所说：“我在九华山茶溪小镇晴耕雨读了四个春秋，简单而又充实。2020 年仲春到今年（2021 年）入秋，我写作了二百多篇原创文章，累计过一百万字，基本上发在我的微信公众号‘茶溪听雨’上，获得微友们四千多条的点评与支持。”是啊，他的这些文章因作者神秘的气质和博大的胸怀将孤独行走于人世间的许多人连接在一起，传递着温暖和无私的善意，从而达到以文会友、以友辅仁。

如此心思细腻，如此有情有义，何先生居然把微友们的点评都做了统计，而我或许就是这四千多条中某几条吧。

读者永远是幸运的，尤其当作者愿意带着读者一同前行时，读者会见证作者每一次的精神成长。就我个人而言，我之幸运在于，每每都能在何先生的微信朋友圈中第一时间读到新鲜出炉、带着泥土芬芳和乡野气息的文字，这些来自远方的文字被赋予了独特的精神禀赋和意义向度，不仅开阔了我的视域，同时还激发了我关于美学的沉思。

文学或者艺术的本质是时间。九华山中有日月，仓颉文字谨记之。呈现在读者面前的这些文字，无论是九华山间生活、故乡东圩埂往事还是新闻背后琐记，它们是曾经的风雨、曾经的过往、曾经的爱恨，是作者与岁月温柔交手的记录，是作者与命运秘密谈判的契约。不过，当作者“回首向来萧瑟处”，或许真的可以说是，“也无风雨也无晴”。作为读者的我们，无法拥有与作者类似的生存经验，但这些文字背后所传达的关于时间的玄想令我们肃然起敬。

作为以文字媒介来传情达意的艺术表现形式，文学至少要面向两个维度：一是面对他/她自己，二是面向社会公众。所谓面向他/她自己，言下之意是指文学作为私人化的语言劳作，它必须要真诚地面对自己的内心；所谓面向社会公众，主要是借由大众传媒的酝酿、推广乃至最后形成蔚然之势，文学必然要与社会大众发生着或远或近、幽微神秘的关联。故，介乎于反躬自省与社教风化之间的文学，在今天的融媒体时代，它该如何经权并达至隐秘的平衡？

我带着这个问题走近作者的纸上建筑和纸上音乐厅，常会想象着作者立于青山绿水间，回望前尘，兴致汩汩，形诸笔端，妙化成文，长则长矣，短则短矣，高低错落，五音杂陈，入内出外，发人深省。正如作者在书稿说明中的剖白：“我是从繁华的都市热闹过来的……用一句简单的话来说，我们是有经历、有故事的人，我所写的文章不是无病呻吟之作。”诚然，细心的读者将会从如珍珠般精致考究的文字中捕捉到作者个人与社会责任之间优雅的平衡，仿佛若有微光。

文学是文字工作者精神的产儿，一如作者所言：书中所选的文章都是自家的“娃儿”，这些“娃儿”身上刻录着作者灵魂曾经的悸动、孕育过程的艰辛、分娩时刻的阵痛和所有的悲欣交集。而今，他们扑喇喇地落在读者眼前，怎能不令读者诸君心生爱怜？

茶溪空山且听雨，四时何园缘何缘？山魂水魄，草精木华，皆因梵音缭绕和文字点染而熠熠生辉。仅此一端，读者何其有幸，走过何园四季阴晴冷暖，得览何氏斯文若干。何园新成，何先生隐居山中煮字笔耕的慢生活也才开启序幕，以他不平凡的生活积淀，历经的诸多世情冷暖，兼之他固有的热血与真诚，我有理由相信，他未来的文学芳草园也将会给我们越来越多的惊喜。

深荷何先生的信任，发来书稿篇什及文稿说明。漫缀数语，爰为此序。

茶溪岁月

你来茶溪春光正好

你来江南茶溪正是好时节！

春雨骤停，春光已暖。溪水两岸油菜花开，嫩嫩的香椿芽尖上沾着雨珠。采茶姑娘们已在溪北山坡茶园里摘了新茶，昨夜趁听雨时光焙好，刚摆在我的香樟树墩上。一切都是刚刚好，新雨过后你悄然而至。我就曾猜想过，或许有一天，你可能会来茶溪，提篮春光走进我的院子。

我听见小狗阳阳在院门口的叫声走出书房时，你已在春光里看过我的院子了。自小生长在大山里的你，并不陌生于这山水相依、云蒸霞蔚的自然环境，而我匆匆栽下的花草树木，尚未成形的池水山石，还未来得及在江南的云雾冰雪中淬火、春花秋月里历练，恐怕难入得了你的法眼。那就烧壶竹根下渗透出来的溪水，给你沏壶新茶，拂去路途纤尘。

你双目依然清澈，微吸一口缭绕的茶香，轻啜一口，笑说，“雨前采的，雨中焙的”。我只是来江南茶溪后才学着听雨，你已从一缕茶香、一口茶水中品出了雨夜的味道，你的家学与修炼，我十几年前初识你时就已领教了。你转而问我酒量是否如初。呵呵，酒量与胆子哪能与当初相比啊！年轻时不知春光易碎、美景易逝，就那么任性地摇晃着一树又一树的春光，任落红遍地，昂着青春的头颅，跋涉在梦想的田野上。一路上走来，汗水、酒水，还有泪水、血水，浇灌着我们，我们慢慢清醒，渐渐长大，不经意间怎么就老之将至？！

你慢品新茶，沉浸于静寂中，优雅里自然渗出书香熏染出来的气息。我知道你是懂茶的，我仅有的一点茶文化还是从你那里捡到的呢。你轻柔细语，“真没想到，你舍离了热闹的都市，在这山野间开启春天的故事”。人生地疏，哪里有什么故事。仅是春花秋月、鸡鸣狗吠尔，顶多就是多了几池荷花，还有些不知名字的山花野草。你来时这一池池小荷尖尖角还没露出水面呢。当然，我新结识了一些山里老农，他们多在七十开外，晴天在工地上做工，雨天居家让老伴烧几碟菜肴，喝一壶烧酒，度数很高的散装烧酒，思忖着老了以后是去街边烤红薯卖，还是于溪边磨制豆腐，豆腐必须是石膏点制出来的那种。据我对他们的了解，这些山里的七十岁老汉都没人觉得自己已老，他们能抬得起来的石头，我抬着试了试真的直不起来腰身。至于，他们的心里多大岁数才为老？我没有问过他们，他们也没有空闲跟我聊此事。

你安静地听我啰唆山野琐事，一直微笑着，我都忘了给你添茶。你轻言：“有时遇到一些不平事，依然会想起你来。”窗外春光洒进屋内，暖暖地映照在你的脸上。你像是自言自语，称那时候见到的我铁肩道义、疾恶如仇，又侠骨柔情，给风雨途中许多逆风飞翔的人以别样的温暖！“现在见你的时候难，倒是常想起你闯荡江湖时的样子。”你冲着我笑着说。哦，我只是在人生旅途中择善做了点小事，倒是那些给我灵魂有过触动、于急流旋涡中给我力量的人们，有时仍会随风潜入我的梦境，给我捎来心灵的慰藉。我铭记着路上遇见的这些贵人。

你不经意地轻叹一声：“我正在破执，甚难矣！”我隐约知道一点点你的不易。任何一场邂逅皆有前缘，投入其中时可能没有细思量后来的事情，如果做任何一件事情都深思熟虑，前后三百年想个明白，恐怕人人皆为圣贤了。谁不在经历中成长，在烈火中涅槃？茶溪在长江之南，君过长江时肯定看见滚滚长江东逝水，那朵朵浪花里淹没过多少往昔故事？我们在人生的单趟行程中，每个关口与拐弯，都要“破执”，渐渐淡忘一些事，渐行渐远了许多人。否则，一个个路口与拐弯岂不拥堵不堪？好多人拥堵在那儿，好多的光阴凝固在那儿，又怎么能不辜负韶华，也不负卿呢？地球依旧在转动，大海也还在那里，很多时候需要改变的是我们的心境，把自己活成一束光吧。

对，你去那个叫花台的地方看看，那里海拔千米以上，奇松、巨石、云海，原本没有路，路是人在悬崖绝壁间凿出来的栈道，往前走时最好不要回头，若回头望见刚才走过的“天路”，你会被惊吓到的，甚至会感慨：“我从哪里来？我将往哪里去？”那时，你或许会从梦里醒来，明白脚底下的路，对未来的事越发清晰明了于心。

不乱于心，不耽于梦，一直在努力，就会越来越好！

你从花台回到何园时，饿极了的样子。幸好，我已做好了饭，你一会儿就吃了两碗饭，这才轻舒一口气，轻描淡写地说：“那山那水那云，还有那雾，人在云上飘、雾里行。”那就好啊，你起码没有辜负这半天的春光。记得那年深秋，我抱病带伤执意去珠穆朗玛峰，当我疲惫不堪地回到都市时，你在机场接我，见到我时说的第一句话是：“活着回来就好！”

是啊，活着就好，活着真好！这么简单明了的道理，我们好多人付出了半生的光阴，惹下一身的伤痛，或许还不能明白！听说你在都市把平常的中药渣子沤成种菜的底肥，把菠萝皮与红糖浸泡成花儿争艳的养料。你有此觉悟与行动，还在云雾里走了一段“天路”，看到了比常人眼里更长的春光了，更有春光里深远的春景！

你要离别茶溪了，天空中飘落了细雨。聚多未必情深，偶遇亦可义重。或许，许多年以后，我在山里白了头发，你再路过茶溪时，溪南还有一片春光记得你曾经来过！

雨伞下的女人们

江南的雨水向来较江北多，今年尤甚于往年。老天毫不吝啬地下了一场又一场的雨，更像是不小心打翻了天池，那池天水就直接倾泻到江南的山水间，直把这青山野岭洗了一遍又一遍。青山如黛，路无纤尘，入眼的尽是葱绿，让久居江南的人始生诧异：是谁要来江南？老天才这么殷勤地洒扫天地庭院，让尘世间无一粒尘埃。

来了，果真来了！茶溪小镇的邻居们来了。

他们趁骤雨初歇，结伴到溪畔山野间走走。车行绿野丛林，处处都在滴翠，时时能闻花香。你停车走上几步，画中就有了你。你临窗观景，随手拍下的都是一幅幅纯净如水的风景画。多一点则繁，少一块则轻，你拍摄下的风景，刚刚好！

你无论是行走，还是停留在江南的这片山水间，幸福无处不在，触手可及，真真切切，没有距离，不在远方，也不是明天。信步走入德福山庄，穿过一片古香樟树，绕过几块状如老屋的碣石，豁然开朗，一眼望不到边际的碧绿芳草，尽染了整个山坡，除了间或的几块碣石像守护草场的卫兵，你再也找不出别样的杂草来。哦，卫兵似的每块碣石跟前，一池池弯弯的泉水，片片荷叶间有亭亭而立的荷花，有的正开，有的还羞涩地鼓着小嘴。草绿荷香，幸福来临。这处储蓄着幸福的绿草荷香园，是当地一个叫伍德福的山里汉子，带着妻子在山野间耕作了二十多年，终将一片乱石遍地、碣石林立、荒无人烟的山坡，建成了今天的模样。碣石比房子大，怎么移走的？当过石匠的伍德福在巨石周围凿眼装钢绞索，使用人力转动绞索，将一块块巨石一寸寸挪动，挪去码酒窖，挪去垒拦水坝，挪进古树下，雕出一副天地象棋，还有两个石凳，神仙不来，游园的人先下盘棋，听听这山野的风，淋淋这古树下的雨吧。

不着急，山野间没什么重要的事。你们去闻香识草，瞧那树上的石斛仙草。我们就下棋，反正石凳与棋盘是一整块石头，伍石匠雕得出来，我们却带不走这盘棋。

我去年夏天见过伍德福，他讲过一个最初上山时的细节：一袋袋水泥扛上山，上面披塑料袋，他与妻子睡在塑料袋上压着。夜逢大雨，水泥没淋湿，他俩却如落汤鸡。岳父撑着一把被狂风吹折了的伞进山探望，见其苦累不堪，泪流满面，跪求他把女儿还给他，自己带她回家，不再受这般苦累。女儿劝父亲："我嫁了他就随他，他心中有美好，正在创造幸福！"

德福名字取得并不难，难的是创造幸福要闯过苦难与煎熬这两道大坎，需要好多年，历经好多磨难。当然，首先你心里要有美好。

从德福山庄下来，我们有些饿了，便约去将军湖边幸福庄上喝鱼汤。林彬大哥去年夏季路过那里，至今对那的瓦罐鱼汤念念不忘。那就去吧，反正又不远。步入幸福庄内，见瓦罐成排，水缸也成排，刚淋过雨，一个个通体洁净，静立园中。

你在幸福庄上还没赏够园林景致时，一大瓦罐鱼头汤端上桌。一个帅气的小伙子为你盛上一碗碗鱼汤，跟你讲讲将军湖底曾是他儿时的家园，蓄水成库，他们走上岸，鱼儿潜湖底，湖水有二十年未干过了。水库四周居民，取瓢即饮湖中水，更有行者路过将军湖时，尽用各种容器，舀湖水带走，将山野间的幸福延时。这个从湖底走上山的小帅哥也算是知高识低的，得知我们从茶溪小镇来，他极知趣地说："茶溪好，茶溪好。那里水好、景好、空气好。"临出门时还不忘说一句："你们茶溪人更好。"

刚喝了碗鱼汤，还没买单，就被帅小伙隆重表扬，邻居们心情大好，于是又喝一碗鱼汤。汗出来了，到了中医出身的邻居熊薇所说的那境界：喝通了。有人推窗见雨，邻居李兰成、熊薇、我的妻子孙赛华不约而同掷箸出屋，拿出早就备好的红油纸伞，撑开来，入雨中漫步。有着最佳摄影师美誉的谢丹薇大姐"咔嚓咔嚓"跟拍，我们隔着窗户看细雨中油纸伞下行走于曲径间的她们，如诗亦似画，能欣赏到这画之意境也是一种境界了。

今早，我放下书本从何园随邻居们出行前，正在与一位远在青岛的友人侯敏通微信。她来九华山时，曾住在茶溪何园，我们有过交流，印象深刻的是她一早起来诵经，外出归来又捧着书看，忘了吃饭。今早她发来信息：“何老师早，让人念念不忘的文章，不是辞藻多么美好华丽，而是被你赋予了灵魂与情感。”她大约读了我昨天写的《阳阳》，昨夜已有人说我把阳阳这条狗和它的狗娘狗兄妹俩，写得太出彩了，让人心生悲悯，始觉万物同命，皆需善待。

能如此，我亦是欣慰。

我们现在的人，忙碌中忘了最初，忘了自己。能够潜心如青岛侯敏、合肥陶静、昆明张晓昆那样诵读经典、静心阅读的人太少了。金子般的生命时光无端空耗在一些毫无意义的知闻上，却不肯读一些有灵魂与情感的文章，或是如我的邻居们一样，走进雨雾中漫步，感受江南雨季的多情与美好，喝一罐湖里的鱼汤去！

在茶溪何园住过的 Manju Das 今早也感叹过：“是啊，充沛的雨水可以洗得净青山绿岭，冲得净路上尘土，却无法洗净人心的垢染。”江南多情而又大方的雨水呀，你冲得净路上的红尘，却对我们积存于心的尘垢难以清除干净。很多人活得只留一个鼻孔听熄灯号令，上床做梦，起床上班。好多人说过要来江南茶溪，看看神仙待的地方。家住黄海边的秋彤来过茶溪，她留下一句话“只羡茶溪不羡仙”。她说的是实话，我们行走在江南的雨中，生活也平常简单，就是这种简单的幸福，你若是匆匆地来，静不了心，净不了身，看到我们一目了然的山野生活，可能很失望呢。

我们只是走在江南的雨中，活在当下的天地间，而不是活在他人给你造的梦境里。

茶溪邻居的女人们从春雨中漫步回屋了，炭火刚好把鱼汤炖出了最好的味道，接着喝汤。然后去走一段石阶路，别忘了给我们几个大帅哥照张相，留待半个世纪后，我们自己看，抑或别人看，我们今天的江南茶溪时代，人是这样地帅，日子是这样地美！

何园之春

不经意间，春天来了。春风柔柔的，阳光暖暖的。早饭后，我信步走入九华山何园，看看经历冬雪之后的花儿与树木。

月季花墙

沿何园东边围墙栽的一排月季花，入冬后叶子落尽，根根枝条光秃秃肃立墙根，前些天一场大雪覆盖掉它们的容颜。有时我走过那段围墙前，竟忘了这些月季。这暖暖的阳光下，它们忽然间像睡醒了似的，根根节点处冒出一朵朵小芽苞，红红的，嫩嫩的，似一个个幼儿鼓着嘴唇准备开口合唱《春之歌》。

去年也是这样的春光里，那时我的母亲住在何园，她从楼上凭窗就能看到这堵月季花墙。母亲年过九旬，仍然能穿针引线，视力极好。她有时在楼上大声喊我乳名，“大玉子，快来”。我从书桌前慌里慌张跑到她面前，以为有什么事情呢。她倚着窗台指着月季墙，说：“你看看，月季枝条上的花苞今天又长大了。”我松了一口气，随口说“我怎么看不见”。母亲见我不相信，便让我搀着她下楼，走到那墙前，她俯身指着月季枝条上的一朵朵红红的小花苞让我看。

母亲爱月季花是自幼种下的善因。她的父亲耙田时左腿被耙齿戳个洞，无钱医治。才六七岁的她就从圩埂上找些药草嚼烂敷在父亲的伤口上，可左腿还是渐渐烂掉，父亲咽下了最后一口气。她的母亲迫于生计流落他乡，在好心邻居的帮衬下，把她送到东圩埂何家做童养媳，讨个活路，那年她才九岁。那时我家爷爷仅有一间茅屋，家徒四壁。我父亲的奶奶曾在屋后栽下一棵月季花，“月月红月月开，月月大姐有花戴”。母亲与这棵月季花成了好伙伴，别人家煮饭前，她端着一只盆讨来淘米水，存起来浇在月季花根下。花开时节，她晚上掐下一朵朵花儿，两朵、三朵、四五朵，用稻草芯系成一束束，放进竹篮里，盖上毛巾，夜里起来往毛巾上喷水保湿。天还没亮，她挎着竹篮去十五里外的三河街上，沿着古石板路叫卖月季花。逢上人多，一篮月季花能卖掉，卖不掉时就送给南街口尼姑庵里的那对姐妹俩。这对姐妹尼姑很是喜欢月季花，她们留这个卖花小姑娘吃早饭，教会她唱许多佛歌。

十九年前，我母亲生了一场大病，一周里粒米未进，进入昏迷状态。姐姐们悄悄准备她的后事。有一个亲友到病房探视她，手机铃声响了，是段佛歌音乐。来人在病房不好意思接听，电话便一直响着。我母亲慢慢睁开眼睛，目光像在寻找那声音。我二姐忽然醒悟过来，叫人找来佛教音乐在病床头播放给母亲听，还去搞来一大束月季花放在她床头。母亲醒来了，嘴巴在动，我俯近身细听，“我要回家”。我双手抱着母亲坐在车内，她在家躺了三个月重新站起来了。

母亲在去年月季花盛开时仙逝了，她说到那边陪我父亲，还要照顾已在那边的另外四个孩子。今年这月季花墙应该更好看，可我的耳边再也听不到叫我乳名的慈爱的喊声了！

红梅花开

转过月季花栅栏墙，栖居在何园入口左边墙角的一株梅花映入眼帘。一枝枝旁逸斜出的老枝干绽放出一朵朵小红花。走近细看梅树上那些龟裂的枝干，察觉不出丝丝生机与点点绿意，怎么一根根枝条上就能冒出一朵朵小红梅花呢？那种感觉就像一位饱经沧桑、被人遗忘的老人忽然有了最甜美的笑容，令人动容。

苦海无涯天作岸，度过劫难始闻花香。

很多时候，贫穷限制了我们的想象力，可贫寒也可能酿就一世的荣耀。二十一年前，我听说阜阳一个名叫马云玲的农家女孩辍学去温州打工。她成绩非常优异，但家贫偏逢屋漏雨，父亲受伤，家里倒了顶梁柱。

她离别校园时带走了新发的高一课本，惦记着她的一位老师费尽周折打听到她在温州一家鞋厂做工，白天干活，夜里就着弱弱的灯火自学高一课程。三更灯火五更鸡，这时段读书苦学的不只有男儿，马云玲也在苦读。转眼到了高二，好心老师硬是把马云玲喊回教室。我去采访马云玲，挤得满满的教室里，哪一个学生不在拼命苦读？她说压力山大，唯有更加拼命。她后来只考到省城一所极普通的高校，她毕业后我还见过她几次，在给鞋厂卖鞋，只是书不离手。几年后，她考取北京大学读研究生，临别时请我吃饭，当然是我买的单。前年春节前，她回安徽带着弟弟来看我，她说："您当年说等我工资比您高的时候，吃饭时才准许我付账。"马云玲现在是京城一家高端咨询培训机构创办人，带领一个团队在京城做事。今年疫情期间，她的事业受到很大影响，她来信告诉我：员工薪水照发，都要养家糊口啊。当年她的家境陷入极端困境时，她毅然扛起生活重担，现在又扛起别样的重担。

马云玲虽然年轻，她之言、之行，不也正像这株红梅吗？树干虽然龟裂，却供养着一树花开！这株红梅曾被我遗弃在葫芦塘边整整一个夏天，甚至连一锹土也没给它培根，它就那么承受着烈日灼烤，任凭风雨。后来我发现它还没有干死，便随手栽到这墙角，亦从未施肥，往来路过也不曾多看它一眼。可严冬腊月，风寒雪重、百花凋落之际，这朵朵红梅迎风傲雪，悄然绽放，让寒风里总是裹紧衣服的我每次看见，都有股暖流涌上心头。从古至今有那么多人写诗作画，对梅花歌之咏之，细读下来多是借物抒情，或是假托梅花自喻清高。唯有一位伟人那首《卜算子·咏梅》尽显梅花高洁品性，写出了它骨子里的志气，还有那光阴里最美的温馨。"已是悬崖百丈冰，犹有花枝俏。俏也不争春，只把春来报。待到山花烂漫时，她在丛中笑。"

人生之旅途中遇到风雪载途、深陷极端的困境，都不要忘了有一个词叫"坚守"。大自然中最寒冷的时刻不也正是最好的春光序曲吗？我们在坚守中奋斗，在承担中负重前行，守到"山花烂漫时"，在丛中笑的不仅有"她"，还有我们奋斗过的灵魂。

根深叶茂

何园里能叫得出名字的花儿有荷花、丁香花、茉莉花、金银花、玫瑰花、牡丹花、杜鹃花、兰草花、栀子花、茶花……都在春风里酝酿情绪，攒够力气，有的会开得早，有的会晚些开。四季更迭，暑来寒往，这些花儿就像一个个习惯了独立的女人，经历过寂寞，品味过孤独，不可能随随便便能撩到的。她不要被许多人撩，而是期待被一个人懂。纵使我们不会风情万种，哪怕再木讷笨拙，大概也能明白：春暖花开不是一夜风情，而是一个季节，甚至是长长久久的光阴里的故事。何园的花儿会踩着季节音乐的节奏，花期如约而至。

即使这些花儿是我栽下的，我也尊重它们，静等花开。只是这会儿我先离开一下，信步走到园里那四棵新栽的银杏树边。我的故乡巢湖南岸金牛镇东圩埂上连棵柿子树都难得一见，更别说银杏这么稀罕的树了。对银杏树最深的印象缘于我在喧嚣繁华的都市里经历的那场灾难，从地狱门口爬回红尘后，我孤独地在省城一个叫东陈岗的地方觅得一个住处，每天都要累到无力时才回住处，天未亮就出门。极偶尔白天实在没处去时，便流落街头漫无目的地行走。曾经往这个城市的北边走了一整天，回来的当晚写了篇《向北，向北》，后收录进我出版的《匆匆》一书里，现在回头看那天的行走至少留下了一篇好文章。

那年深秋，东陈岗路边有段百十米长的银杏树黄了，金灿灿的叶子飘落一地。一天中午，路上鲜见行人，我步入银杏树下的草丛里舒展身体晒太阳，细数飘逸在空中的银杏叶子：一片一片又一片，三片四片五六片，七片八片许多片，落入草丛看得见。我起身捡拾许多银杏叶，还捡到不少果实，带回去用线穿成几串，挂在屋内，风吹叶动，那个秋冬便有了生活的气息。那时，我就想，往后的人生旅途中，我要是有个院子就栽上两棵银杏树，看着叶子由青变绿，由绿而黄再成金。陪着它们慢慢长大，偶尔写点关于银杏树的文章，或许很多年以后，后人看到这两棵业已参天的古银杏树，会从文章中知道栽树人的名字。

山中自有千年树，世上难遇百岁人。

十年树木，百年树人，人其实很多时候活不过树的，不然怎么会有“人生一世，草木一秋”之慨叹呢。我期望栽种银杏树，那年深秋的银杏树，复活了我对生活的憧憬，还有对人生未走完的余程的兴趣。银杏树成了我人生关口上的一个标志物，铭刻着我的一段往事。

前年我在九华山茶溪小镇请人筑园，一位姓钱的老汉喝了我许多酒，相处甚好。他自言自家山中有许多银杏树，并带我上山去实地观看。那年冬季，原本说好的要去挖两棵银杏树，只是雨雪来得早，耽搁下来了。去年春上疫情封路，直到秋去冬来，我下定决心进山去挖树。钱老汉病倒了，他不能陪我进山，让我自己带人去挖。雨还是来了，我较上劲要赶在风雪来之前做成此事，便请了几个当地老汉进山。银杏树挖好了，高高的山上密密的树林里，车子进不去，也没有路出来。恰在此时，有一群省城的旧友来访，群策群力，十多条汉子总算将两棵银杏树搬进了何园，一齐发力栽上了。

冬雨下来了，我异常悲痛地回城哭别敬爱的兄长张兆玉老哥，含悲回江南何园。我爱人说：“有人找上门来了，说你挖了他的树。”来人还丢下了狠话，尽管我身心俱疲，还是带上烟酒与红包上门拜访人家。他说钱老汉的山场与他的相邻，我挖错了地方。或许他看出了我的诚意，聊到后来他称我挖的两棵银杏树是公树，没有母树结不出银杏果。那天，他带我去山场，我们从树根下的落叶里扒出掉落的银杏果，确认了两棵母树，我找人再挖。这次挖好后，叫来车子吊运入何园，还请了园艺师吴加鸿指导。移一棵树不容易，首要的是活下来，我已栽死了太多的树与花儿，实在不忍心再看到那种枯死的场景。

万物皆有灵性，树木也有悲喜。它们出生在一个地方，成长往往会在另一个地方。就像我们少年时在父母亲的老屋里生活，稍长后即走出家乡，途经八千里路云和月，功名悟道，造化弄人。我们年少轻狂时，哪里知道把根深深扎进泥土，根深才能叶茂，树大必须根深啊。贪图一时的荣华，忘了根本，很多东西终是过眼烟云；无根之木，终究逃脱不了当柴烧的结局。生时一棵树，枯时一炉火。

树尚如此，我们行走在都市红尘里的红男绿女，谁又不在红尘中滚来滚去，在名利场上往来穿梭？一场场局，一次次约会，空耗了光阴，生命打了折扣。生时一个人，走时一缕烟，无足轻重，似有若无。人生之旅，走到后来，谁又能记得你？你又忘不了谁？

今天上午的春光明媚，晒得身上暖暖的。我在何园转悠许久，似乎什么事也没做，心里有些空荡荡的。回屋写就此文，也算是善待了这片刻的金色春光！

茶溪麦客

院子里的麦子熟了，却借不到也买不到镰刀。茶溪小镇周边的农民说，至少十年没摸过镰刀了，早不知道扔哪儿去了。

好在去年秋收时，我的同学孙叶青从江北老家孙沟院带来一把锯子，是他父亲生前用来修理农具的。他回故乡时在荒芜了的老院子里找到的，带回城里原本留作一个念想。他见我真的扎根茶溪小镇，便将祖传的这把锯子转赠给我。这回割麦子派上用场了，只是锯子只能往回拉，向前推送不得。好在院内麦子不甚多，还是锯完了。地上落下不少麦穗，要是我儿时能见到这么多麦穗，准高兴坏了，捡回家去，妈妈用棒槌打下麦子，磨碎成面粉，为我们做上半锅手擀面条，撒把刚上市的苋菜，白面条红苋汤，这大约算是青黄不接之时，我们吃得最好的一顿饭了！

我不种麦子有四十多年了，今年有此麦收，也是无心插柳而已。

闲居茶溪山里久了，电视早已是摆设，手机退化到只是拍照、记录些一闪念的事。我对世界没甚用处，外面对我也没啥诱惑的。妻子从小生活在山里，她不忍心让附近的地荒了，去年冬天不知道从哪儿搞来麦种，趁雨天点坑种麦子。第一场雪来之前，荒地上冒出许多嫩嫩的麦苗，一排排青青小苗，日日走过麦地，感觉到它们成长的力量，让人心生欢喜。更有城里友人踏雪来访，真把雪花下的麦苗当成了韭菜，嚷着要做韭菜饺子，还说：“饺子就酒，越喝越有！”

我还是在乎踏雪而来的朋友。春节前托茶溪农民帮我买些农家韭菜，专门包了许多饺子放冰箱里。正月初二傍晚，我的老表带着我的舅妈等十多个人下江南查济，路途不畅，他们转而到茶溪我的院里。进院里已是晚上九点多了，妻为烧不出一桌菜待客而着急。我摸出两瓶酒，胸有成竹地让她烧开水、下饺子。

饺子熟一盘上一盘，热气腾腾。我陪老表的舅舅喝酒，先干为敬。窗外雪花飞舞，寒气逼人。众人吃完饺子，有人忽提出要回城里。见他们去意已决，我忙喊正在安排当晚住宿的妻子，一同搀扶着八旬舅妈出院门。看着他们在大雪纷飞的午夜，要跨江而归，着实不放心，叮嘱老表到家了，一定要报声平安！我与妻守望平安信息，妻忽然想起来什么似的："迎客的面条，送客的饺子！今晚是不是我们饺子下得不对？老表的妹夫可是在省城开大酒店的。"

腿长在人家身上，来去是管不了的事。老表又不是外人，只是担心他们风雪夜里赶路的安全。

老表一行人那夜平安到家。冬季也已过去了。我现在操心的是院内麦子锯完了，还有山坡上那片金灿灿的麦子怎么割的事。

我出走半生，想不到会在江南茶溪做了麦客。

其实，用麦客来形容我的锯麦行动，不够准确。我曾在自驾去珠穆朗玛峰的路上，途经甘肃、青海一带见过真正的麦客。这些西北汉子个个精壮，结伴西行，遇见大片麦田，即与户主估算田亩，谈拢价钱，挥镰开割。他们起早带晚割麦，正午时光多倚墙而坐，闭目养神，偶尔见有路过的车，则伸长脖子看外来的女人，对同性的男人，他们懒得睁眼。当地朋友一再叮嘱我，莫与麦客发生冲突，曾有游人与之争执，麦客一把镰刀放倒了一群人。麦客靠苦力吃饭，我大约找不出与之争执的理由。我问话前，先把烟撒一圈，他们狠命吸烟的间隙，还是有人抬抬眼皮，回答我的一些问题。

印象最深的场景，就是麦客们吃饭时各扛着一只大海碗，手擀的宽面皮里漂着红辣油。他们转着海碗吃，与其说是吃面皮，倒不如说是"吸"面皮，吸的声音特响。一片响声里，大滴的汗珠早已从他们的鼻尖掉落海碗里，他们一仰脖子连辣汤带汗珠喝个碗底朝天，这才站直身子，胸腔里蹦出"哼哼"声。我们看一场麦客吸面皮，远胜过看一场实景表演。

见过大西北麦客，我似乎明白了，侠客一准是从麦客中成长起来的，没干过麦客，甚至连麦客都没见过的人，成不了侠客。胆识、气质、格局、本领，哪能是温室里练出来的？

山乡五月无闲人，我一个闲人在茶溪，也跟着起早贪黑地忙碌着，夜里连梦也没空做。

昨天锯完了山坡上的麦子，带去的开水喝光了，将麦穗放门前空地上晾着，准备明天找棒槌敲打下麦粒。于是回屋，想起前日邻居田中玉与熊薇夫妇送我一袋新疆面粉，便在院内割把韭菜，煎了块面饼，香喷喷的，就着黄精茶填了肚子，冲完澡上床。此时分，葫芦塘对面的老彭家廊桥的灯带刚亮，与他同年同月同日生的张兆玉先生家水岸“坐忘亭”灯火也亮了，高低明暗，桥与亭倒映入水，晚归野鸭的掌心，将一池水波犁开，一岸灯火与桥亭，在水波里幻化成别样的风景。葫芦塘在夜色灯光下竟这般地华美，仿佛不是白天我看到的那个素颜朝天的池塘。或许，池塘还是那个池塘，与山野间别的池塘并无二样，只是塘边住着这两位异姓好兄弟，融入了他们的才华与友情，池塘也就活色生香起来。

茶溪的晚间太安静，欣赏葫芦塘边的灯光汇，困意全消，便倚着床头写了《锯麦》微信续篇，讲述抢在雨来之前锯完了山坡上的那片麦子，安然入睡。

早上被窗外雨声惊醒了，匆匆看了眼微信，惊吓不小。我昨天锯了山坡上的麦子，竟然让茶溪一个剧组的同志们失去了拍摄现场。

总导演兼首席摄影师谢丹薇大姐，夜里发给我信息：“我从兰州赶过来了，已借了镰刀、草帽，准备了白毛巾，割麦的脚本都有了。唉，你怎么就锯掉了麦子呢。”平日里沉默少语的科学家林彬大哥也来信息：“今天下午，我们与从苏州专程赶来的张勇、李兰成夫妇，再次讨论了《茶溪麦客》剧本，你把麦子现场弄没了，这咋整！”林大哥是位神秘人物，他的身份至今还没到解密的年限。他与几家远在大西北的老邻居，相继迁来茶溪定居，这次还把去年率邻居们自驾出征东三省的“狼头”赵刚大哥从杭州邀来，准备现场指挥拍摄《茶溪麦客》。“狼头”七十了，说话做事都掷地有声，他半夜发信息给我：“你不是答应过谢导了吗？”这口气表明我毁了拍摄现场，情况有些严重了。

可能是我想当麦客的心情太迫切了，或是我这个被民工们冠以“茶溪劳模”之名的人过于勤快，无意间锯光了《茶溪麦客》剧组的麦田，惊扰了邻居们。我倒不担心谢丹薇大姐怪罪，她成天笑容满面，心地极善良，我们两家轮流照顾过一窝流浪狗。主要是担心谢姐的老战友兼四十年邻居的李兰成大校。兰成大校还是小姑娘的时候，从学校毕业去大西北当兵，一个主管人事的阿姨很欣赏她，专门去她宿舍拉家常。没多久，一个青年军官就出现在她面前。据兰成大校回忆，第一次见面，他手里拿的是本外语书，一下子觉得他好有文化，还会外语！婚礼现场，才发现婆婆就是来自己宿舍谈心的人事部门领导，公公是率兵剿匪的西北野战军师长！李兰成大校当年吃惊不小，我现在吃惊的是当年剿过匪的张师长的儿子张勇。他干过军中财务处长，也是大校。去年大雪天，我们一起喝酒时，张勇与夫人划拳行令用的全是西北调，有股子浓郁的西北风味道。

风雨之后的事情等等再说吧，我先冒雨跑去把山坡上的麦粒收回屋。三条中华田园犬阳阳、四妹、小黑豆跟着我在雨中乱窜。天大的事情，都大不过吃饭这件事。麦田现场没了，只要盆里有麦面就好办。我相信在大西北生活了几十年的谢大姐、林大哥，还有西子湖畔来的“狼头”赵刚，他们到我家一起吃过腊八粥，雪天喝过酒，再来时看到面粉，准会忍不住动手擀面。我镇定自若地嚷着：“要擀宽面，西北麦客吃的那种宽面！”大碗宽面端上来，谁还记得我昨天毁了《茶溪麦客》拍摄现场的事呢。

大碗的宽面端在手中，我展示谢大姐航拍的茶溪小镇一组美照，即席朗诵我为她照片配的原创小诗《雨后》：

雨季的茶溪
总有种与众不同的妩媚
溪水清澈
羞涩还挂在石榴枝头

池塘里的小荷说
你才走过
洒下了诗情画意

邻居们都笑了，处处都有惊喜，一笑忘了割麦的事。

花期如来

江南的春风日渐暖和起来，春雨也格外多情缠绵。春风春雨的滋润中，各种沉睡的花草树木次第被唤醒，一天比一天美了起来。

昨晚春雨又如期而至，飘了一整夜，天亮时分又如同往常一样雨停了。我在茶溪小镇已沐浴过几季江南春雨，越来越觉得江南的春雨就像一个情窦初开的美少女，羞答答地赶赴一场热恋，却又娇羞无比。于是，选择足音稀少、鸟儿归巢的夜里悄然而来，吻湿了山林花草，东方欲晓时恋恋不舍离去。晨起的人们举目连绵山峦，云雾渐散，山色越发朗润起来，一夜间，绿树红花又增添了许多美妙。走近溪畔、池塘，发现溪水更加欢畅，池塘里的水恰似春雨姑娘的恋情，又深了几许。

天地间风暖雨润，一片清明。

九华山莲花峰西麓的茶溪小镇何园，北边临一口葫芦塘，这口塘原先是两个呈“葫芦”状的池塘，承接周边山上流下来的水，后改造挖成一口锅状的池塘。雨水暴涨时，会从西南角一个豁口溢出去流入附近的九华河，汇入长江。我在夏天时差不多每天都会在此塘里游泳，曾将三位博士带来何园的四个娃儿带到塘里游泳，吓得博士们在栈桥上手足无措。其实，家门口的塘我是知道深浅的。

我在此地数载，闲时从山上移些山花野卉入园，空地上垒起一大两小的圆门、五个半圆窗，全用红砖砌成。当然，这些技术活要请当地匠人和老农来帮忙，我捡拾园内石头，拔除杂草，粗略估计捡走的乱石也有百吨之多，从荒田里拉来泥土。只是耕耘，没问收获。我在劳作过程中出力流汗，身体也较在都市里好了许多，身心越发安静下来了。

早晨轻啜新鲜的空气，漫步何园，几块绿意渐浓的草坪相连，一眼望去，这片片绿意便与栅栏墙外叠加于山峦上的春色相融成一体，满眼的绿意让人心胸开阔起来。园内两棵老香樟树间鸟儿的歌声，添了许多情趣。不由得加快了脚步，往园之春深处走去，见缠绕在栏杆上的紫藤花又添了许多朵新花，特有的香味扑面而来。月季饱吸一夜山间雨便爬满院落东边的整堵栅栏墙，似有千万个红红的、嫩嫩的芽苞在悄悄长大。就连去年冬季我从江北故乡带来的栽在园北墙根边的油菜，现在也已高过半人，一片金黄花丛中，蜂飞蝶舞。冬雪前从山中移入园的四棵银杏树，根根枝条上萌发出密密麻麻的嫩芽，早已让人想到金秋一树树金黄。

年轻时曾有一位老人告诉我："宁负白头翁，莫欺鼻涕虫。"大意是说，老人已不过如此了，唯有少年未来可期。驻足春风中，细想那些年在都市行走谋生，自忖未曾负过有恩于我的白头翁们，也用心扶持过一些刚出道的年轻人。套用那位老人的话，眼前这些树与嫩嫩的花芽儿，不同样值得我们期待吗？若干场春雨之后，嫩嫩的春芽就会让这里满园春色，美了何园，美了江南。我流落江南，栖居何园，也莫愧负了这春色啊。

憧憬中，我走近园内那个最大的圆拱门前，看昨天从池中冒出来的三片荷叶是否还在，莫叫鱼儿吃了。还好，一片两片三片荷叶都在。这池水里我沉下去六口水缸，去年荷花开时，人们进出这扇圆门，穿过荷叶而行，掩映叶间的木桥犹如小船样，拍出来的照片有"误入藕花深处"的意境，很多游人特地进来取景拍照。冬季时，我请三个山里石匠深挖这方水池，重新架了木桥，池子四周镶嵌光滑滑的水冲石，往池中放了野生鱼。今年荷花开时，不会比去年逊色。登上园之东南角的沙丘，回望这圆拱门头的紫藤花也开了，红砖藏在紫藤间，到了夏季，木桥下池水里荷叶田田莲花香，也算是别有洞天了。

一周前，余晓慧从城里给我来信，说从我这里捎去的莲藕栽种在厂区池水里，还没看到荷芽出水呢。那时温度还未上来，我写了篇《丁香雨里百结花》给她，意思是别着急，花期如来。她取"丁香雨"作为自己发表作品时的署名，而江南一直将丁香花称作"百结花"，含有隐愁情绪。我在文中记述我与她初相识的时光里的一些琐事，微信友人李芳打趣笑说："你写丁香看去风轻云淡，实则情深意长，可见当初用情之深！"这位年轻女子能从文章里猜测出用情之深来，眼光自然不俗。其实，我和余晓慧那些年走在不同的路上，我在船上看她是道很美的风景，她在岸上也许把我也当风景吧。她说过一句话，“我们俩认识的时间不对”。这差不多是我们之间关于感情说得最直白的一句话。今年元旦，我去信鼓励她，她回微信：“你已上岸，我还在水中挣扎。”

人世间有些情或事，季节未到，花期未来，或是花期不同，擦肩而过是常有的事情，留下很多遗憾。经历者都或深或浅在内心烙下过痕迹，逢上雨季，会有一种痛掠过心海。许多个花季过去后，再回首往事时，纵使遗憾，也不失为一种人情之美。

光阴里有个重要的节点就是“花期”，花期未到，犹如这春水还没有暖到一定温度，池里的荷叶就冒不出尖尖角来。没有几场春风春雨，山花野卉就不会灿烂。而像秋菊、红梅这些花儿，没有“秋风秋雨愁煞人”的历练，没有严冬飞雪的陪伴考验，又怎么能等到“她在丛中笑”呢？

大自然之所以美妙，正因为每一种花草树木皆有自己的“花期”。她们不与谁争宠，也不屑于与谁争，静待花期，我自芬芳。寻常人未等春水温度，未到花期如来，就急不可耐，空负了一场至真至美的约会。对世上百花与万千树木来说，各有各的花期，花期未到，我们能做的事情就是静心等待，用心修剪施肥，静待花开。对人们之间的情感来说，“花期”又何尝不重要呢？内心坚定与自信者，笃定“我自芬芳”就足够了，你来与不来，我都如期花开；你赏与不赏，我也花落成泥，酝酿下一个花季。假若是两个人间的事情呢？那就要踩准节奏与时机了，此花已开，彼花还未醒；此花已谢，彼花正开；或是花开时节在各自的芳草园里，那都会成为一种遗憾。活得明白的人，许多年后山水间相逢时，会心一笑，看到对方过得比自己好，由衷地开心。活得纠结的人，纵使今生不再相见，也会视同仇家，记恨于心，输了曾经的情感，还赔上了往后的时光。

别着急，花期如来。

人间四月天

已是人间四月天，可我日日期盼的何园那方最大的荷花池里，依旧没有一片荷叶露出头来。何园东北角沙堆上叠加三层的十口缸中也只有四口缸里冒出荷叶。

何园这方荷花池，原本在建园铺设屋后地面时，我妻子按她开外贸工厂的习惯，想让园区整洁干净，她交代工匠们：全都铺上石板。我趁她回城时，擅作主张让工匠们从中切出两个圆形的地面来，周围铺设石板自然升高，形成了两个圆形的凹陷。待她回院中一看，已成了事实，她也就没有多说什么，还联系最初的石材商照此尺寸裁了两个圆形的石坝，围住了这两个凹陷。当时也没想到这两个圆形空地做什么用，只觉得应当尽可能留下些空白。

那年仲春栽早稻秧时，工匠老储从家里带来几捆稻秧，我顺手栽进了这个圆形坑里，蓄上水，成了一块稻田。夏去秋来，还真是稻黄一片。国庆节时，我的同学孙叶青来帮我收割了此片金黄，晒干了过秤五十四斤稻，全都喂了池塘里的野鸭。到次年春末，我在园内旱地上种的麦子也收上来了，我写了篇《茶溪麦客》，又将麦子喂了野鸭。至今池塘里还有野鸭来过冬，习惯游到我家近处的池边讨食吃。去年春上，我从九华山老农家买来一些当地莲藕种，栽进其中的一方水池里和能找到的缸里，便回城陪伴病危的母亲，也顾不上这水里泥里的事情了。

谷雨时节，我九十二岁的母亲去那一边与我父亲团圆去了，照顾他们在那一边的四个儿女。我一身疲惫重回江南山里，真真切切地感到自己成了游子。我十六七岁离别家乡，在外谋生几十载，未见功成名遂，家乡已成故乡，自己在城里落得一身伤痛，心灰意冷，回不了故乡，便流落到江南这片山里，与世隔绝，继续此生中大约完不了的漂泊。

夜阑人静时分，常凭窗望着月光下的近水远山，有时索性披衣下床到园中的月光下走走。山里原本就安静，这样的夜半时分更是寂寥，想着自己这大半生中的颠沛流离，为稻粱谋也好，为理想而战也罢，一些擦肩而过的机遇，因为自己的愚钝或是固执，都如流星般划过。茫茫人海里也曾经走过一些值得珍惜的人的身边，多看了那么一眼，也有人走过我的身边，回眸那么一笑，虽如清风明月过山车，却也在心灵上留下一道道刻痕，有的旧伤至今依然会在特殊的天气或境遇下，生出一种无法言说的伤痛。唉，世上道路千万条，走哪条道都注定是单程的路，岂能事事如意？况我已渐行渐远了尘世，白发日益多了起来，再去思量往昔、权衡得失，只能说明真的老了，徒增一些烦恼。

很多个这样的夜里，我在寂静的园里走走，有时坐在草坪上，什么也不想，什么也没做，只有从山尖上下来的那轮月亮安静地陪伴着我。她高在天上，我低在山间，能得她一缕月光，已是幸事，若再有祈求就贪心奢侈了。让我意外的是，波澜不惊的那方圆形水池里，忽然有几片荷叶冒出水面，悄无声息。我凑近了细看，真的是荷叶，多少有些欣喜。

此后的日子里，水面上的荷叶日益多了起来，三五片，七八片，十几片，最初稀稀拉拉漂着的荷叶，继而连接得满池荷叶，再亭亭玉立于水波之上，越发美妙。当第一朵荷花绽放出来，每天总会有惊喜，一朵两朵三四朵，荷叶间冒出许多红艳艳的荷花来。特别是一场新雨之后，早晨起来走近荷池，不知从哪儿冒出那么多的荷花来，屡屡让我心生欢喜。

以前我在城里看画家画荷花，照实画出红艳艳的荷花、绿色的叶片时，总觉得艳俗不耐看。而工笔荷花，形似逼真，无论画工多好，画出来的荷花失了生动没了精神。还有一些写意画家，信笔挥写荷花，自以为融入了自己的情感，终因学养和笔力不够，所画的荷花就像一个出门时费尽力气描眉画眼的女子，淋了一场雨，鼻子不是鼻子眼睛不是眼睛了。

后来，我遇到一位老画家，他笔下的水墨荷花别有情韵，看似乱象中却纹理通畅，点点水墨落笔处，如雷崩石；根根线条似虬龙，风起云涌。无论是亭亭出水之新荷，还是被劲风斜吹的荷叶，都极具生命的张力。驻足画前，心海澎湃，一种潜生暗长的生命力越发强烈起来。我曾听这位老画家说过，他曾在一口荷塘前，从春天第一片荷叶冒出水面，直到冬雪里的残荷，从未间断过写生创作。许多年若此，四季不间断地临荷池写生，笔下的荷花自然就有了灵气与生命。

画荷以水墨为上，还需要墨里笔尖上有种生命的源泉在流动。我所知道的世间大约有两百种荷花品种，尽得七彩，唯独没有黑色荷花。纸上风云与现实之间是有差距的，观画我喜欢水墨写意荷花，而何园那方荷池里红色娇艳的荷花不只是为我所喜欢，也深得来何园的行者所爱。

其实，我来江南山中曾种过许多花草苗木，后来差不多都枯萎了，我妻子笑说都是我太勤快浇死了这些花儿。落下许多空缸、空盆，弃之不得，置之亦无处安放。无奈之下，就用水泥糊住盆底缸底的空洞，撮土入内，灌之天水。去年春初在我家干瓦工活的老熊想叫我们买他家一些茶叶，于是从田里扒了一些莲藕种带来送给我，我顺手栽进这些缸里、盆里，还从菜市场买来一些莲藕种栽进这方圆形池中，没想到几场春风春雨后，满园荷花竟成了何园的一大景观，引得无数英雄美女竞折腰。我也受他们的感染，欣然写出一些有关何园荷花的文章来，还配了行者与游客们在何园拍摄的荷花图片。

让我深感意外的是，我在山中写的这些荷花的文章让失联已久的旧友们重又联系上了，其中就有远在海外的“山海”。她曾在省城商界打拼，做出过不俗的业绩。我与她有过接触，总觉得她一身春风、满脸阳光，她后来去了海外。她从朋友那辗转读了我“茶溪听雨”公众号上许多文章，给我来信希望能引入九华山何园的荷花到她曾生活过的城市去，供奉给那里的寺庙。她的来信有许多让我感动的话，既有她儿时的乡村生活场景，亦有如今海外的履历。我想自己举手之劳，能圆远在异国他乡的她一个梦想，便满口答应了。

那次，我倒出一口大缸的莲藕种专门回了趟省城，在那座寺庙前静等她的一位朋友，将一桶莲藕种交给来人，并叮嘱如何沤肥、择土、栽种。山海让人选了八口外壁绘有荷花的缸，分置在入口路的两边，依我叮嘱栽莲藕入内，静等花开。她非常高兴，我也很高兴。

省城城南环城河上有座赤阑桥，南宋词人姜夔与桥畔一个琵琶女和她弹古筝的妹妹间的故事流传至今。姜夔现存下来的八十多首词作中竟有二十多首都是写给赤阑桥畔这对姐妹的。十几年前，一个名叫张灵的雕塑家途经合肥赤阑桥，有感于此故事，便设计雕刻了《白石知音》雕塑，他也因此而留在了合肥。张灵在设计此雕塑的年份里，我也在赤阑桥相识了两个乡妹。她们联手在省城商界打拼，共度苦乐年华。我有一篇题目为《我是午夜街头一条流浪狗》的文章，大约是认识她们那个季节前的真实写照。她们打拼，我在流浪，赤阑桥注定是一个从古至今都诞生凄婉故事的地方，只是我与乡妹的故事开了个头，就于一场暴风雪中停止，人生百味中平添了一味苦药。

去年临近春节前，失联十几年的这对乡妹中的姐姐常如到江南何园，给我送来福建白茶，叮嘱我冬季要煮些古茶喝，还教会我煮茶。那天，常如要回城，我无别物可送，就倒了一口缸取出莲藕种装进桶里，让她带回城里栽植。几天后，她发来一段视频给我，画面上有人给她家院落的三口缸"倒缸"，取出老藕，分栽进从我这捎回去的莲藕种，还略施了薄肥。末了，她说："天将大雪，乡哥在山里要注意保暖。"

天将大雪前，我在山中请来三位工匠，将那方圆形水池抽干了水，我用双手在泥巴里扒了一整天，取出三堆莲藕种。用铁镐刨松池里沙石，一锹锹挖出来拉出何园，然后筑底做防水。当夜大雪就要来临前，我临晚时将莲藕放入池中，再将取出的好土填回去，将沤过的菜籽饼均匀地搅拌在泥土里，然后栽进莲藕，期待下一年的春风春雨中荷花更艳，荷香飘得更远。

转眼间已是人间四月天，风暖雨润江南何园，却迟迟不见水池中冒出荷叶来。从城里传来的消息，她们的荷叶已露尖尖角了，正日益增多呢。我爱人原先总说我会勤快得把花儿浇死，荷花原本就是水中之物，总不会淹死吧？今天早晨，她忽然对我说："是不是你撒下的菜籽饼太多了，烧死莲藕种苗了？"我故作镇定，说可能池水太深，还藏在水中呢。待她出门后，我急忙搬来小水泵抽干了池水，捞出大半桶鲫鱼，仍不见一根荷苗。我持锄头下池子翻泥巴，竟连老莲藕也看不到了，难道我亲手栽下去的莲藕会在我眼皮底下飞天了？

我请教九华山苗木专家吴加鸿先生，他笑了，"你的菜籽饼肥力太大，将老莲藕种也化为泥了"。我在山中修炼自以为有所心得了，甚至在山海与常如、丁香她们眼里俨然是养荷“专家”了，居然会犯这么低级的错误，亲手毁了这一方水池里的荷花。

我一个上午都没有说话，端坐桌前写文章，以驱逐胸中块垒。中午时分，贾虎先生喊我去吃饭，我婉拒了。与他同桌的李森先生以为我遇到了什么难事，又来电邀约吃饭。当他听说我为一池莲藕而烦恼时，哈哈一笑：“万物刚刚复苏，一切都还来得及。先吃饭后干活，办法总是有的。”

饭后，我约山中老农老袁一同上山，他不知道我要干什么事，只扛着铁镐跟着我走进深山。有三只小狗前后护驾，最能征战的阳阳可能跑出去约会春天了，未随我进山。我看到了传说中的山间小水库，还有水库对岸那片碧绿的枫树林。恰在此时，平日与我甚熟的山里青年小德子发了一条视频给我，他开车走在一片水田间，春水中冒出许多荷叶的尖尖角。我问他可否找村里人买些莲藕种来。他发来一段录音：“何老师，我跟村里人说了，他们说你直接下田去扒呀，不用跟人打招呼的。”天哪，困扰我大半天的难题，就这么轻松找到了解决方案？！

八十七年前的春天，民国才女林徽因创作《你是人间的四月天》，一直为后人吟诵。人间四月天，万物复苏，清新婉约，亦是人们心灵绽放的季节，更是人们播种希望、爱情、温暖的时候。无论我们来时的路途多么艰辛，我们守望的梦想多么支离破碎，四月的天，总会给生命一份温暖与生机。我们将希望的种子播种人间，循时而作，依律而行，用心就好。只要自己一直在努力，全情去付出，不怨天不尤人，终会等到美妙的四月天，聆听花开的声音，触摸生命的色彩。无论流年的韶华多么沧桑，我们的心海终会溢满花的馨香。

我掉头下山，老袁依旧扛着铁镐跟在我身后，他自言自语地咕哝着：“何老师上山也不知道干啥子。”三条狗此时跑在我的前面，撒欢地往前跑一段路，又跑回来迎接我们。

听一朵花语

我们夫妇在江南山野间待了几年，生活渐渐慢下来了。山中无急事，也无扰心人，人也闲散多了。有一天接到老朋友李志秀的电话，她说周末几户人家到江南茶溪小镇何园来。

我们多少有些犯愁：山野之间，我们拿什么招待远道而来的新朋旧友呢？

我写文章称栖身之处叫“何园”，其实不过是山间一片空地中有一处房子尔，最初连门牌也找不到。前年，书坛大家张兆玉兄长写了“何园”两字送来，他说写了好几幅，从中选了这幅送我。以他深厚的书法功力，将何园写了几遍，对我们真是高看。

两年前，我曾将自己写的诗歌《茶溪下雨了》，请张兆玉兄书写，让工匠刻字于榆木挂之墙上，历经风雨，现在这块诗匾也算是茶溪一个文化标记吧。我还托藏书家陈昌清、向凯等人帮我选购一批书籍，摆满了几排书架，我跟爱人说往后就借山中日月读读书吧。她竟去工商部门注册了“读读书吧”。真的是要读点书了，一个没有文化的村落终究不过是一片荒野。

今年六月底，九华山左姓工匠选了块好料，手工刻制“何园”牌匾，油漆好帮我挂在门口。牌子一挂，这就是何园了。

无巧不成书的是，今年初春疫情期间，我将何园的角角落落挖了不少坑，灌水沤肥，将去年的两缸藕倒出来，分栽各个坑坑洼洼处。春夏之交，何园角角落落里的荷花竞相绽放，吸引人们入园拍照留念。我隔着墙头常听行人说：“何园主人一定喜欢荷花。”更有熟人演义说，何园男人姓何，女人名字中有“华”，华与花为通假字，何园种荷花，最恰当不过了。

李志秀或许看了我写的有关何园的文章，这才有她与友人们的何园之行。

我爱人听说城里的朋友们要来何园，天还没亮，她就独自开车去青山之阳将军湖边，买湖中大鱼。将军湖原先是条山谷，谷底未蓄水前还有几个村庄呢。我们在朱备一家鱼庄吃鱼时遇到一个主厨，他的童年就在湖底村庄度过的。这个主厨帮忙联系的渔家有湖鱼，我老婆买了两条，一道鱼头炖汤，加上红烧鱼块，两道硬菜有了。我爱人与她熟悉的农户联系，她们村里有人家杀黑毛土猪，给我们留下足够做几顿杀猪饭的食材。

我爱人满载而归时，小狗阳阳与它的兄妹们闻汽车声响奔出园外。她喊我帮搬食材，说："这几天也给你这个作家补充营养。"我与阳阳一样，期盼家里来客人，跟着后面混些好吃的。阳阳吃好了，出去谈恋爱。我吃好了可能多写出几篇好文章，都不会浪费食物的。有了湖里野鱼、农家土猪肉，还有麻鸭、会飞的鸡，哦，泥鳅、鳜鱼，其他诸如黄瓜、苦瓜、丝瓜等菜配配，大盘基本上定了。

我爱人还是觉得不够，请来曾在食堂烧饭的陈晓霞小妹来茶溪主厨。她以烧家常菜出名，不用杂七杂八辅料，原色本味地道菜。那些年里，我隔三岔五邀同事去我爱人工厂食堂吃饭喝酒，我的老同事黄丛慎笑说我："老何夫人专门找两个女厨师给他做私房菜，比部长待遇都不差，老何这辈子死了也不亏。"老黄滴酒不沾，不然我早把他灌醉十八回了。

远方友人来何园，我爱人召集我与陈晓霞开会，封我司职前台，端茶倒水，听来客吩咐，随叫随到，不准脱岗。陈大厨负责厨房红白案，烧与煮。她也不是当甩手掌柜，采买、端菜、刷盘子。

新朋老友们来了，大多都未曾谋过面。有缘在九华山始会，她们素质很高，自理能力都特别强。我除了烧开水，端茶倒水也轮不上我。谢晓娣女士爱喝咖啡，正好我女同学陶红绪刚从海南寄来炭烧咖啡，她冲泡了一杯，满屋飘起咖啡香味。她们下午在园内荷池间转悠，洒落一池池笑语，采摘下的莲蓬自己吃，拍出来的照片传给朋友看。她们拍照的视角与重点不同，让我对何园荷花有了耳目一新之感。

是日晚，来自城里的几家人相聚，晚餐甚是开心。岁月翻过许多篇章后，这群在城里各自事业有成的人，在山野间相逢便多了许多话题。只是稍稍放慢了脚步，留心这山中清闲，静心走过寻常的风景，有了些惊喜的发现：脚步慢时，身边便有了风景。

次日早晨，天还没亮，微信名叫“日行万步”的孙丽芳喊我开园门，她有早锻炼的习惯，日行万步从早上开始。早饭后，她们顶着酷热出门去玩。我看到她们拍的照片很美。有一幅图片拍的是傍晚情景：她们结伴到山野田埂上，各自把手中的帽子扔向空中，一齐跳起来、飞起来，画面无声却极强烈地溢出欢乐开心的气氛。她们在山野间找回了沉淀在时光里的昔日少年感觉。一个叫“大勺绅士”的先生给自家女人拍摄下了精彩的片段，制作出来的几条视频，配上女人自己唱的歌，精妙极了。歌声飘逸于茶溪之畔，青春飞扬，人们都活色生香起来。

曾经在旅游行业工作过多年的孙丽芳告诉我，九华山在佛教名山中，特色就是僧俗同山，诵经在庙，修炼在家，僧俗都在修行。有人忆起许多年前上九华山，正逢小雨，拾级而上，雨雾蒙蒙，奇松巨石若隐若现，总有种雾里看花神乎其神的感觉。或许，人间情境里许多事情雾里看花是种美，也是种处世哲学。人生在世，世态炎凉，很多事情一时说不清楚，辨不清方向，雾里看花、静观其变何尝不是一种韬光养晦。《华严经》有“一花一世界，一叶一如来”的句子。即使是何园的一朵朵荷花都需要阳光雨露与星辰日月，相缘交汇而生，故而一花悟世界。

李志秀说，我感觉你变了好多，看到你爱人端盘子跑来跑去的，心里不是滋味。她曾去过我爱人的外贸工厂，知道霸都副中心那块数十亩园区和几万平方米建筑体量的含金量。曾有上海商界人士来评估过至少在两个亿市值。商场如战场，在那场生死变局中，我们重归一无所有，如今在山野间生活，山里时光老得慢。任何奢侈繁荣、挥霍排场，终将抵不过山中一片明月，几缕清风。匆匆人世间跑一趟，何不放慢脚步，给自己听一朵花开的静心时光，打开心灵窗户，感知世界，感恩大自然。

她们回城里去了，我还在山野间。写了这篇文章，算是个纪念。愿她们此后给自己留下听一朵花语的时光，有雨的日子也听听雨吧。

雨巷花红

我在江南茶溪小镇的院子里原先有两株梅花，我注意到它们时，已花落尘埃，叶子也不甚好看，总觉得它们枉占了那么一块显眼的地方。

那段时光里，我忙着请山里人来装修、粉刷房子，院子里堆放了许多工具、材料，走路下脚都不方便。有几次，我还被梅花树枝划破了衣服，手臂也被划出了血痕。忙乱间，不由得对这硬邦邦、无花亦无色的梅花树厌恶起来。我找来剪刀，狠狠地剪掉了它的枝干。看着掉落一地的梅枝，方才稍解心头之恶。只是看到树枝伤口处渗出深红色的树液，比人的血液颜色还要红。我顺手从地上抓了几把烂泥，糊在断枝处。

人上了岁数，见不得血。

这两株红梅树，盛夏时节，还是被我从地里挖了出来，扔在院子一角落里，没栽入地里也没培土。一株被瓦工老钱晚上收工时扔三轮车上带回家了，另一株被扔来扔去，最后扔到池塘边，连一锹土也没给它培上。毒辣的太阳已晒死我半院的花草，许多比梅花艳丽、芳香、好看的花儿都相继晒死了。目睹这些艳极一时的花儿树儿枯萎死去，看多了就麻木了，心也硬了起来！

我的邻居张兆玉先生是位书坛大家，去年初春花儿初放时节，他与从京城来的老沈，帮我费了九牛二虎之力弄来一卡车大别山映山红。运来茶溪小镇的时候，正好一树树映山红花儿初放。当时何园还没收拾好，只好摆放在通往葫芦塘栈桥的小巷两旁。一树树红花扮靓了这条雨季的小巷，映红了茶溪的半边天际。

那段时光里，天南地北来茶溪小镇修行者甚多。每个晨光与晚霞里，结伴来跟映山红留影的人挤满了雨巷。我的邻居谢丹薇大姐与李兰成、于小红等人，还在一个早晨，备好许多套不同色彩的衣裙与丝巾，一趟趟在这映山红小巷里来回漫步。她们的先生们也应邀当配角，于那轮晨光里拍下了许多生命中的浪漫瞬间。过往旅者忍不住连声说："漂亮，好美！"也不知道这些南来北往客是在夸这雨巷里的映山红，还是在夸这轮红日与映山红里呈现出的生命与爱情之美？

花季很短，瞬间珍贵，只是盛夏太长，天气太热。

毒辣的太阳毫不留情地晒着那一株株映山红。我早也浇水，晚也喷水，它们还是舍离了我的情分，相继死在我的面前！春风里那么惹人心怜、给人初恋般感觉的映山红，秋高气爽时节成了一树树枯柴。每挖出一株死了的映山红，我的心都要忍受一次生离死别的感受，后来受不了这种煎熬与伤痛，让山里庄稼汉老钱与老袁来帮我挖掉这条雨巷里的所有映山红。枯死的树枝堆在原先两株梅花占据的地方，竟呈小山状，何园空留下三十多口映山红的花盆。

世人有了阅历与挫折以后，常在秋雨里独自叹怜人情冷暖。其实，花儿也弄人啊！你不喜欢的花，随手弃之一边；你用心打理的花，也会在你的面前枯萎了青春的容颜，甚至死给你看。伤心，还是不伤心，由你自己去思量。

我对那一条通往葫芦塘边雨巷里的映山红枯萎，心里纠结了许久，不只是心疼钱，那些个早早晚晚为映山红浇水时，我的汗水也滴落其中。我曾梦想过，待寒冬腊月尽了，春风吹来的时候，茶溪小镇这方水畔，有这一片映山红，我爱的人，和爱我的人，路过这里，掩映花间，留下诸多美好。当时，我还为此写了首叫《茶溪的雨巷》的诗：

一夜的喜雨
润透了你的身心
所有的期待
都在早晨这一刻绽放

你艳惊了时光
将欢喜灌满我的心海

我要告诉每一个来访者

我是个幸福的人

这首诗还没找到地方发表，映山红已成了追忆，让我情何以堪。

春风又拂大地，残雪还未消融，疫情侵袭大地。

茶溪小镇路上不见了行人，道路封死，村落间不相往来，仿佛重回古旧时代的岁月。热闹喧嚣的尘世忽然间宁静了，那些曾帮我干过活儿的工匠都困在家中，就连小镇卖水果的漂亮小媳妇阿华也见不到了。她很长时间都把我当成是茶溪某工地给民工做饭的师傅，后来不知谁跟她说起我的过往，她再见我时猛拍了下我的肩膀，说："够低调。"

这已经是仲春了，哪里也去不了，谁也来不了，我早晚在自家院子散步，渐渐心静如水，能听见钟表嘀嗒声，还有自己的心声。寂寥中有此静美，不也是一种别样的美吗？

月亮从九华峰那边翻过来，照亮了我的小院。如水的月光里，想到唐时李白第一次经池州秋浦上九华山，与隐居此地的诗人高霁等同游，写下了《改九子山为九华山联句》，"妙有分二气，灵山开九华"。他再次游九华山，又写了《望九华赠青阳韦仲堪》，诗中有云："昔在九江上，遥望九华峰。天河挂绿水，秀出九芙蓉。"李白大概来过九华山六次，算得上第一个以诗歌赞赏九华山的人。而今，我与爱人远离热闹的都市，栖居在九华山茶溪之畔。再过三五百年，后人能看到我曾给这方山水留存些什么呢？

月光下，我这么想着，路过厨房窗户，借着灯光看见妻子在厨房蒸萝卜丝包子。我依旧独自在院子里散步，转过院子墙角，忽有一缕暗香袭来，沁人心脾的那种醇香！这香从哪里踏春而来？我低头循香寻觅。墙角处，一株梅花独自芬芳；月光下，朵朵红梅悄然绽放！

这不正是被我连根挖起，随手扔进墙角的那株红梅吗？若不是历经暑寒交替、九州闭户，断了我所有的杂念歪想，今晚这样清冷的月光下，我哪里知道这株红梅独自在墙角酝酿出这样独特的芬芳？！没有这般的暗香袭来，我大约也不会明白：无论经历过什么，人世间至美至纯的东西总是有的！

相逢是首歌

夏雨是昨天傍晚时分降落九华山茶溪的，仿佛是久别的恋人，她将自己积久的相思化作了绵绵细雨，吻湿了青青芳草，给一湾湾的荷池灌入了新雨，悄悄地将池塘边的游泳池补满天水，变成了一个无边际的泳池。

早晨我下楼，还未近荷池，有清香袭来，沁人心脾。早就知道荷香十里，闻香沉醉，近处香愈浓啊。

夏雨真好，仅一夜的工夫，就把茶溪的四面青山洗得干干净净，还极细心地撒下一缕缕白云缠绕着青山。青山宛如羞涩的处子，时隐时现于缕缕白云间，看上去青山似画亦如诗。我与青山之间，隔着芳草园，还有荷花莲蓬，再无些许杂物，让人无法生出别样的杂念来，由外及内，无不纯粹清澈起来。

画面太静了，要不是小蜜蜂与蜻蜓在荷花与芳草间"嘤嘤""嗡嗡"地飞，偶尔翅膀掠过身旁，这一大早行走何园，或许以为是在一种梦境里呢。这些小蜜蜂与蜻蜓大约是夏雨早晨走时留下来的天使、传令兵，护卫这一园的芳香，也捎去何园的好消息。

我不能惊吵了小蜜蜂与蜻蜓，轻轻地穿越荷花池，闻半池荷香。忽然，几株荷秆颤抖了一下，叶心的露水似玉珠滚落池内。原来，是荷池里调皮的小鱼儿在摇晃荷花秆，讨一口甘露。

拾九级台阶而上，过石拱门，沿木桥越荷池，又见青山，这状若莲花的山峦正是九华山莲花峰。据《九华山志》记载，唐天宝八载至上元二年前后十二年中，应时任青阳县令韦仲堪相邀，李白曾三上九华五游秋浦，作诗送友，《望九华赠青阳韦仲堪》即其中一篇："昔在九江上，遥望九华峰。天河挂绿水，秀出九芙蓉。我欲一挥手，谁人可相从。君为东道主，于此卧云松。”

青阳县令韦仲堪政声不得而知，能邀那时的李白来游作诗，因诗而将九子山改名九华山，韦县令应是个不错的文化人。韦仲堪与李白曾遥望的九华峰，如今成了何园天然的东墙屏风。每个晴朗的日子里，太阳就从九华峰升起，将一缕晨光洒向何园，化成万道金光于芳草地。

今早雨后洒向何园的金光似乎更纯情。荷花美得自不必说，因金光入园的角度与落点稍有不同，园里草坪也是金一块、银一缕、绿一片。九华峰顶来的晨光，在樟树与荷花间，通过光与影的交叠，时与空的移位，将何园的芳草幻化成五彩云霞。稍微愣个神，再看刚才盯着的那块草坪又换了新的云裳。

我不像荷池里的鱼儿胆大得敢去摇动荷秆，盗饮荷叶心间的玉液琼浆。我连这石板小径缝隙间的小草，也不轻易触动，它们攒了一夜的深情，把长久的期待都寄托在草尖之上的那滴露珠上，或许在等一个天使路过，我又怎么舍得去碰碎那草尖上的一点希望？况且，即使是这些石径缝隙间的小草，听到了春雾、夏雨，还有秋光与冬雪来何园时的窃窃私语，也早已完成了爱与被爱的启蒙，它们正酝酿着在又一个雨季里，认真地去谈一场恋爱，轰轰烈烈地爱一回呢。你说，我们的脚步哪还能不轻点、轻点，再轻点，千万莫要碰碎了正要恋爱的她们刚打扮好的妆容。

这个早晨，我提只瓦罐，误入何园荷花深处，小心翼翼地走过石板小径，轻掩何园柴门，去茶溪左岸那棵老槐树下的豆腐坊，打罐刚出锅的豆浆，再跟他们聊聊那个与诗人私奔去了米兰的茶溪女孩现在的生活状况。

我的邻居们昨天下午合伙包了许多粽子，约定今早来何园煮粽子、喝早茶、赏荷花。他们一定会追问我写过的老槐树下豆腐西施的过往云烟，还有那个去了米兰的茶溪姑娘的近况。喜欢喝这家豆浆的邻居们，巴不得茶溪左岸的那个昔日的漂亮姑娘回来，茶溪需要手艺人，跟需要有故事的人一样。

抱一瓦罐豆浆回到何园，轻推柴门，早有香远益清的荷香袭来，这清香里还有一缕老鸡汤的味道。妻在厨房大约忙好了早餐，邻居们就要提篮晨光来何园了。

邻居们来了，来了，提的不是晨光，而是各自从菜地摘下，且做好的蔬菜，满满当当摆了一桌子。“客气了，提一篮晨光来就行了。”我躬身相迎。“晨光满园，何用我们提来。”邻居们落座，慢品细嚼，一桌的故事，由远及近，一个个都那么美，那么好。

这个普通的早晨，茶溪邻居们相聚何园，吃一顿寻常的早餐。不急，山里钟表走得慢，时光又不老，品茶，聊聊。

醉在江南

若是春季来皖南茶溪小镇，万千风情都掩映在雨里雾里。一缕恰到好处的春风就能撩得你热情似火烧，燃起无限的憧憬与期待。你的身心再淋几场江南的春雨，心底里的那粒种子就会浸泡得长出嫩芽来。

皖南好啊，特别是春暖花开时节风景之美，受得下任何溢美之词。唐代李白仅皖南一条秋浦河就曾游历过至少五次，留下了可查的关于秋浦河的诗就有十七首。推而广之，李白游历江南的诗，仅在皖南沿江一带就不计其数，他最后在采石矶跌落长江，永远留在了江南。在池州任过刺史的唐代诗人杜牧不仅留有《江南春》《赤壁》《清明》《山行》等诸多有关江南的诗，更为传奇的是他还与江南女子生下一个儿子杜荀鹤，也成为唐代久负盛名的诗人。至今在江南秋浦河畔还能见到“杜荀鹤故里”的牌子。

曾在江南待过两段光阴，老实巴交的白居易到六十五岁那年，还禁不住夸奖：“江南好，风景旧曾谙，日出江花红胜火，春来江水绿如蓝，能不忆江南？”异地为官，才四十出头的杜牧怎么能经得住江南春风的撩拨，终在秋浦河畔见水生情。他因江南的美，写下那么多传世的诗篇，更因为江南的春风春雨，他与程姓民女留下了后代。当我们穿越时空听到1174年前秋浦河畔石台程家姑娘新生婴儿的第一声啼哭，也是要宽厚待之。我们只能猜测，说杜牧风流也行，说成是江南美景惹出的事也不为过。

千年前的江南春风，如今依旧撩拨人；千万次轮回的江南春雨，还会让人生情。江南，是一个只要你路过，就可能让你冒出除了江南，哪里也不去，就留在江南，做一个春雨中的耕耘者的想法；若是在江南邂逅一段情爱，遇上一位水做的姑娘，那你更会萌生出不辞长做江南人的念头了。当然，行走江南春天的外来姑娘，她们遇上有着古铜色皮肤、清瘦干净的江南汉子，也由不得她们不动芳心，执手江南，行走四季。

几年前的春雨中，我带着一种异样的心绪来到了江南茶溪小镇，连绵的春雨将我的心头淋湿，慢慢荡涤了身心的尘埃，我不由得喜欢上这片背依九华峰、濒临九华河畔的地方，我还写了首《茶溪下雨了》的诗：

说好了的
雨季的江南
你在茶溪小镇
等我

我在守望
静听江那边雨响
跨越长江
飞到九华院子

雨丝长
树树花红
满院芳香滴翠
莫不是你备好的新妆

我在找你
与你风雨中寻觅
那些红花绿柳
一起在此沉醉

著名书法家张兆玉先生书写出这首诗，我请工匠雕刻到一块榆木板上，挂在了我居住的墙上。我在那块木板附近山坡上干活，经常目睹南来北往的游人驻足其前，他们默读之后，继而读出声来，更有一群人齐声朗诵此诗，还有人向我打听此诗的作者，这倒让我的虚荣心有了些许的满足。大学时教过我们当代文学的许正松先生专门写了篇评论《从一个“谜底”到一个“美丽误会”的终结》，来解读这首诗。许先生称：我们最初以为这是一首情诗，便是一个美丽的误会，这是作者精心策划的一场风花雪月剧情误导的结果。这让人想起台湾诗人郑愁予的《错误》里的诗句：“我打江南走过 / 那等在季节里的容颜如莲花的开落 / 东风不来，三月的柳絮不飞 / 你底心如小小寂寞的城 / 恰若青石的街道向晚 / 跫音不响，三月的春帷不揭 / 你底心是小小的窗扉紧掩 / 我达达的马蹄是美丽的错误 / 我不是归人，是个过客……”郑愁予这首描写相思之情已成经典的小诗，同样也是写的春天，也同样写的是一个有关“等你”的约会，但那不是“归人”，而是“过客”。而何显玉《茶溪下雨了》这诗里的江南春天的“谜语”的“谜底”不是爱情，只是借疑似爱情的纱幔营造出一场风花雪月剧情的“美丽误会”，从而引发人们对“我”与“你”共同“寻觅”的“那些红花绿柳 / 一起在此沉醉”的江南春天的茶溪小镇或江南茶溪小镇的春天的关注与爱，以至于“爱”到与“那些红花绿柳 / 一起在此沉醉”，从而直接导致这“美丽误会”的终结！显然，这里不是说爱情，如果说有“爱”，那也是对江南春天的茶溪小镇的“爱”，或是对江南茶溪小镇的春天的“爱”。

原本只是写在微信上的短短十六行的文字，本来看上去不甚了了，被浪漫的游人与诗人剖析得如此一波三折，迷雾重重，曲径通幽，这倒给我太多的意外与惊喜。

江南的春天固然很美，那么诱人驻足，让寻常的人都能写出动人心弦的诗篇。可相对于江南的秋天来说，春之美总有种浮在表面、没有积淀的感觉，热情是足够了，热热闹闹过后少了些思考与深度。就像人们在少年时经历一场爱恋，纯情、热烈、忘我，甚至奋不顾身，可是凋谢得太快。犹如一树树繁花绽放，并不是每一棵树上的花儿都会结果子，很多花儿就是来装扮那个季节的，流水落花春去也，花开花谢也是常情俗理。纵使是结了果子的，也并不全是给人们享用的。你已经看过花开时的美，那树上的果子是为了给这类植物留种子的，你又怎么能要求太多？

细想起来，这江南的春与秋之间的差别，原来是差了一个夏季。夏季的光与热，正是万物成长、成熟的季节，经历过这光与热的洗礼，江南呈现在我们面前的更多了份浓烈与沉甸甸，远不是当初那一眼就能洞透的景色，多了许多层次与思索。

如果说我们初春时在江南遇到的是一个扎着辫子、欢蹦乱跳、活泼漂亮的小姑娘，她的美丽与鲜嫩，还有那纯情如水的爱恋，让我们心生欢喜，愿意跟着她后面跑，一探前面的风景；那么，深秋时节，我们到江南时，端详的就是一位优雅、端庄的少妇，她吸引你的绝不只是一汪秋水般明澈的眼神，而是她举手投足间尽显出来的神情韵味，还有那份溢自内心、恰到好处的安静。你看她时，她在有序忙活着；你没看到她时，她照样井井有条地在忙着自己的事儿。只是她转身间那一顾盼，就像一粒石子丢进清溪水潭，由不得你的心海不起波澜。

这时候，你最想做的事情就是能坐到她的身旁，静听秋风过处的响声，静观秋色下的山峦间层林尽染，深嗅一下空气中飘荡的硕果瓜香，慢慢醉在这江南的金秋里。

若说春光里你曾来过江南，穿越春风而没能停住匆匆的脚步，这怎么能怪你呢？青春原本就是个起风的路口，况且你的青春与江南的春天相逢，有多浪漫与激情，甚至做了些在常人看来出格的事情，都不为过。谁还没有青春过，谁一路上走来还没有过写诗与歌咏的冲动？青春的年岁在江南的春天里没有什么不可以，青春的精彩不就是用来随性地挥霍的吗？假如青春时没有挥霍过，那你走过了春天，熬过了夏季，转眼间逢秋了，你拿什么与江南这么成熟的金秋对话？

好多年前的一个春夏之交，我曾在江南的一条溪水间漂流，同张竹筏上除了筏工，就只有我与安庆古城的金家骏和李声波先生。浪花飞溅，我们一身湿透，老金端坐筏上，从容论道。我记得最清楚的他的一句话是：“一世清白，人生必然苍白。”当然，他对清白的底线有自己的理解：不损害他人，不毁灭万物生灵。是啊，如果一味追求所谓的清白，人生辗转到严冬大雪覆盖万物，守在火炉旁边，该拿什么故事来讲给娃儿们听？又怎么好意思依然一日三餐继续耗费金贵的食材？

江南的茶溪小镇有两面高大洁白的墙壁，墙上各书两个大字——知足、放下，须仰视才见。一位智者对我说他第一次在秋菊黄时见此四个大字时心情受到的冲击：醍醐灌顶。他从此辞别都市，离群索居于江南茶溪小镇山里，潜心研究自己的艺术，渐至高境。他不是说说，而是从这句佛教用语中有了真实的灵感，大彻大悟，忘却烦恼，寻找到了自己的快乐。

我曾在茶溪下雨的春天里，与一群初到江南的年轻人同行，他们同样看到“知足、放下”四个大字，却是另一番感受：我们什么都没有过，哪有东西放下呢？他们那个年纪，还没有去经历人生四季，承担苦累，初涉江南的青年确实还没有太多的东西与担子需要放下。

身陷都市钢铁丛林、忙碌人间琐事的人，可能对四季的转换并没有明显的意识，顶多也就是天寒添加衣裳、天热穿新衫。很多人在这片丛林里穿行于一场又一场的各色各样的“局”，见缝插针赶赴一个接一个的约会，把生活当快餐，来不及细嚼慢咽生活的滋味，空耗掉大把最为宝贵的生命光阴，去换取钞票、房子、车子、面子，换来换去间，恐怕他们自己也分不清楚，到底什么才是自己最想要的、最初的东西了。

我曾写过一篇文章，主题为“总在忙碌，把自己的人生熬成了别人的药渣子”，引起过一些人的警觉，他们扪心自问：自己到底在忙什么，到头来抓住了什么，又丢掉了什么？

年少时光时，就像春季下江南时一样，尽可能去多涉猎世事，经风雨见世面。上了一定岁数，就像到了江南的秋季，就要注意将光阴用好了。其实，很多人闯进你的生活，只是为了给你上一课，然后转身离开。很多事，没有你操心同样不会差。把自己宝贵的生命光阴空耗在无端的人与事上，空留下一身伤病给自己，那时候再好的领悟也为时晚矣！

江南的秋景是要来慢慢看的，急不得，也等不得，来不来由你，写不写诗也由你。至于能否如杜牧那样在江南秋景里邂逅一位江南佳人，陪你一起观赏江南秋景，那恐怕要看彼此的心事与缘分了。

秋色茶溪

时近中秋，江南的秋意仿佛比别处来得浓些。以前读过北京的秋、南京的秋、济南的秋，还有西湖的秋，总觉得有些淡而寡味，都不如江南的秋来得浓烈、厚重。

又一场秋雨后，我邀江北的好友们来江南茶溪，品味江南的秋。

行走在茶溪小镇的山野间，举目望去，四周连绵起伏若莲花瓣状的山峦已是层林尽染。大块的绿，间或有大块的黄、大块的红，还有大小不一的橙块、赤块、蓝块、青块、紫块，被一根金色的线条巧夺天工地缝合成一件炫目的原色多彩秋裳，披上日渐凉爽宜人的江南山野。你在茶溪小镇随意望一眼周边的山峦，由不得你不爱上这多彩浓烈的江南金秋。

茶溪小镇其实并不是原有的地名，更似是一首诗的名字。它之所以成为当下行者向往宜居的健康之地，还真是缘于春雨中的一位诗人与一位高僧的偶遇。十多年前的一场春雨中，一位叫李森的诗人路过这里，遇到前来参加九华山大愿文化园奠基的一位高僧，两人相见投缘。这位僧人居高处，手指这片沃土，说："四周群山如莲花瓣，花蕊间的那块地方，山环水绕，藏风聚气，宜居宜养，有凤凰来兮，有龙腾飞。"毕业于北师大历史系的李森是位很有造诣的诗人、书法家。我在九华山水街石壁上看过他写的一首诗《你的光阴》，每每有人在此留影，大约诗句有开启悟道之功。诗人亦是商界大佬，高僧或许只是说说，他当真收拢起过去的事业，举数亿之资来此兴业，矢志为中国未来健康小镇探索一个模本。

诗人因这块"莲花之蕊"之地有条小溪名曰"茶溪"，便取名叫茶溪小镇。现在成为国家授予的中国运动休闲健康小镇，一年举办的全国性体育健康赛事培训多达数十场。

我第一次听说茶溪小镇还是意大利米兰朋友赛琳娜告诉我的。她的父亲曾与我爱人的外贸工厂有过十多年的生意往来，父亲退休后，她接手生意，多次来我爱人的外贸工厂考察。赛琳娜酷爱中国传统文化艺术，特别是太极拳。她从学生时代就跟一位老华侨练习太极拳，那年金秋时节，她终于获得机会，代表意大利队来中国江南茶溪小镇参赛。

我与爱人专程来茶溪看望这位欧洲的生意伙伴。见面时她兴奋得手舞足蹈，连声说："中国太伟大了，师傅功夫太厉害了。"那次和她一样来茶溪小镇参加比赛的有四十多个国家的体育团队，一时间，这片"莲花之蕊"宝地云集了国内外的顶级太极拳高手。

前年也是中秋前夕，在欧洲经商的意大利华人华侨商会秘书长阿快先生与朋友结伴回国，路过合肥看望我们。次日，我们陪同他们上九华山，住在茶溪小镇。那天中午下山吃饭时，遇到已在茶溪小镇拥有自家四合院的几位房主，其中有书法名家张兆玉、王金泉先生，还有著名黄梅戏表演艺术家龙宝玲等人，大家投缘，中午我邀他们同桌品酒。酒至酣处，王金泉朗诵苏轼的《赤壁怀古》词，将其大气磅礴、撼魂摄魄的艺术魅力表现得淋漓尽致。原本在酒桌上不开口的龙女士即兴对唱了一首黄梅戏《夫妻双双把家还》，众人击桌伴奏。

酒毕，我们随龙宝玲匆匆赶往小礼堂，那儿上演的一幕情景剧正处尾声，她要压轴上台收戏。我与阿快等人坐在阶梯形的观众席上，聆听戏曲高潮部分的唱腔。阿快高兴不已，演出结束时，他起立长时间鼓掌。临别时，阿快说："在茶溪经历的事都是不期而遇，但是处处都是顶级的水平与享受，藏龙卧虎啊。"

阿快在欧洲打拼了近三十个春秋，他回去后还常说一定再来茶溪。他说这么好的山水环境，汇聚了全国各地来的极富才艺的居民，人文与自然相融，经江南烟雨的淬火，未来必将出现一些艺术大家。他曾在大雪封山时，专门开越野车送我与爱人到瑞士与意大利边境的阿尔卑斯山，山顶上居民的木屋烟囱都埋在积雪里。高山滑雪场上却人声鼎沸，尖叫声从山顶一直持续到山脚。那是我平生见过的最大最厚的雪。

我来茶溪小镇栖居才历经了几个秋天，外出踏秋的机会还不多。这个金秋来了，一场场秋雨与秋风相逼，我园中的荷花步入了枯萎的苦旅。有时秋风起处，蓦然回首见有枯荷在秋风中低垂于池边、缸沿，心里都有种说不出来的怅惘。

花容月貌，花好月圆，有了一定阅历的人才会明白，这两种境界都是人与自然最唯美的顶峰状态。花无百日红，人没驻颜术，该爱的时候一定要爱，到了飘零枯萎的季节，要学会接受。其实，优雅地老去，又何尝不是一种超越了寻常境界的唯美？那些看惯了顶峰之完美，总希冀长长久久的人，梦醒时分也不甘心，总在挣扎祈求。殊不知，若没有欣赏成熟美的境界，醉了，要醉到几时呢？醒了，仍旧会去寻酒沉醉。

我们看惯了春夏荷花的鲜亮身影，陪伴花儿一起成长，有过风花雪月，当然要并肩迎接秋风秋雨，在生命苦旅中相濡以沫。守着一朵花开，见证了一朵花凋零，陪花儿一起慢慢变老，享受无价之清风明月、山野水波的情趣，又何尝不美？！这种金秋里相伴相拥的日子，绝非那些沉醉于春夏酒色财气里的显赫之人所能享有的，他们无福享受金秋里相伴相拥的日子，整个生命里残缺了一个金秋，也就挨不到寒冬。

我还没有走出茶溪小镇去细看江南的金秋，只借何园这片片秋荷理解江南的金秋。这么想着，我便沐浴双手，细心地剪下枯荷与残叶，慢慢地收拾好，捆扎成一束干花，移进书房。曾来何园的中医世家传人常如居士说，枯荷与残叶，还有那干莲蓬，留待冬季煮茶叶蛋、花生时放进去，香味久远。这些枯荷残叶依旧那么干净，留有余香，生命只是换一种方式存在，呈现出了别样的美丽来。

江南的金秋正一日浓似一日，待你有空走进江南山里，看层林尽染，秋色浓烈得如同一壶高度的原浆烈酒，一同沉醉。

摸鱼捉虾

大雨大，烈日烈。

省城三位博士家长在茶溪小镇让娃儿顶着烈日下池摸鱼捉虾，跳进野塘游泳。他们认为假期送娃学这学那，不如让娃摸鱼捉虾，强其筋骨，壮其心志，让他们感知自然，承受灾难。

朱和平先生与妻子尹权博士带两个闺女又来江南茶溪了，与他们夫妇同来的，还有尹博士另外两个同事的家庭：郭博士家和刘老师家。他们三家孩子平时是玩伴，都还在上小学。这次他们结伴带娃儿们到九华山间漂流，让娃儿们下池摸鱼、游泳，采摘莲蓬，烈日下归来时，娃儿们一个个以荷叶当帽子顶在头上。

孩子们到茶溪小镇来开心坏了，家长们也乐在其中。

朱先生是怎样一个人物？他咋舍得在烈日与暴雨下，带俩闺女下江南受此苦累呢？他从名牌大学毕业后，闯荡商海许多年，游历过差不多大半个中国，成就了诸多事业，他的眼界与阅历绝非常人所能比的。

说他两件事情吧。

他大学毕业后辞去公职，到海南经商。转场内地发展时，他凭着公司给的一车货和十万元开办费，在扬州城内迅速掀起一股旋风，他营销的产品很快成了市民习惯用的日用品。总部见状，又给同样条件，让他去开辟成都市场。两年征战下来，他的产品又成了这座城里市民们喜爱的消费品。朱先生若没真功夫，哪来天下宾朋。

朱先生也有败走麦城的经历，这倒成就了他立体状的完美人生。朱先生夫人尹权博士是刑法学博士，来自内蒙古大草原，性格爽直。他们大女儿出世后的第一幅笑脸照片，还是我到医院时抢拍的。饱读诗书的他们明白：只要青山在，山长水自流。

他们最艰难的时候，我爱人的工厂也正深陷困境，起死回生无望，又无人接手，我们夫妇备受煎熬。我记得尹博士那时用自己的个人信誉担保帮我们贷出五十万元救急。她身处困境，居然还伸出援手温暖我们的人生，由此可见其大义与人品。

我好像无厘头，正说着小娃儿们的暑期实践活动，却笔走偏锋，写了这么多有关娃儿爸爸妈妈的事情。其实，并非闲笔。有此跌宕起伏、悲壮人生经历的父母亲，自身又受过非常优良教育，他们在如此酷暑中，带着娃儿到江南山水间行走，下溪水漂流，到何园池中摸鱼捉虾，还让娃儿们跟我下野塘游泳，采摘莲蓬，肯定有他们的深层用意。

朱先生说，孩子们的人生路终究是要他们自己走的，知识积累是伴随终身的。相对于知识，孩子们从小更需要去经历一些事情，在大自然的四季变化中感知世事。一个自小浸润大自然，有着顽强毅力与体质的孩子，以后承受生活的能力、抗衡各种遭遇的应变能力，自然会强大许多。

无独有偶，与他们夫妇育儿观点相似的郭博士、程老师夫妇，还有同一所大学当老师的刘女士，他们没有把孩子送去参加这班那班的，却陪他们在烈日与暴雨下，游历江南，感知大自然，做他们喜欢的事。

尹博士因为大女儿喜欢画画，就让她看许多画报，纸墨、颜料放家里，任她自己画去，让她临帖习书；二闺女喜欢看书，就带她去泡书店，感受那种氛围，她能抱着一本书独自安静地看半天。刘老师因为女儿喜欢游泳，就让她游去，游好了身体，游到了快乐，学习更上心了，一不留神反成了学霸。郭博士的儿子喜欢山野间的各类生物、植物，喜欢水和动物。郭博士给儿子织了个渔网，陪他上山采摘植物标本，下水摸鱼捉泥鳅。

还孩子们原本的蓝天白云，放归大自然中浸润，风雨雷电，四季轮回，月圆月缺，人情冷暖，春日花开，世事悲秋，由着他们在大自然中见多识广，人情练达。

哪里都有花开，哪季都有风景。就这样让娃儿们在大自然中熏染自己，筋骨强了，心志壮了，自然常识多了，抗击灾难的力量有了。如此儿郎女生，难道逊色于那些仅考个高分，对自然、人情陌生无知的同龄人吗？

岁月长，路途远，是骡子是马，走一程岁月瞧瞧了。

寻 秋

老袁常来茶溪小镇干活，他是一天两餐酒的人。去年帮我干活的时候，我中午管他酒，晚上他回自己家喝。老袁喜欢高度白酒，低度白酒在他眼里都不算酒，诸如啤酒、红酒更入不了他的法眼。

那段时间，老袁真的喝掉了我不少好酒。有时外地客人来我家，我就让老袁与客人同桌喝酒。他开始还谦虚说喝不惯太好的酒，意思是客人喝好酒，他可以随便喝孬一点的酒。后来，他见谦虚没用，我们照样喝同一个瓶子里的酒，他也就默不作声，只是将饮酒量控制在二三两间。相处日子久了，他说我讲义气，眼里没有高低贵贱。

去年金秋，山里手艺人活儿多，一时请不到石匠干活，我请老袁过来搭把手，码砌一堵石头墙。他搅拌水泥，我每码好一层石头，他迅速填水泥浆灌注，再帮我搬运石头。我习惯将石头漂亮的一面放外面，不似传统砌石头墙讲究牢实。中间我们坐草地上歇息时，老袁问我："我不种地至少有十年了，你靠读书走出家乡，在外面跑了那么多年，临老了怎么跑山里来种地了？"我只是笑笑。

我们俩将一堆从秋浦边运来的水冲石，变成了一堵还算漂亮的石头墙，老袁表扬我说："你这拿笔的手能砌出这段石头墙，凭这手艺在山里就能挣钱吃饭了。"我爱人跟着起哄："袁师傅，您以后到哪儿干活，叫他跟您后面打小工。"老袁睁大眼睛，似是自言自语地说："何老师，那样就太可惜了。"

我至今也没明白老袁当时那句话，是说我干活拿小工钱可惜了，还是指我放下笔去干活可惜了。

老袁不在茶溪干活时，见到他的机会就少多了。有几次他开着电动三轮车来我家，丢下一些山芋，还送过萝卜菜种子，指导我什么时间下籽，中途施什么肥。还一再叮嘱我：要留萝卜种，等长出小萝卜后要单棵移栽。去年入冬，我移栽了十几棵萝卜种苗，收了一斤多萝卜籽。有天傍晚路过路边大排档时，见老袁与另一个老汉喝酒聊天。他邀我入座，我听那老汉说以后老了干不动小工，就栽些山芋，平时烤山芋卖。老袁说自己把荒掉的田翻过来，种菜到街上卖，保自己日子还是行的。其实，这两个山里老汉都过古稀之年了，在茶溪山野路边喝着小酒，讨论“老了以后怎么办”。他们压根儿就没觉得自己现在老。可能山里钟表走得慢，时光不老，老汉便不觉得老。

去年深秋，老袁两次带我进山，帮助寻找合适的白果树，他固执地认为什么树也没这树好，但是要选形状好看的，还要公母树搭配。他说的白果树就是银杏树，这片山中的银杏树也是当地土著原树，叶片小、有尖角，果实小而香。今天下午，我在家写作，老袁跑来找我要带我上山去看白果树，他连在我园里什么位置栽都瞅好了。他目睹过我栽的蓝莓树、映山红死光的情景，还帮清理过那些枯死的树。反复跟我说，中看不中用的树不要栽，再名贵的树死了还不当柴火烧？现在乡村不准人家烟囱冒烟，当柴火都没人要。只有白果树，虫子不敢沾树身，人手沾了果子外皮都会脱层皮，树叶和果子落地下虫子都不敢吃。它的果子晒干烤熟了吃，一天只能吃几颗，毒性大。

我犹豫了下，还是摸把小铁锹，随老袁上山看白果树林去。

山上荆棘丛生，枝条横叉竖舞，看不到一点山路的痕迹。自小就在山林里钻进钻出的老袁身材瘦小，低头弯腰在树丛中钻来钻去。我步步紧跟，还是被他丢下了。看不见他时，只听见他在前面说：“原先砍柴烧锅，山上有路的。现在没人上山，路也不见了。”只闻其声，不见其影。我的胳膊上早已被划出一道道血痕，咬牙挥动铁锹，装出披荆斩棘的样子，循老袁的咳嗽声渐入深山……

忽听老袁叫：“到了，找到了。”我一身大汗，抬头看天空一片金黄色，树缝间的阳光晃得眼花。忽感觉脚下踩得软软的，低头一瞧，落叶间全是果实——熟透了的银杏果子，一眼望不到边的，伸手抓一把，粗数一下总有二三十粒之多。

老袁回头见我捡银杏果，说：“这一片都是白果树，熟透了掉地下没人捡，烂掉当肥料了。”我手上除了锹，无东西装这满地的果子。老袁脱下帽子，随手一划拉，白果已装满了一帽子。他指了指前面说：“我带你去里面，好东西多了去。”

或许是体力不允许，或许我已走进了茶溪山野上这片金黄的天空下，捡到这么好的果子，知足吧。于是，我提议下山。老袁嘟哝着：“好东西还在山里面，咋就下山了呢？”

山里面更好的东西留着吧，或许明天秋阳更好，我会再来，也或许有山外人看了我写的茶溪秋天的文章，来江南茶溪踏秋，有力气者可以往山之深处多走些路，多看几处好风景。

寻藕种记

春季万物复苏，山花烂漫。

连日来，我行走在江南九华山山野小径上，随处闻到大自然的清新味道，映入眼帘的一片片葱绿中，间有一块块红的、紫的、黄的、白的。一切都才开始，充满着期待。只是我不是在欣赏沿途的风景，而是急急地在寻找一样东西：莲藕种苗。

十年前，新闻摄影名家张安浩先生为我拍摄制作了一个新闻短片《老何种荷》。那是个春寒料峭的上午，他从外地到合肥找我，听人说我在池塘里栽莲藕，便拎着摄影机跑到塘边，拍下了我在水里沉浮的情景，还有我从水塘里爬上岸的㞞样子。那口新挖的塘里后来没长出来荷花，却存下了这部短片，也算是我个人难得的影像资料了。宋朝大理学家周敦颐在《爱莲说》中坦言自己"独爱莲"，估计周老先生也只停留在欣赏层面，并未见到他下水栽莲藕的记载。张安浩这部纪录短片，说明我种莲藕有些年头了。

我从热闹的都市出走栖身九华山茶溪山野后，偶尔外出走走，总有荷花映入眼帘。此地水田、沟塘间随处可见荷花，或一小片，抑或一眼望不到边际的荷花王国。清风送爽，荷香袭来，行走其间，很开心。

去年初春，我在何园一些缸里、盆里、池里栽种莲藕，谷雨后，水面上竟冒出许多尖尖角来，继而一天一个样子，给了我整整三个季节的美丽。江南原本雨水就多，花落见莲蓬，每一场雨后又会新开出许多荷花。入园的人采摘莲蓬，将荷香传递更远。我因荷香花美萌发激情写了许多文章，从初夏到寒冬大半年间差不多一天一篇文章发在我的"茶溪听雨"公众号上，旧友新朋在文章后面留下数千条评论，无不闪烁着智慧之光，给我生命的盲区点亮了灯，修正了我的一些执念。

我在庚子年冬雪前买了许多菜籽饼沤进缸里、池中，辛丑年春暖时仍不见一片荷叶冒出水面，抽干了水，遍翻池泥，一个残酷事实摆在面前：莲藕被发酵的菜籽饼全消化掉了，连藕渣子也不曾剩下。泥巴成黑色，水也绿得泛光。我补栽了一批莲藕种，过些日子再扒开泥巴看，莲藕种仍然烂掉了。于是，抽干换水，掺杂土，减少泥巴肥力，再补栽莲藕种。肥田出瘪稻，一池池、一缸缸九华山莲藕种竟坏在了菜籽饼上。那段时间，我天天在池里缸里翻来翻去，一身泥泞，我爱人说我身上总有股沤泥臭。

人间四月天，江南最美时，我却在寻觅莲藕种的路上。

寻寻觅觅中，我听经营苗圃的吴加鸿说青阳城东大门菜市场有卖藕种的。一连三天，我天不亮就去青阳城，没见到一个卖藕的，倒顺便买了许多小泥鳅与螺蛳回来，倒进池里、缸里。原先答应给我弄莲藕种的当地青年小德子，成天在外跑车，让我去田里挖，我不好冒冒失失赤脚下田扒人家莲藕。有一次路过一处堆满烂泥的地方，上面长出来许多新莲芽，可能是挖机扒田时顺带挖出的莲藕种发新芽了。我试着从泥土中抠几根新芽，忽有个人冲我吼叫："谁叫你挖的？"我没作理论，将扒出的莲藕芽埋了回去。诚如周敦颐所言"出淤泥而不染，濯清涟而不妖"，如此美妙圣洁之花，岂能让其染上戾气？

有一天，我寻找莲藕种途经二圣殿，从车内拿一袋新疆面粉奉给寺内。这座古刹位于九华山北麓，自古以来为由北面登九华山必经之道。龙潭溪从东南而来，绕寺而过，时闻溪水淙淙，两岸林木葱郁，环境幽雅。九华山书画院院长何厚德送我的《九华山志》上记载："二圣者，相传为金地藏之二舅，自新罗国寻金地藏至此者。"金乔觉这两位舅父非修行之人，食荤、杀生，被金乔觉撵下山。当地人念金乔觉大舅二舅九华山之行不易，便在山脚下建成二圣殿让他们栖居，特别有一条：供食荤素不拘。青阳县书协主席施麒俊先生赠我的《青阳县志》中记载：二圣殿始建于唐代，重建于明代，一直为乡民祭祷之所。二十世纪八九十年代修五溪至九华街公路时，绕过二圣殿，日渐冷落了下来。二十多年前，释果成受命到二圣殿任住持，历经艰辛，渐让古刹名寺恢复了往昔的面貌。释果成与僧人在房前屋后空地上垦荒种菜，寺里蔬菜自给自足。这次我来见到释果成住持，听说我施肥太多烧死莲藕一事时，双手合十：“你在家没种过田？过犹不及。”他曾于初春时在院中间那口天井栽过莲花，没看到莲叶长出来。缘起缘落，就随缘吧。

辞别释果成住持后，我在寻藕路上就没那么迫切了。人误地一时，地误人一年，顶多也就错过了一个花季。其实，人生很多时候爱之愈浓、陷之愈深、伤之可能愈重，过犹不及。正在经历时，往往不能及时醒悟，无端耗费了很多人生光阴，风流总被雨打风吹去，徒添哀伤。就连爱莲心切的周敦颐也承认：水陆草木之花，可爱者甚蕃。事实上，水陆草木之花，并无贵贱之分，各自在自己的花季里绽放，我自芬芳就好，所谓的“名贵之花”多是别有用心者吹捧出来的。大自然少了任何一种花，也不会因此失色。我们行走在人生路上，往往执念于自己的所爱，眼睛里揉不进沙子，仿佛今生非此莫再能爱。其实，每一种花都有其芬芳，有自己灿烂的那个季节。纵使不小心丢失了一个花种，人生也岂能就了无情趣？

傍晚，我从山里回到何园，忽闻墙外有人在说话，惊叹栅栏上的蔷薇、月季花太美了，她们是过客。我这才发现这段光阴里心思都在寻莲藕种上，却忘了这栅栏上的蔷薇、月季。它们饱吸了春雨，正铆足了劲儿地绽放呢。

种南瓜

几场冷风细雨，终于将深秋打回了原本该有的模样。前几天穿短袖还嫌热，现在不得不添加了毛衣、厚裤，以迎秋末冬初的那一场寒冷。

在这深秋的冷风细雨还未来之前，从城里到山间的朋友还从我园中的南瓜藤上采一把嫩叶，摘下几只青红辣椒，洗净切碎，放菜油入锅爆炒，装入白色碟中，绿里带红，未曾动筷已很诱人了。今年秋后，我收获了许多南瓜，可一直没舍得“拉瓜扯藤”。因为我时常看见瓜藤上有新花在开，甚至瓜架上还挂出了新结的南瓜，且让这绿意再往岁月深处延伸吧。况且还有那新发的嫩叶正是城里人喜欢的一碟山里菜呢。

今年秋天与往年大不一样，立秋后差不多整整两个月，天热得依然如盛夏，也不知道是不是天上值班的神仙睡大觉去了，忘记关掉“制暖”键，这才让热浪照旧滚滚而来。我们形容小人得志，往往会用“得意忘形”来形容。殊不知，大自然的四季轮转间，该热不热、该冷不冷，让季节在辛丑深秋里迷失了我们熟悉的旧模样。或许正因为季节的走神迷途，反倒让本该枯萎的南瓜藤与我有了更长久的纠缠。

寻常的日子里，山中本来就宁静，风雨疫情中又少有故人来。我或许正好在这孤寂的岁月里，开启在自己的理想国里煮字笔耕的慢生活。我习惯早晨醒来，信步去园内嗅嗅荷之清香，看看园内园外南瓜给我带来的惊喜，随手将一些谷物撒落其间，甚至是池塘边。夜色里，我喜欢独坐园中，沐浴着如水般的月光，聆听那瓜叶间、荷池里不知名的虫鸟鸣叫。有时，还能在极静的夜晚有幸听见“窸窸窣窣”的异样声音，那一准是夜间出来觅食的小动物们弄出的动静，它们在寻觅我在阳光下洒落于草丛、花间、池塘边的谷子或是肉食，悄然间开始一场月光下的浪漫消夜呢。

还是春风吹来的时候，我荷锄在山间住处附近的荒地斜坡上，锄松了土，捡去碎石头，将土围成一个土坑，每一个小坑里栽下两棵南瓜苗。栽下去有四五十棵南瓜苗，浇透定根水。一周后，看苗儿差不多都活棵了，便给各个土坑施点菜籽饼沤出来的肥料。薄肥勤施，或早或晚兑水施肥。每次二三十桶水拎下来，都是一身大汗，仿佛年轻时在健身馆里搬铁一样累并快乐着。后来春风夏雨，荒地斜坡上的荒草长起来了，各种各样的藤子也攀起来了。我每次去给南瓜秧浇水时，几条小狗也跟着我钻进荒草丛，回来后，身上毛里粘裹着许多刺球状的果子。我汗透衣衫，回来还要蹲地上为它们梳理半天。加上草丛里深一脚浅一步的太难走了，便很少去看园子以外的那些南瓜。偶尔看到草丛里有几朵黄色的花儿绽放，任由它们野蛮生长，花开之后结不结瓜，也随它们心意吧。

有时我端坐电脑前冥思苦想创作时，常听见人惊呼："啊哟，好多南瓜，这么大呀？我们能摘一个吗？"那一准是来山里的过客路过我的园子，发现草丛间躺着的那些大大小小的南瓜，或是抬头瞥见树梢上吊挂着的一个个南瓜。有的南瓜藤攀上了树梢或绿墙，黄花开后，花落蒂处结出了一个嫩嫩的小瓜，多日不见，那吊在高处的小瓜渐渐长大，肤色也由初时的嫩青渐变成橘黄色，形状有扁圆或是葫芦形，原本能掐出水来的嫩嫩表皮，被风雨磨砺出了一条条纵沟印痕。

人们只知道小动物有调皮的，像我收养的这些流浪狗，每一条狗都有着不同的脾气与性格，甚至饮食习惯也有不同，却少有人知道植物王国里的南瓜也有顽皮的。有时我在写作的间隙走入园中呆立在这些日新月异的南瓜前，猜想莫不是某一天的清晨，有谁路过它们身边时曾深情地朗诵过泰戈尔的诗，或是黄昏时分有谁向它们倾诉过失恋的感伤？这些从一出生就寸步未曾离开过藤的瓜可能听了诗与歌后心思也多了起来，它们从花落蒂结处出生，在风雨岁月中成长，各取自己喜欢的姿态与模样，就那么在藤蔓上生长成熟。

山间的烈日与暴雨下，我孤守着文学这片芳草园，犹如一个勤劳的农夫不舍昼夜、披星戴月地耕耘着。九华山中有日月，我以文字谨记之。四季轮回里，我在山中写下的这些文章，无论是山间生活、故乡东圩埂往事还是新闻背后的琐记，它们是曾经的风雨、爱恨，有时重温这些文章，“回首向来萧瑟处”，或许真的可以说是，“也无风雨也无晴”。岁月不曾饶过谁，我们谁也没有饶过岁月。世界以痛吻我，我报之以歌。

寂寞到最深处时，常像钻进一条看不见光亮的隧道，憋得喘不过气来，我便离开电脑，放自己去园子内外走走，看看秋风秋雨中的那些南瓜。一路转下来，粗略数一下，也有好几十个南瓜，这还是我爱人悄悄摘下一批又一批南瓜后存留的果实。我曾多次跟她说过，不要摘那些或挂于树梢或卧于草丛里的南瓜，它们在我眼里总是一道别样的风景。前年深秋，我们忙于筑园，她可能也没顾得上摘南瓜，待到初冬时分，我拽墙头上的一根南瓜藤，原本看不见瓜，“拉瓜扯藤”居然拉出来六个大南瓜。

今年入秋两个月，天气还那么热，我若是待到秋来百花杀，攒了些力气去扯那么多根瓜藤，还不知道要扯出多少个南瓜呢。寂寞时光，想想“拉瓜扯藤”时的惊喜，我竟萌生出莫名的幸福感来。奢望自己眼下于深山间孤独生存中多“榨”出些好文章，有一天，这些文字背后所传达的关于时间的玄想和人生旅途的思考，能给忙碌的世人打开一扇别样的窗户，使他们看到不一样的天空。我时常能收到一些热心读者的微信，他们点评我的文章，其实也在雕琢修改我的人生观。那些春风化雨般的语言于我，犹如那些寂寞中生长的南瓜渴望春水夏雨一般，皆是成长中必需的养分。

这么想着，我倒是很过意不去了。我仅在春天将一把南瓜苗栽进土里，借助江南的春水夏雨，还有南方灿烂的太阳，入秋后就结出这么多大大小小的南瓜，给我满满的收获喜悦。我在它们成长的过程中没费多少心血，秋雾起时就来秋收，还拍出照片跟城里人显摆、炫耀。南瓜实在，也有我们不易察觉或为我们疏忽了的好品质：诚实、稳重。

天气转冷了，我也没再叮嘱爱人不要摘下那些南瓜，甚至默许她拆掉了园中的南瓜架子。那是春风中我费了一整天的时光捆扎起来的，她把许多枯萎了的瓜藤荒草堆放在倒塌了的瓜架子上。以往深秋时清理出来的园中杂草晒干后，总在一个月黑的夜间，悄然放一把火烧了它们，攒些草木灰播撒到菜地里。今年这深秋那一把火还未点燃，我看着那些码放在屋里的南瓜，越发觉得这些一般人瞧不上眼的南瓜，呈于集市上差不多是最便宜的货，可在我眼里却有着异乎寻常、由内而外的美。我们栽下它们，见，或者不见，它们就在那里，不悲不喜；念，或者不念，它们就成长在风雨里，不来也不去。无论你爱，或者不爱，它们在春风夏雨中成长，不求显贵；于寂寞的秋阳里成熟，莫问归处。你喜也罢，不屑也好，南瓜就这么有过一生的灿烂。

桥

在山里过春节，我没有去处，也没有人来，便待在书房看书、写作，时间倒也过得快。正月初二窝在书房写就《泉眼解冻了》一文，编发到“茶溪听雨”公众号上，抬脚出门只剩半个下午了。远处去不了，不如就近去看看我时常想起的附近那条溪流上的石拱桥吧。

我初来九华山时，有关这座古石拱桥的印象是与桥头一家豆腐店有关，当然还有那卖豆腐村姑的故事。那时刚从热闹的都市初入深山，家住秋浦河支流的老友汪皖平带人在河滩上捡了几车水冲石运来给我，我请当地几位石匠用这些石头筑园。没有图纸，也没有理想的模样，边筑边想，我既给石匠们搬石头拎灰桶，也与他们合计怎么筑园才美。晚上石匠们收工走了，我在园中来回漫步。那段时间将几本园林书籍翻得边角都卷了。

我的邻居张兆玉老哥每次见到我都在工地上，他笑我：“你省了不少小工钱。”我那时刚舍离都市红尘，身心俱疲，咬着牙干活以期恢复些体力。石匠们见多识广，山上山下、山前山后的荤素故事刻在他们的心坎上。我们喝过许多场酒后，彼此熟悉了，石匠们开始给我讲述从前山中的诸多故事。这其中，讲得最津津有味的便是古石桥头豆腐店那一对貌美如花的姐妹的故事。

九华山原本就是一片净土，森林覆盖浓密，绕山而走的溪涧除了雨水，便是碎石缝隙间渗出来的水。我曾去一处叫“花台”的山峦间行走，高耸云端的巨石叠加有致，缩小了看就像孩子码的积木一样，可这巨石垒起来的“积石”却是海拔千米之高的山，那份奇险超乎人们的想象。我曾就此询问过年轻时熟识的一位地质学家，老先生跟我说，九华山倚天而立的巨石原先都是山体，经岁月风雨酸化后，质地松的石头碎成沙，被风吹雨打去了，留下质地坚硬的巨石耸立云雾间。我在筑何园时，园内尽是碎石头，当地老乡称这里原先是“山根”。

这样的碎石缝隙间渗出的水汇进溪涧里，瓢舀桶挑回家磨制豆腐，加上南方人习惯用的土法石膏水使豆浆成形，完全有别于北方人习惯用卤水、醋水、甜树叶子做出的豆腐。压制出来的豆腐软嫩、细腻，色泽洁白，常食石膏豆腐，人的脸面会越来越白嫩。

山里人好抬杠，石匠更是硬碰硬，个个都是“杠子头”，遇事总要争得面红耳赤。可是每次说到古石桥头老豆腐坊两个姑娘水嫩白净时，意见都高度一致，称“一百年里也没见过那么嫩白漂亮的姑娘”。他们年轻的时候见过卖豆腐的姐妹俩，只是每回说罢此事，石匠们总免不了哀叹几声，很无奈又有些惋惜地说：“那么漂亮的姑娘没落在本地人手里，却被一个诗人拐走了。”

我栖居茶溪山野后，偶有山外旧友来访，早晨端个瓦罐去石拱桥头那家豆腐坊买些豆腐脑或是豆浆，连葱花酱油也不放，原汁原味、白白嫩嫩的任由来客舀进碗里，他们连吃两三碗下去，这才抹抹嘴说：“是儿时的味道。”午饭时有一道水豆腐烧黑猪肉，连汤汁也被他们泡饭吃光了，就连素来讲究节食、祈求漂亮的城里女人也是大块吃肉，大方吃豆腐。这种时候，我再将从石匠们那里听来的有关豆腐坊两姐妹，还有那个流浪至此的诗人的故事复说一遍，总会被来客拉着要去看一眼那古石桥、老槐柳、豆腐坊……

这座横跨溪水之上的石拱桥有三个拱洞，中洞稍大，两侧桥洞稍小一点。山涧春水还没来，此时从河床上看中间拱洞约有两层半楼高，桥面呈中间高两端低之势。桥的一端有块石碑，上面记载此桥建于清乾隆五十八年（1793 年），长 60 米，宽 7.1 米。三孔之间的两个桥墩迎向上游那一边顶端呈尖角状，像耕田的犁尖一样，用来劈开夏季洪峰浪头，减少对桥墩的冲击。我在桥的两端底下见到许多支离破碎的大石块和混凝土块，足见洪峰来时的力量。

当地老石匠周桃泉 2013 年参与加固此桥工程，他们趁枯水期挖开桥墩周边沉积的泥沙，于极深处发现桥墩底部是成排组合的粗木桩，至今未腐。后来用高标号水泥筑进这些粗木桩缝隙间，桥墩周围再筑上混凝土。

我走过拱形桥面时，汽车一辆接着一辆从桥上青石板上碾过，感受不到丝毫震动。早先山间竹木运往山外，全凭洪水季节扎筏漂流，经过此桥洞抵达贵池境内长江码头，再由长江航运或上行，或顺流而下，运往四面八方。这种壮观场景现在已不复再见，往昔的繁华沉淀在当地老者的记忆河床上。

这座古石桥头豆腐坊的姐妹故事犹如当年桥下洪水中的竹木筏一般，漂流过此桥，也没了踪影。行走石拱桥上，凭栏看这冬末春初的溪涧上游一湾浅浅溪水，清澈见底，静若处子。溪水流过拱洞到河床断层处溅起朵朵浪花，波澜兴起，春潮涌动，刹那间像遇到一位热情奔放的姑娘，让人激动起来。这种时候，想到的最美好的事情，还是桥头豆腐坊里曾经让人眼花缭乱的姐妹故事。我曾走访过当地的文化名士，还找到当年给这豆腐坊刻那副传播甚远的木质对联的雕塑师傅老施，还原当年此豆腐坊故事的原貌。

早年此间豆腐坊是一对夫妻在经营，丈夫手艺精，只是不善于与人打交道，豆腐磨制出来后，买卖都交由妻子去做。有一段时间不见那女人出面，男人既要磨制豆腐，又要卖豆腐。附近人知道他木讷，端只茶缸来打豆浆，或是买一块豆腐，随口说声“等会儿送钱过来”，便转身走了。买卖照样红火，只是收不到钱，白白贴进去工夫与黄豆。后来他两个漂亮女儿早晨过来帮忙卖豆腐，虽然回款好些，仍然有皮厚之人赊欠钱款。

有个外地来九华山的文人路过豆腐坊，吃了碗豆腐脑便停下了脚步，一连好多天早晨都赶过来吃豆腐脑，目不转睛地盯着那对风华过人的姐妹。当然，他也耳闻目睹了那些白吃豆腐者赊账欠钱的事。有天早上，他告诉这对姐妹，说是为她们写了一副对联，请她们带他去找一个雕刻师傅刻出来送给她们，保证生意会好起来。妹妹胆小，倒是姐姐注意到这个相貌清秀的读书人并无恶意，便应了他。老施那时人喊施老师，原先是附近中学语文代课老师，后来转正无望，复习考大学又没考上，便专司雕刻业，兼从乡间收些古董，日子过得倒也滋润。姐姐带着那个诗人找到了他，他说过几天才能雕刻好。诗人已在豆腐坊桥南一户人家借宿，不着急，多住些日子也不碍事。

等木雕的日子里，有人看见那姐姐与诗人钻进了茶园里。紫藤花开，春雨滋润，茶树上冒出许多嫩嫩的芽尖。只闻他俩在茶园里的笑声，却不见他们采得茶叶下山。老施证实，他们俩曾来过他家三次，看得出一次比一次亲密，最后一次是来讨走刻好的木雕，刻的是诗人自撰的一副对联。

这副对联挂上古桥头豆腐坊后，生意好了许多，排队买豆腐和豆浆的人很自觉地掏出零钱。姑娘的父亲不识字，等到有人将那副对联读给他听时，老实巴交的老汉半夜里摘了下来，关了一阵子豆腐坊。有人说他是去寻找跟那个诗人私奔了的大女儿，也有人说他带小女儿去上海找回城的女人去了。一个不争的事实是：姐妹俩再也没在豆腐坊露过面，让习惯了吃此坊出品的豆腐的人徒生出许多慨叹与不满。

走下石桥面，信步到这桥头豆腐坊前，两棵三四个人抱不过来的老槐柳让路过其旁的人显得很渺小。我夏天常来买些豆腐渣回去喂鱼，五元钱能买半蛇皮袋。那时看到槐柳树枝上结满了一串串带着两个翅膀的果实，叶序是对生，形状尖卵形。只是入冬后槐柳舍离了一树叶子，看上去异常苍凉。豆腐坊主人过节关了店门，现在这间豆腐坊已换了主人，我只知道这坊间的豆腐味道好过庙前街上任何一家店卖的豆腐。

去年冬季，我文思泉眼被堵塞后，在何园给鱼池做防水、修筑荷塘，挖出了小山一般的沙石。开车帮我往园外拉土的汉子抱怨说自己读书太少，吃没文化的亏。他的父亲当年当过公社书记，一餐饭能喝一斤酒，吃一斤肉，外加一斤饭，去世二十多年了。自己有个同父异母的妹妹博士毕业后现在是一个领域的顶级专家，只是互相极少往来。

我忽然想起曾有知情人说过，古桥头豆腐坊的女主人是下放知青，能歌善舞，当过公社广播员，后来不知怎么嫁给了老实木讷的豆腐汉子。那时公社一天广播三次，每次结束前，她会在广播上唱一支歌。每到此时段，田野正干活的人，挑着担子赶路的汉子们，都习惯聚拢到有喇叭的地方，听听她那百灵鸟般甜美的歌声。我问眼前这拉土的汉子可知道公社当年有个当广播员的下放知青？他诧异地看着我，低下了头嘟哝一句：“你怎么知道的？”说完，他匆匆拉上一车土出园。熟悉他的石匠们悄声告诉我：他父亲当年很狠的，欺男霸女……

晚霞中，两个小女孩大步走过这座古石拱桥。凭栏环视，我目所能及处就能看到溪水之上有三座桥。江南多溪涧，桥便成了随处可见的建筑。

各种各样的桥成为山路的延伸，又让山道有了更多的去向。上桥过桥，另岸有新景。驻足桥头，观溪水两岸也会有风景。我忽而想到，在距此桥不足三公里的大愿园里，我看到一面墙上刻有一行大字："众生度尽，方证菩提，地狱未空，誓不成佛。"其实，我们平凡的人在长途跋涉中，时常会遇到"桥"，过桥与不过桥，抑或是立于桥头，开间豆腐坊，磨制豆腐，其实都是在修正自己，磨砺人心，最终度人度己。

走访古石桥头豆腐坊往事中，我大概明白，那位多才多艺、美貌无双的知青后来为什么嫁给了磨制豆腐的木讷庄稼汉。很多被访者证实一个事实：跟诗人私奔的那个豆腐姐姐曾回来过一次，接磨豆腐老汉进城生活。看到她的人都说她依旧白净漂亮，衣着时髦，身材丰腴更有风韵。她的妹妹随母亲去上海读书，博士毕业后现在是一个研究领域的专家。

春节前，雕塑匠老施给我从城里运来的一块两吨半重的大石头刻"茶溪听雨"，这四个字是我从老哥张兆玉生前书法中集字而来的。我忽然想起问老施："你年轻时给桥头豆腐坊刻的对联到底是什么内容？"老施清楚地记得："又白又嫩好多水，不赊不欠要现钱。"

弯腰也是生活

我们在江南茶溪小镇山里生活，想不清净都难。无甚扰心事，也少有人来扰。以往每天把时光扔在各类尘世琐碎中，忙忙碌碌，终不过是浮云一场。现在，便觉得多出了大把的光阴，且全由自己掌握使用，我们又将其用之何处呢？

翻　地

初来茶溪小镇，当地老农说我所居住的地方是山根，地下全是风化后的石头，长不出来庄稼，唯一的好处就是石头缝隙里渗出来的水的水质好。他们有句口头禅："茶溪的茶，茶溪的水，出了茶溪就见了鬼。"就是茶溪产的茶必须要用茶溪的水泡，才有其独特的味道，如果把茶溪的茶用了别处的水冲泡后来品，味道就"见了鬼"，不是那个味儿。

地里全是石头，我是在翻地过程中吃过太多的苦头，才相信的。我刚来时，爱人去集市上买来钢钎、铁镐，我试着要整一小块地出来，每一镐下去，要在碎石头中寻找沙土，没干一会儿活，大石头捡了一大堆，碎石头里还是看不到土。最难的是每下去一铁镐，镐头都会砸在硬石头上，震得人头发晕、两臂发抖，手握不住铁镐。

初入山林，我虽然体力与身体都没有恢复，可心里憋着一股劲，回到农村这点农活都干不了，还不应了乡下瞎子给人算命讲的那样：文不能测字，武不能挑糠。我混迹都市几十年了，携爱人回农村，总不能连块地也翻不动吧？我硬着头皮蛮干，一镐镐落下去，一天挖出一点点，硬将小山坡翻出一块地来。石头缝里找土，石头掏尽难见土啊。

我爱人看我天天咬牙切齿地跟石头较劲，她趁我喘息之际，拿起铁镐翻地，结果被震得头晕目眩，满脸通红，腰痛腿酸。她事后多次说："我要是落下什么病根子，你是要负责任的。"最困难的日子里，我鼓励她说："这要是挖金矿就好了，别说一镐下去挖几块石头，就是挖三年石头能挖出个金疙瘩也值了啊。"富人有富人的奢侈方式，身心俱损的贫贱夫妻既要借这种蛮干方式恢复元气，更要有种乐观的生活状态呀。

开点土地，想种点庄稼和青菜，真不是想象中的浪漫与简单。有勇气与决心别了都市的灯红酒绿，躬耕于茶溪山野，若是弯不下腰、流不了汗，那不活成一个笑语了吗？

我们夫妻先从学种菜开始。原本请我大舅妈来山里作技术指导。她在省城郊区种了一辈子菜，养育了一家儿女，个个成才有出息，不需要种菜了，她那一身种菜本领传不了后人太可惜了。今年正月初二，我表弟、表妹陪同她进山里来了，当天夜里她执意要回城里，拦都拦不住，临走时还丢下一句话："我种了一辈子菜，临老了也不想在这石头上种菜。"

好在我爱人从小干过山里农活，种些农家生活所需要的菜，她还是能应付得了的。我们从当地老农家里讨要了些菜种子，还有我从老家带来的菜种子，这样我的菜园子就有了四季时兴的各类蔬菜、瓜果。有时吃不掉，摘下来送给邻居们，或是遇到有人进山来，打包让他们带回城里，礼轻情义重吧。

割　麦

我们在茶溪种菜有几年了，当初开玩笑的"金矿"肯定没挖到，山坡上的地还是翻出来了，我们的身体也明显好于刚进山的时候，这可是金子也难买来的收获。

第一年冬季里，我们将一些空地栽了油菜秧子。几场雨雪后，春风刚刚吹来，那些空地荒坡上一片青色，煞是好看。几轮春阳高照，油菜花开一片金黄色，蝶出蜂飞。我独自欣赏这片金黄色的油菜花海时，联想到上大学时曾去一个铜矿下到地下一百六十米深处参观，探矿专家告诉我们：能从山坡上开什么花、长什么草，判断这山底下是什么矿藏。我毕业后没去矿山，而是去了勘探石油的野外队，一干就是十几年。现在看看自己种下的油菜开花，一片金色，说不定下面藏着一座金矿呢。山中的岁月，有了这些也就不那么寂寞了。

爱人从小生活在大别山里，去年冬天不知道从哪儿搞来麦子，趁雨天点坑将山坡上种了麦子。第一场雪来之前，荒地上冒出许多嫩嫩的麦苗，一排排青青小苗。我每日走过麦地，感觉到它们成长的力量，心生欢喜。今春疫情期间，我们闲居此山中，天天看着麦苗成长，麦花悄悄开，麦穗渐渐灌浆，直到低下了成熟的头颅。

收割麦子原本是农家人最高兴的事儿。小时候差不多饿了半个春天，等新麦上来了，母亲煮上半锅手擀面条，撒把苋菜，白面条红苋汤，这大约是青黄不接之时，我们吃得最好的一顿饭了！可现在麦子熟了，却借不到，也买不到镰刀。茶溪小镇周边的农民说，至少十年没摸过镰刀了。我的大学同学孙叶青专程给我送了把锯子，是他父亲生前用来修理农具的。他冬至回故乡在老院里捡到的，带回城里本想作个纪念。转赠给我时说了句："我只能帮你这么多了。"

我对这个世界或许已无大用，还有旧友这样帮我。我抚摸着这珍贵的锯子试着去锯那片山坡上的麦子，我小时候跟着做木匠的德长堂叔学用过锯子，因此锯起麦子来很顺手。一整天里埋头锯麦，月亮悄悄爬上柳枝头才疲惫不堪地收工，真正体会到什么才叫披星戴月。因为我锯掉了这片新麦，让闻讯从各地赶来茶溪准备拍摄《茶溪麦客》小电影的邻居们扑了个空，闹出了些笑话，我将此经过写了篇好文章，还有一首诗，这倒是意外的收获了。我还将其写进了剧本，安排专人摄影摄像，准备编辑出来，给远方的亲友们捎去茶溪人收获的喜悦。

留　种

一场秋雨一场凉，又到了该往地里播撒菜种子的时候。

今年这一季，我们决定在这片山坡上栽黄心菜、上海青，还撒些荠菜。当地土产萝卜籽去年收获了足有一斤，除了给江北范自才一些外，我们早在国庆前两周就点坑播下去了，节日期间还拔了不少嫩萝卜菜招待了远方的朋友们。现在剩下的萝卜秧子都结了小萝卜，期待冬雪的时候，拔出萝卜煮汤喝，上下通气不咳嗽。

荠菜籽是我母亲去年给我们的，我们撒播太多了，荠菜上来后来不及吃，任它们生长，收获了许多种子。今年我会扩大荠菜种植面积，多多留下菜种。这已是我母亲生前留给我的最后的菜籽种，我要一直传下去，年年看着荠菜花开。起菜畦垄子这活儿我比不过爱人，我包下挥铁镐翻地的活儿，地翻过来晒几天太阳，雨水一淋，土疙瘩就松散了。捡掉裸露出来的小石头，堆在墙角。

半个月前撒种的黄心菜长出的小苗可以移栽了。我趁着这雨雾天气将黄心菜移栽到那片地上，下午忙得连水也没空喝，拎池塘水给新苗浇定根水。水入松土护新根，日月风霜始为菜。躬耕于野，方晓得栽点菜也并不是件容易的事情。一粥一饭、一汤一菜都当思来之不易。

天黑了，我回屋喝口水。爱人刚从另一处地忙回来，她还是没忍住说了我几句：你把我点的蚕豆垱都推平栽黄心菜了。唉，干了一下午活儿，汗透衣服，居然老眼昏花没注意到她上午刚往垱里撒过蚕豆籽。她看我劳累的样子，转而问："晚上想吃什么？"我顿了顿说"不饿"。她转身带几条狗狗出门遛去了，我喝几口水，端坐电脑前写下了这篇文章，权当是山中日记吧。

我们丢了土地，出走乡村游走在都市，吃的都是别人倒腾出来的大棚菜、饲料喂大的牲口。牲口吃饲料，我们吃牲口，是在消化饲料，人生失了自然的芬芳。其实，墙角地头，弯腰翻土，落叶枯草，瓜果豆渣，沤一下当底肥，从山间移来马齿苋，将土韭菜分根栽上，一场雨后，总有吃不完的新芽。吃自己种的菜，这与吃别人种的菜，并不仅是隔着一个菜市场，中间多了一个弯腰，却是完全不同的生活。

晴耕雨读

这是二十年前的一件事情了。那天在外吃过午饭，散步往单位走。路过城隍庙大门口，看到一个外地老汉手里有一块老木料雕的匾，上书“晴耕雨读”，字很有劲道。他自言是土改时分来的老物件，现在放哪儿都不合适，带来省城换几个钱用。我喜欢这块匾，口袋里钱不够，那时还没有微信转账，身边又没有熟人可借钱，就那么与之擦肩而过了。当时隐约有一个愿望：等有一天我浪迹天涯或是退隐山林，就照这木匾所书“晴耕雨读”的样子去做，了此余生。

真没料到，几年前的春雨中我真的流落到江南山野间，冬季，一只流浪狗在我屋檐下生了四条小狗，我给它们都取了名字，从此相伴着过起山间日子。古之圣贤或德厚才高者，经历磨难彻悟后“归隐”山林，逍遥自在。我虽有思齐之心，实在不够“归隐”资格，确切地说是“沦落”。今年春上，有位热心人纠正我之“沦落”，也差不多算是“归隐”。我思忖了大半宵：自己在城里谋食亦谋爱时把力气用光了，功名未沾身，落得一身伤痛，还亲眼看见了身边一些友人，好端端的生命未打几个喷嚏就完了。

都市还有什么可留恋的？趁还活着，仓皇离别了都市。

我从前读过一些归隐山林的贤达者的诗文，未曾读到过他们归隐之初的艰难生存状态。我刚进山那段时光，白天干体力活，汗透衣衫，一天要换几次衣服，吃过晚饭后就困倦得睁不开眼睛，早早上床睡觉。一夜无梦，天亮即起。我爱人忙着做早饭，喂养几条流浪狗。我则接着头天晚上的活儿继续做，待她把早饭忙好了，我已出了一身大汗，冲个澡，换身衣服吃饭。饭后再接着劳动，中午极少休息，晚上戴月而归。

其实，我们栖息的地方也没多少活儿可干，房前屋后能开的荒地都开出来了，荷锄顾望四野，觉得古诗中描写的“汗滴禾下土”，其实是件很奢侈的事情。我们刚丢掉了城里四十亩园区，这山野之间没一寸土地属于我们，山间新邻老裴的教训让我们明白一个道理：自己的汗不能随意滴到别人家地里。

老裴从天津来九华山，仅是路过茶溪小镇，就成了我的山中新邻。他比我小十来岁，有一身好武功，身上仿佛有股子按捺不住的冲劲。他通过当地村干部将门前的一大片撂荒地从农户手中租下来，建水池、栽树、养花，还有更美好的规划。忙得正热火时，忽然来了上百个人，机器轰隆声中把围墙推倒了、池子填掉了、树也轧歪了，假山石头散落遍地，一片狼藉。我陪他喝了一场酒，他摇摇头笑着告诫我：古人说慎独，在山中要慎动。

我门前的土翻了许多遍，还未得闲，老同学范自才从江北运来三口大水缸，是二十世纪五六十年代县里酱菜厂腌制咸菜用的。酱菜厂早倒了，这几口大缸在一角落里被他发现了，运来送给我。这三口大水缸缸沿上雕刻有人名字，估计是牵头负责制缸人的姓名。我写了篇文章发在微信上，称在九华山中挖门前水池时扒出了埋没地下许多年的老缸，还“引经据典”活灵活现证实老缸确系古物，山里老农袁大头说他爷爷年轻时见过，微信上配了七八个人合力从泥巴里往外扒老缸的图片。

当天深夜，我收到当代山水画大家朱松发老先生发来消息，“看到你在九华山间泥巴里挖出陈年老缸，足能装下二十担水，真乃神器也。当地老农回忆说上上辈人曾见过此物乃是大户人家装粮器皿。若能有幸移我画室，盛装大画卷用，自当欣喜不已”。半夜醒来读到朱老先生的消息，觉得玩笑开大了。此老缸虽是二十世纪五六十年代之物，但也绝不是什么神器。朱老先生落墨如石，说话掷地有声，言必行，行必果。我也只好硬着头皮回复称：先生喜欢，我择吉日运此神器过江抵达寿乐堂。寿乐堂是朱老给自己画室起的名号。

移此“神器”之前，我仔细测量其尺寸，专程回了趟城里，见过朱松发先生后，悄悄量了他画室的门，还有电梯的宽度，仅比老缸宽两厘米。我返回九华山，找来曾给山上寺庙抬过重器的四位老农，商量如何运输。当地一家小餐馆老板小张热心找来货车，我们头天晚上七八个人合力移老缸上了货车。半夜里，我们两辆车送往省城，要赶在内环道早晨七点禁止小货车通行的时间前进省城。我开车带四个老农，他们把扁担绳索放在货车上，加上货车上两个青年人，“神器”老缸一旦进不了电梯，六个山里汉子就抬老缸上楼。

那天早上，我们抵达朱松发先生家小区后，七个人移老缸下车，往电梯间挪时，刚刚好能进去。众人舒心地笑了，不然两抬大杠硬往楼上抬，那汗水会滴湿了楼梯台阶的。老缸摆到朱老画室门口，我才敲他的门。他开门一看，系着红布的老缸就在眼前时，眼睛顿时亮了，手忙脚乱地招呼儿子来帮忙。众人把老缸移到他指定的位置后，他儿子忙着给山里汉子泡茶，老先生抱过一抱画卷放进老缸，围着老缸转了几圈，连声说：“好，好，好，真是天然巧合。”那些山里汉子在偌大的画室转了一圈，大气也未出，连茶也没喝就告退出来了。晚上，我请老农们在山里喝酒，收到朱松发先生发来的画室图片，大缸里插满了他的巨幅画卷，看得出，老先生很开心。

我在山中沙石上“劳其筋骨”，遇上雨天，外面泥泞路滑，端坐在屋檐下听雨点声响，翻看从山外带来的一些书籍。还托一些书友帮我买一些书寄来。四书五经类的古书不再读了，改读些经典的现当代名家著作，重读青年时就喜欢的朱自清、郁达夫、沈从文、鲁迅、周作人、徐志摩等人的文章，都有了全新的理解。这期间，我请附近文人雅士帮我收集许多记述当地风土人情掌故的书籍，雨天时翻翻，晴天得空就去书籍里的旧地访访，试着写了些有关当地风土人情的文章。

我的同学孙叶青给我寄来岳南所著的二百万字的《南渡北归》，每每读到情浓处，我都为书中那个时代的知识分子的高尚义举泪洒书页。那是何等艰苦卓绝的时代，又是怎样的一批知识分子支撑着风雨飘零的文化与艺术，甚至是事关国运的研究与运用。他们的生命之光犹如太阳，照亮当今拥挤不堪的读书人之路，更像是明镜，照射出现今所谓的“知识分子”灵魂深处的“小”与“私”来。

我听从一些书友的推荐，买了不少名家的“全集”。雨天时翻翻这些动辄几百万字的名家“全集”，越看越觉得是一堆发馊变味的陈年剩饭菜，纯粹东拉西扯、胡拼乱凑。当然，有些囿于时代的局限性，当时可能是很不错的文章，现在看来，无论是行文语言、章法，或是写作方式，都是极普通不过的了。

最近一段时间，我因为要给一位我非常敬重的老艺术家写些文章，特地回城收集了一些写他的文章和评论。山中有雨的日子里，我耐着性子读完一篇篇文章，努力捕捉一星半点实质有用的情节。掩卷冥想，我回忆着刚看过的文章中讲的啥，或是其中有什么情节给我留下印象？没有，云山雾罩。

天津老裴告诉过我：慎动。我在山中偶尔见上进的青年，只能送两个字：慎读。莫要不留神陷入一些“名人”胡吹海写的泥潭里，大梦未觉醒，时光已走远。

我收集了余华、路遥的差不多所有的书籍著作，有的篇目反复阅读，揣摩其情其志。他们的文字犹如出鞘的利剑，字字咬肉，句句泣血，没有半句空谈，每读一遍都激动如初。此二君都长我稍许，他们敬爱文字，敬畏苍天厚土，题材内容就是最底层的芸芸众生，却能写出让人怦然心动的佳作来。当是我的榜样与楷模。

当然，美国梭罗所写的《瓦尔登湖》，我也读了好几遍，看似鸡毛蒜皮的记述，甚至一块硬币、一根树枝，都别有味道。这位十六岁即入哈佛大学读书的人，深受爱默生的影响，提倡回归本心、亲近自然。他在瓦尔登湖畔自建小木屋，自耕自吃两年多，孤独劳动之余，记下了他在湖畔的行与思。他虽然只活了四十五岁，却给人类留下了二十多部散文集，自然随笔，流淌自自己的心泉。

每个时代有每个时代的好作者、好文章，历经历史长河波浪的洗涤淘汰，能够存留著作于后世，仍然为后人所诵读，这些作者当值得我们致敬，他们的文章和著作也将成为后来者精神生命的养分。

晴耕雨读，我在山中并非无事！

书信二则

之一：答少年问：《瓦尔登湖》究竟好在哪里？

何伯伯：

我是王子鉴，听我妈说您在读《瓦尔登湖》，今年暑假我也买了一本，我想请问您：这本书它好在哪里？我妈妈说您在读，然后就向我推荐了这本书。

子鉴同学：

你好！

昨晚看到你妈妈手机发来一条语音微信，我转换成文字看了大概意思，以为她在读这本书。我一整天沉浸于创作中，刚离开键盘，实在不想触摸文字，便没及时回复。

今天听语音，居然是你在读这本书，有些意外。要知道，我真正读这本书，是四年前我就要离别都市时，去拜访当代著名山水画大家朱松发老先生，他正在读这本书，不，应该说他第N遍重读这本书。他获知我将栖居山里时，向我推荐梭罗的《瓦尔登湖》。其实，这本书我年轻时候看过，里面的内容亦如瓦尔登湖湖水一样清澈、宁静，甚至有些冰冷，对正在求取功名路上的如我一般的年轻人，实在难觅可借鉴之处。

真没想到，从放下此书到重新拾起来看，中间间隔了差不多三十载春秋。

梭罗是美国一个小镇上的孩子，他十六岁进入哈佛大学就学，十二年后，才二十八岁的他离别都市，回到家乡康科德镇两英里外的瓦尔登湖畔自建一个小木屋，自耕自食，这本书就是他对湖边林中生活所见所悟的记录。看上去很琐碎，也就是记录豆子地、村庄、湖泊、农场这些他生活的地方，也有来客、居民，甚至野兽，还有春天的太阳光融化了雪堆，冬季的早晨，他拿把斧头和桶出去找水。当然，也有在孤独中听到的别样的“声音”，还有他栖居湖边时“阅读的范围超过一般的流动图书馆的藏书”后认为，“在识字以后，我们应该阅读最优秀的文学作品，而不是永远重复最基本的东西和单音节词”。

我罗列了梭罗先生这本书的大致内容，你总体就知道他所记录的内容了。这些记录都是单独成篇的，你未必要一次性读完所有的篇目，可以从中挑选一两篇看看。比如你与妈妈酷暑时进深山避暑，就可看书中《室内取暖》，比较你所要的“冷”和梭罗取的“暖”。你妈妈开学前又给你添了新款运动装、假期带你遍尝大江南北美食时，你不妨看看《节俭》。梭罗孤独地栖息湖边，吞咽最简单的食物果腹、穿最粗糙的衣服遮蔽身体，却慨叹人类“花费了大量的心血，掠夺鸟巢和小鸟胸部的羽毛来准备这个屋中屋”。相信你若读到此处，尽管年少，多少也能体会到梭罗悲天悯人的情怀，也会因为梭罗提到古代中国的哲学家，都是物质财富上最为贫乏而精神财富上最为富有的一类人而重新思量“自古圣贤皆寂寞”这句话的含义，反思奢侈生活结出的果实是奢侈的，而我们那些甘愿贫苦的智者或许正是人类生活的不带偏见的、明智的观察者。

你这一生是愿意浸泡在“奢侈”里过着所谓的舒适生活，如燕雀般掠过天空，不留下丝丝痕迹，还是以悲天悯人的博大情怀为人类的崇高向上，为更多穷人过上好一点的生活而奋斗呢？初读梭罗《瓦尔登湖》中的一些文章，感觉像流水账。但是他却留下了取自大自然与现实生活中的二十多部一流的著作，给人类留下了诸多闪烁着思想光芒的精神财富。

梭罗只活了四十五岁，生前是寂寞孤独的。他三十七岁后作《瓦尔登湖》也是寂寞的，没有人注意，即使现在有人称它为世界名著，他也还是寂寞的。梭罗如果知道一百七十多年后，中国合肥有个叫王子鉴的少年开始读《瓦尔登湖》，他一定会开心地笑了。

能够过早品味寂寞的人，这一生不会寂寞。中国当代大儒梁启超曾高呼过：“少年强则国强，少年独立则国独立……少年雄于地球则国雄于地球。”你是中国少年，当有志担当中国未来，岂可只在乎一己之奢侈、一家之冷暖！若是那样，你读不懂梭罗的《瓦尔登湖》，也不会有多大出息。

大伯说你可能读不懂梭罗的《瓦尔登湖》，是因为你太年少了，还没有走出家乡过，这当然不能怪你。即使如我这样出去一大圈，现在差不多算归隐山林，过着与梭罗当年差不离的生活，也只能体会他著作之一二。当然，我也不会无端空耗时光，于四季转换间写下了许多文章。比梭罗稍好一点的是现在资讯发达，我在山野间写的文章有人去读，如我就是因你妈妈读我的文章而与她相识的，又进而与你有过两次见面的机会。你吃得了苦，天资聪慧，我这才拉拉扯扯跟你说这么多，且供你参考吧。

梭罗和他的湖已在那里，永生不灭。我心中的那个湖正在铸就中，尚未为人知。你有大把的时光行走天地间，去见识，去经历，心有多大，将来的“湖”就有多大。你真好，一切都有可能。

祝好！

何显玉

2021 年 8 月 30 日

之二：与方丽敏共勉

每次看到方丽敏这名字，都让我想起方志敏。

方丽敏是青阳县三中语文老师，勤于笔耕，屡有美文映入我的眼帘。方志敏则是老一辈革命家，皖南一带有他许多足迹印痕，石台严家村一面墙上保留的革命标语据考证就出自方志敏之手。

方志敏被捕前系中共闽浙赣省委书记、红十军团军政委员会主席。1935 年 1 月 29 日弹尽粮绝被俘，同年 8 月 6 日被秘密杀害于江西省南昌市下沙窝，时年三十六岁。他被俘时已不能行走，在狱中，他戴一副十斤重的铁镣，利用敌人让他写交代材料的笔墨和稿本，半年多时间写下了《清贫》《可爱的中国》等不朽名篇，留下的狱中文稿目前有据可查的有十六篇，现存十三篇，计十三万字。这些文稿历经周折得以留存下来，成了无比珍贵的文献。

我曾循着方志敏的足迹寻访过，每次吟诵他的狱中遗作，都心潮澎湃。他用生命最后的光阴铸就的文章，已不是寻常文人渴求的“千古秀”了，更让人反思“人到底怎么活着才最有价值”。或因为如此，我离别都市、从热闹中抽身出来，偏居青山之阳一隅，读书、写作。孤独寂寞中，屡屡想到方志敏在狱中秘密写作的艰难情景，重又铆足了劲投入创作中。夫复何求？但求耕耘，不问收获。

昨晚，我看到方丽敏《红楼内外的何先生》一文，读下去方知是写我的。行文如高山流水，溢美若九华山云海、奇松。有些惊诧，且不安着。我只是避开红尘俗事，专注捡拾时光长河里散落着的故事，将过往沉泥淤沙揉搓、雕镂成禀赋各异的器物，于己心生感动，于他人企望有益。夙兴夜寐、披肝沥胆，苦累孤独，却犹甘之如饴。

我敬先辈方志敏若高山仰止，他给我方向与榜样。今识青阳方丽敏，给我加油鼓劲。秋雨潇潇，山中静谧，文字精灵造访，何妨弹一曲空山灵雨？

葫芦塘的风华

期盼已久的这场大雪驾乘第一缕春风来了。仿佛约会迟到的小姑娘一样，娇羞地趁着夜色悄然把窗外银装素裹起来，让梦乡中醒来的我们看到了一个无瑕的洁白世界。

早上我推门进园，小狗狗们撒着欢儿早已一溜烟似的蹿入园中雪地里，你追我赶，飞速疾跑在最前头的小狗猛地掉头撞上了正在追赶的同伴，一起滚到雪地上，打两个滚儿又箭一般地飞出去，将寂静的山野热闹得沸腾起来。我要去打开大门放它们去野外撒欢儿，转角处见那株被一整个冬季寒风劲吹的梅花树上朵朵红花从枝条白雪里露出红艳艳的笑脸。严冬山野群木叶空，这株红梅上孕育着朵朵花苞，这几天被几场初春的风撩过后越发羞红起来，一树红梅为这漫天雪花添了暖暖气息。

我打开院门，小狗狗们抢着蹿入漫天的雪花中，争相踩出茶溪小镇上第一行脚印来，且由它们撒欢儿去吧。我转到葫芦塘西岸，透过漫天雪花回望葫芦塘那边我栖息的地方，竟有几分陌生感。冬末前的几场细雨将干旱得只剩锅底状的水面漫抵塘岸周边，水面大了，心仿佛也空阔起来。平时我只是写作累了凭窗看看塘西岸那边的群山，曾有精通命理的人士路过我的居处，称塘之对岸的群山酷似打开的书卷像是从前的“诰命书”，此地以后要出朝中大臣。我也只是笑笑，我非此地人，偶从山中过，能借此间山水滋养我的余生、酿出些诗文已是大愿得逞，别的奢望与齐天洪福就由别人去享用吧。

除夕那天早晨，我漫步栖居的茶溪小镇，见一轮红红的太阳从九华山莲花峰上将万道金光洒落在这个山间小镇，寂静中有种寻常觉察不到的温暖与美好。此前，在山中过春节的热心人给邻居家大门贴上了春联，其中有些春联还是我托城里熟识的丁仕旺、张绪祥等朋友书写的。红红的春联与院落间那一株株绽放的红梅相映衬，添了许多喜庆氛围。我从嗓子眼里冒出一句："这是个美丽的地方，这是个美好的日子啊！"兴奋之情难以言表，我赶紧回屋将夜里写就的那篇言说茶溪小镇葫芦塘的文章，复制粘贴发给我所认识的茶溪小镇的人，还写下几句话附上："感谢您之前在建设茶溪小镇时的努力与激情，才使我们沐浴佛地暖暖的阳光。"我想无论是走过还是路过茶溪小镇的人，只要他们曾经付出过汗水与智慧，看到他们走过的土地上人们的生活状况，总会感受到许多亲切！人生之旅途中，很多人注定成为一些地方的过客，从一些人的身边走过，去了别处或他乡，许多年以后，他们未必对旧地、旧人有多少留恋，只是那个地方、那些人曾与他更年轻时的记忆经历有关，于是会时常忆起。我的这篇文章发出后就收到许多"原创"的信息，一位叫贾虎的人回信："您是九华健康生活的实际践行者，让人感到温暖、看到希望。"

其实，人生在世，如岁月之四季，耕耘的时候未必有收获，世间万物必须要经过一个成熟时期。有时我们只在开启时于那一方水土上流过汗，而后就成了过客，流浪去了别处。小到一口山间水塘、一座小镇，大到一座城市，等这块土地上的树长大了、花儿开了，后来者未必知道从前的人和事。前人栽树，后人乘凉，耕耘的路上总会有收获的季节，只是收获者未必就是最初的耕耘者。收获快乐时若能给那些去了别处的先行者报一声收获季节里的欢喜事，传递一份快乐与幸福，与他们分享自己所看到的美好与快乐，自己也会有更多的喜悦。

人间万物皆有其生长的内在周期，从前路过茶溪小镇的人或许正是栽下那一株株梅花树的人，或者看到过成长中的梅花树，只是没赶上漫天飞雪、花开梅香的好时节。错过了梅香时节也没有关系，春夏秋冬，哪一季里都有花开，只不过我们是否有静等一朵花开的悠闲，还有那种欣赏花开的心情？如果一个人对于季节的转换、四季花开与果实的美味都无动于衷，那就不能错怪了季节，恐怕将四季的美妙攒到一块儿，他也无福消受了。

欣赏平凡之地的美妙，品味其中的境界，恐怕重要的是自己的心境。一个心中没有河流山川、总急着赶路去看风景的人，可能走到后来也看不到风景，因为他没有悠闲的心境。林语堂先生在《人生不过如此》一书中有一段话："梭罗在《瓦尔登湖》里所说的要享受悠闲的生活，所费是不多的。笼统来说，中国的浪漫主义者，都具有敏锐的感觉和爱好漂泊的天性，虽然在物质生活上露着穷苦的样子，但感情却很丰富。他们深切爱好人生，所以宁愿辞官弃禄，不愿心为形役。"二百零五年前，梭罗出生于瓦尔登湖畔的马萨诸塞州康科德镇，他十六岁考入哈佛大学，崇尚回归本心，亲近大自然。二十八岁时撇开名利的羁绊，在瓦尔登湖畔自建一个小木屋，自耕自食两年多时光，记录林中生活所见所思所悟，这才有了《瓦尔登湖》。掐指算来，年仅四十五岁就去世的梭罗离开我们已经一百六十年了，他的著作成了世界各地人们的案头书，他一生共创作了二十多部一流的散文集，尽管生前因为贫穷等原因没有出版几部，但他活着的时候看到了我们无法看到的大自然风景，至今还在引领我们亲近大自然、回归本心。

我在山中过春节，收到一些拜年信息，其中庐江县孙立人将军故里种蘑菇的农民李世树的一句话让我格外感动："孤独是心灵之锚，正因为孤独，何先生才有心灵之沉淀，静享山野之美，孤独之后，文章之美之价值一定会发生。"世树爱人久病在家，年过花甲的他为生存常年凌晨两三点起来去蘑菇坊，披星戴月挣得一日三餐，可我"茶溪听雨"上的每一篇文章他都必看，时常有点评。还有一位老者发给我信息："天天亲泥土，仍怀天下心。"我感动之际一直不知怎么回复这位年已九十七岁的当代美术史论家、著作等身的郭因老先生，唯有祈祷老人家健康快乐！

飞雪仍满天，我沿茶溪小镇的葫芦塘转了一圈，拍了些视频发给山外的朋友或邻居们，披着一身雪花回到自己的居所。阳阳与它的小伙伴们不知从哪儿陆续冒了出来，原本黄的、黑的、灰的毛色全都变成了一身纯白，一个个咧着嘴笑呵呵状。我回屋给它们挨个擦干净，喂了些食物，它们乖乖地回窝里睡觉去了。我一个人回到房间，回归寂静的空间，心静如水，等待灵感来访，我将记录下来这一趟大雪中的葫芦塘之行所感所悟，与自己的心灵对话，给未来交代，权且享受这样的孤独时光。

葫芦塘里装的不是孤独

这是一个美好的早晨，如约而至江南九华山的片片雪花飘入葫芦塘里。雪花漫天飞舞，池水潜滋暗长，悄然无声中有着一种久别重逢的浪漫气息。

茶溪小镇葫芦塘历经盛夏炙烤，有过深秋的煎熬与严冬里的守望，满满的期待中干涸得只剩下锅底状的一汪浅水，四周浅滩裸露的乱石间泥巴也晒干裂了。腊月里，我还到塘里垒筑东岸石头坝埂，累了伫立塘中歇息，回望岸边寒风中摇晃的枯草，失了水分的葫芦塘终究还是难掩岁月的沧桑。

或许，上天知道雪花就要回来过年了，不忍让其看见离别还不到一年的葫芦塘瘦削憔悴的模样，便连着下了许多天小雨，绵绵细雨滋润着塘边干裂的泥土。三面山峦间的雨水仿佛得着喜讯一样四水归塘，渐渐淹没了那些乱石。原本塘中间锅底状的那汪浅水便在多情的冬雨里漫延成了拥抱这场大雪的聚宝盆，足以让一塘雪花洗去旅途中的一路风尘。

葫芦塘在等一场雪，我在江南的冬季等大自然间那一场久别重逢的浪漫。

几年前的一场春雨中，我从热闹的都市来江南茶溪小镇栖居，居所前的一池春水就是葫芦塘。初见时，看上去亦不过寻常的一口山间水塘，只是岸边依然有些原始的野性状态，这倒让我想起自己困于城中许多年没下野外池塘游泳了。于是，走近塘边看看怎么下塘里，忙乱间惊飞草丛中几只觅食的白鹭。我听当地山里老农说，这里原先有一大一小两口相连的池塘，看上去像“葫芦”，承接环塘东、西、北三面山峦上流下来的水，从塘南边一个出口溢出后流进九华河，继而汇入长江。

那年春上，山野间草色开始变青时，我从山里老农家讨来莲藕种，赤脚下到尚寒的葫芦塘栽种，塘底摸到的都是石头，却扒不到泥土。山里老农笑了：这口塘是九华山山根，全是风化后的碎石头。这一说法后来在我筑园时得到了证实，挖地三尺依然还是风化的碎石头，以致我在园中辟出菜地时不得不去田野间拉来泥土，也顺带往塘里堆了几堆泥土，勉强盖住莲藕。几场春雨后，塘里冒出了一些尖尖荷叶角来，偶见蜻蜓立于尖角之上，我便生出无限欢喜来。我只是往春水中栽下几株莲藕，便将宋朝杨万里在绿树池畔见到的“小荷才露尖尖角，早有蜻蜓立上头”的场景移进了九华山葫芦塘来。

尖尖角的株株小荷被一场场温暖的雨水亲吻，渐渐撑开了一个个美丽的华盖。江南采莲时节尚未到，葫芦塘里已是“莲叶何田田”的景象了。我找来一把伞放在塘边，雨来了便钻到伞下，静听雨打荷叶的声响。天气渐热，池畔夜晚便有了蛙鸣声，每每于晚上十点，蛙声集体戛然而止，就像听一场入心的音乐会，音乐停了，意犹未尽，只好在塘边多待片刻，好像在等青蛙返场赠送一曲。

如果说荷叶装点了葫芦塘的春梦，成千上万的青蛙合唱也只是葫芦塘四季歌里幕启时的暖场，那么春夏每一场猝不及防的暴雨中，那些鱼虾结伴而逃，继而游戏荷叶间的情景剧，应该算得上重头戏了。每一场不期而至的暴雨，我园中高处的雨水汇成奔涌的流水灌进我门前养着鱼虾的小池，瞬间便水漫池坝，那些春季里放入池中时满肚鱼子的鲫鱼，顺着漫过池坝的雨水成群结队跑进葫芦塘里，数不尽的米虾也趁机混在鱼群里蹦入大塘去了，就连我故乡大存堂弟捎来的十多斤泥鳅也溜之大吉。有人让我将鱼池出水口封死，防止鱼虾趁水逃了。

我倒是很乐意看那些仓皇出逃的鱼虾活蹦乱跳地进葫芦塘，待它们心神稍稳后，鱼戏莲叶间，忽东忽西，忽南忽北，把一池荷叶搅得打着颤儿，调皮的鱼儿跃出水面亲吻盛开的莲花瓣，入水前叼走花瓣上一片笑容，或是留下一记吻痕。那时节，葫芦塘便有了许多生机与趣味。我也如儿时一样，每天潜入塘里像鱼儿一样自由自在地畅游，即使是一场突如其来的雨来了，我还在池塘奋臂击水，倒是水中许多米虾戳我肌肤，像是熟悉的旧友跟我打招呼似的。盛夏城里有孩子来山里玩，看见葫芦塘里的我，便嚷着要下塘。有勇敢的孩子下塘，我便带他们往塘中间游，岸上的家长早已惊得一身是汗，连呼“快游回来”。只是孩子们不愿上来，他们在山间野塘成了野孩子。

夏季来临之前，我将门前自然生长出的几十棵南瓜秧移栽到葫芦塘畔，秋后居然结出了以箩筐装的南瓜来。山中漫长日子里，我徜徉葫芦塘畔，脑海里便有许多奇思妙想就像塘边那南瓜秧一样扎根、发芽、生长。没有繁杂的人际交往应酬，也没了山外那些负累，有足够的时间让脑海中那些思想瓜熟蒂落，我从中获取了许多意想不到的快乐。

我少年同学盛作年先生与我同时挤过高考独木桥，天各一方谋生，后又聚首省城，相交甚密，闲时常到我爱人的企业去打牌喝酒。我爱人的外贸企业岌岌可危时，他还帮着想了许多法子，企业还是如山崩般倒塌了。我们栖居江南山野间，他一直有个心结：担心我过惯了热闹日子，不能承受山中寂寞与孤独。前年夏季，他与妻子带着女儿盛洁一道来我山中居所，午饭后他忽闻雨打荷叶声响，便信步走入葫芦塘边伫立不动，女儿盛洁见雨大了便给他撑开一把伞，父女俩就那么在雨中听荷。晚上我俩搬把椅子端坐塘边，静听蛙鸣与雨声。他说：“好多年没有听到雨声蛙鸣了。”临别时，这个儿时伙伴丢下一句“葫芦塘不孤独，你也不孤独”，便头也不回地走了。

有一天，邻居徐叔喊我去他家塘边，说那浅水里有许多鸭蛋，肯定是我放归塘里的两只野鸭子生的蛋。那年冬天，一位旧友要来山里，我路过集市时看见一个江北老汉挑着一担野鸭子，一个个捆着嘴巴挂在扁担两端吊着。那些活鸭不能叫也不能喝水，看着可怜。老汉见我多看了几眼，便非要我买几只回去。我在葫芦塘边解开捆绑它们的绳索，它们飞入塘中，只有饿了才会游到我门前“嘎嘎”叫唤讨食。这几只鸭子就那么在葫芦塘生活了三冬四夏，每年都要吃掉我许多稻谷。野鸭能在塘里觅食鱼虾，它们省下的食物给鸟儿啄去了。我在窗前时常看到那些鸟儿啄食场景，鸭子来了它们也不飞，各啄各的，相安无事。我便停下手中活计，倚在窗户后面静静地欣赏这幅和谐共生的画面来，心生莫名的感动：原来上苍如此厚待我，在这山野间给了我一份特别的青睐，大自然回馈给我的快乐太多了。

我们原先在城里总渴望能有所依靠，自觉不自觉钻进一个个“圈子”，吃饭、喝酒、打牌、郊游，我看人家脸色，人家偶尔也看看我的脸色，一场场热闹现在想起来也只是彼此重新品尝一块发霉的蛋糕，并无多少新思想碰撞。一生中若是有段时光抽身离开乱象丛生、尔虞我诈、虚情假意的圈子，给自己一段独处的时光，亲近大自然，让自己的生命靠近生生不息的生命之源，渐渐地会发现与大自然做伴是这般地美好，大自然恩赐我们的总是太多：暖暖的阳光，清新的空气，纯洁的雪花，滋润万物的雨露，还有连天的芳草，树树花开，满山果实，丰美的食物……行走在大自然四季里，一切美好与快乐如同这雪花深吻相融葫芦塘后的池水一样潜生暗长着。自己浸泡这么多美好与快乐久了，也会化作春风，变成雪花，行走到哪儿，哪儿就是春天，哪儿就会纯洁。

每一场雨后，大自然都添了许多妩媚。每一场雪花都会捎来很多动人的故事。九华山的雪花还在飘舞，远山近岭映衬下的茶溪小镇愈加纯白起来，雪花融入葫芦塘的怀抱便藏了起来。陪伴我在山中四个年头的小狗阳阳与它的伙伴们早就急不可耐，齐聚在园门口，它们要看山里这场迟到的雪景，去雪地里撒欢儿，寻一份开心，传递一份快乐。于是，我也走入这场大雪。

山河故人

陵阳有种骨子里的高贵

闻陵阳

我第一次听到陵阳这座古镇的名字是在读大学的时候。那时，教我们古代文学的汪裕芳先生古文功底深厚，每讲授完一篇古文，都要即兴“唱”一遍，那是我们最喜欢的环节。尽管汪先生一再纠正不是“唱”而是吟，但我们喜欢古文皆缘于他“唱”得妙。印象最深的是他在讲完屈原《橘颂》后，照例“唱”给我们听。吟至情深处，先生竟泪流满面，身体摇晃几致跌倒。同学们全体起立击掌打节拍，也都泪流满面。汪先生告诉我们一个史实：战国时的楚国大夫屈原遭贬流放时在吴头楚尾的安徽陵阳生活过一段时间。我们同学心生向往，多次动议要结伴到陵阳看看。怎奈那时我们从饭票里挤不出来路费，终未成行。

我再知陵阳是长江三峡大坝截流前，我随中国记协组织的全国几十家报社记者参加的一个采风团，从重庆顺长江而下，沿长江探访即将淹没水里的古迹。历经半个月抵达宜昌，直击三峡大坝截流的宏大场景。此行最后一个活动是参观秭归屈原祠、屈原老家乐平里。在那里，我看到一幅《屈原放逐图》，屈原被放逐最远的一端正是安徽陵阳。我这才了解到陵阳，公元前109年（元封二年），汉武帝置县治于陵阳，县衙设香池里（今香池尚在）。历经汉、隋、唐三代八百五十一年，直至唐天宝元年(742年）才改设青阳县。可以说，未有青阳，先有陵阳。

访陵阳

我在记者生涯中曾多次途经陵阳，那时采访途中总是行色匆匆，未能留得一日或半天到陵阳走一走。前年暑假，远在广州的王汉文同学与在福建泉州侨乡的教育名家张先文等同学回安徽省亲，他们邀了几个同学到我栖居的九华山茶溪小镇小聚。弹指间我们毕业已三十多年了，忆起当年在大学课堂上集体吟诵屈原《橘颂》泪流满面的场景，依然激动。于是，我们八位同学动议到陵阳走走，实地感受屈原行走、生活过的千年古镇风情。

我们在陵阳一座桥头停车后，沿穿越古镇的南流河南岸上行，遇有古街巷口伸至河边，巷内两旁店铺林立，古色古味，古石板路延伸过古屋一角就成了另一条街，街街相通，户户相连。我们走过一棵华盖遮日的古树，见巷口一面山墙上镶嵌的青石碑，上刻“南流桥碑”，记录了清乾隆四十四年（1779 年）重修此桥的经过，以及长长的捐款人名单，捐款多者三百大洋，少者一块大洋，各尽一份功德。往右拾级而上石拱桥，桥面与古街屋脊比肩，这可能是当年为了桥洞往来行船方便，才抬高了桥面。

陵阳建制两千一百多年来，既是江南土特产销售集散地，又是徽商北上南下重要通道，至今还有古徽道经过此地连接徽杭古道。这座江南重镇商贸的繁荣波及周边几个县，惠及百姓。当地有句俚语“富贵陵阳镇，风流谢家村”。

陵阳历经两千多年的风雨磨砺，富裕自不必说，那种骨子里的高贵不是停留在古贤达诗里，而是悄然藏于民间。我们在古街一面墙上看到写有“宁树藩先生旧居”的匾额。这位土生土长的陵阳人出生于 1920 年 10 月 2 日，少年时就读于陵阳私塾，后到青阳读书。曾就读于浙江大学、中山大学，先后在石台崇实中学、休宁中学、青阳中学及宣城复旦中学任教，新中国成立后入复旦大学教授新闻学，成了研究中国新闻理论绕不过去的一位泰斗级人物。我们觉得同学王汉文教授的经历与宁老前辈有几分相似，都是从中学老师成长为大学教授、硕士生导师。王汉文摆手说：“宁树藩先生那个时代的学者气质高贵到骨子里，我等岂敢与他们相提并论？”

我们一行跨过南流河桥逐级而下，往北寻找古陵阳县衙遗址香池。香池还在，只是原建门坊上李白手书的“香池里”那块石刻毁于战火。对古代文学颇有研究的王汉文教授如数家珍地背诵出李白多次游历陵阳时所写的诗句，诸如“白龙降陵阳，黄鹤呼子安”“杜鹃花开春已阑，归向陵阳钓鱼晚”“去去陵阳东，行行芳桂丛”。孙叶青校长说，对于曾任池州刺史的晚唐诗人杜牧，我们多只记得他的《清明》，其实他有首《陵阳送客》写得也很好。比他们都更早的屈原遭贬流放寓居陵阳时，所写的《哀郢》中有：“当陵阳之焉至兮，淼南渡之焉如？”

那天下午，我们原本还想再去谢家村转转，看看到底有着怎样的“风流”。奈何天色已晚，便欲折身返回茶溪。池州刘浩同学提议，我们就在这香池边，再集体吟诵屈原《橘颂》可否？众人如闻当年师言，一起挺直腰身，清清嗓子，齐吟《橘颂》。历经世事沧桑的我们再吟屈原此诗，别样滋味涌上心头。当吟诵“受命不迁，生南国兮。深固难徙，更壹志兮”，身在南国打拼的张先文、王汉文眼中都噙满了泪水。

识陵阳

我再次感受陵阳的那种高贵气质，是今年 5 月 23 日的事。那天，青阳县文联原主席、现任屈原学会会长、知名作家马光水与一群文人雅士去陵阳采风，邀我同行，我这才近距离感受了陵阳高贵气质里的独特风流。

马光水先生一行带我到深藏于所村的太平山房，这处纵深三进的古祠堂，后进系明代建筑，前二进系明末清初增建。又涉足上章村内的李氏宗祠，也是始建于明代，清朝时重修，此两处相距不远的宗祠都是“国保”单位。我见有人赤脚在宗祠边田里插秧，田边有荷叶冒出尖尖角，便想请他们给我扒几根藕苗带回何园。妻子拽我衣角说：“别耽误人家干活，农家有不插六月秧的古话。”哦，这季节抢插秧苗呢。曾任过池州郡守的清代诗人张士范的《陵阳镇》中，有句“绿树声声鸣布谷，农人遍地插新秧”。

我在所村一杂货店买了黄瓜洗净分给大家吃，卖菜的老人指着对面的“盛泰杂货店”告诉我，这间杂货店是清代嘉庆年间陈摘魁在外经商赚钱后回家乡开设的，由其弟弟陈柏魁经营，外销家乡的土特产。历经两次战火洗掠，一次是 1855 年太平天国军队突入所村，盛泰遭洗劫，家人逃亡。十年后，陈摘魁的孙子回故乡重建了盛泰，前店后宅。1941 年，一股侵华日军从九华山窜入所村，抢掠了盛泰及一条街上的商铺。陈家后人在战火后又重建货店，店铺后面以前有口池塘，半塘莲花。

陵阳乡村一间普通杂货店，都有着荡气回肠的历史烟火味道。而我走进谢家村一处“抗战老兵之家”时，分明闻到了战火的硝烟味。这家墙上挂着一位老战士照片，正是曾住在这里的川军抗战老兵李龙泉。他是四川省隆昌县人，1937 年，年仅十六岁的他参加川军出川抗日，随川军在南陵、铜陵、青阳一带抗击日军，同乡皆战死，唯有他受伤活了下来。1945 年 5 月抗战胜利后，李龙泉落户于陵阳谢家村，后来村里人将这处老屋分给他成家过日子，一辈子养育了五儿五女。据当地村民讲，李龙泉当年老军长的女儿曾到谢家村，代表父亲来看望他，并资助他生活，老兵近百岁时仙逝。

我们到沙埂村正是午后，鲜见行人。一位身着红色连衣裙的女子笑吟吟地冲我们招手，问：“你们是来看洋房子的吧？”她打开大门，领我们走进保存完好的两层洋房。她说，这洋房战乱时曾被主人改作诊所，义务接治受难乡亲，房主还曾用自己出诊的轿子掩护地下党脱离险境。这位悬壶济世、医术高超的人就是当地名医曹佐庭先生，他 1950 年不幸离世后，当地老百姓一直缅怀他的功德，设法将此洋房保护下来。这个红裙女子叫岳大艳，是贵州省遵义市人，年轻时爱上了陵阳沙埂村一个小伙子，不顾家人反对远嫁过来，如今儿子都高中毕业了。她一再说这里的山好水好人更好，自己夫家尽是好人都有才华。一个城里姑娘嫁到陵阳乡下，在陌生人面前笑逐颜开夸赞婆家人，若不是发自内心的爱，她是笑不出来的。

马光水等人带我到南流河与陵阳河交汇处的东山湾，河流在这里形成了个大大的“S”形，两岸尽是参天老树。当地文化名士曹其明领我们在河湾处找到了毁于洪水的古石桥墩，他介绍这里曾发掘出两块大小不一的石碑，上面记有屈原活动踪迹。马光水称已在此处做了规划，打造屈原文化园。今年春天，县屈原学会成员还专程到秭归进行“寻踪屈原”文化交流活动。

其实，无论是风流谢家村，历经战火洗礼过的所村，还是有旧洋房的沙埂村，都只有两百户人家，在陵阳十六个村、居委会中都极平常而又相近。我们蜻蜓点水而过，难以尽闻其详。总体上有种感觉，在古镇陵阳，无论是灾害、战乱还是外敌入侵，纵使一时毁得了看得见的财富与建筑，却灭不了陵阳人心中自古以来就有的那股子热爱家乡的底火。内心高贵的陵阳人心里有杆秤，知好歹、明大义、敬贤达、创辉煌。他们无论居家还是远行，心怀道义，惦念家乡，一有机会就如野火烧不尽的春草一般，春风夏雨中又滋生出浓浓的生机，重又繁荣起来。

我们行走在陵阳境内，随处可见厚重的历史痕迹，无论我们进哪栋古屋都会有光阴里的多彩故事，我们与任何一位陵阳人交流也会心生感动，感受他们骨子里的高贵，还有深藏不露的大义、明理。

写给安庆

我与茶溪小镇的邻居们去了趟古城安庆，一个昼夜经历颇多，也很兴奋。归来后写就此文，借用海子那首被人写在安庆倒扒狮街墙上那首诗的名字——《写给安庆》，作为本篇题目吧。

进　城

月是故乡的圆，而日出的精彩往往在他乡。

今天我早早从安庆临江的宾馆起床，信步走上马路对面的长江防洪大堤，看看古城安庆的大江日出。旭日还未从江面跃起来，我便在江堤上散步。昨夜听当地朋友说，今年夏季，洪水淹到江堤两米多高，全靠这一堵防洪墙将江水挡在城外。安庆地段的长江成了名副其实的“悬河”，一城之安危全仰仗这大堤了。

回想我们一行人是昨天下午跨越长江进入安庆古城的，才过了一夜的光景，倒像是在安庆生活过一些日子的本地居民了。我们这些栖居山野的邻居们都不是安徽人，平常听我讲起安庆城里城外的一些往事，还有声调婉约动人的黄梅戏，他们早对安庆心驰神往。这次来之前，我爱人再三叮嘱：请邻居们看一场黄梅戏。

其实，我不太愿意离开江南的茶溪山野。山中有月光，菜地要浇水，我还天天要写那些光阴里的故事，既充实又忙碌。我原本可以不理会邻居们的期盼，可想到他们都不是安徽人，一直在兰州、苏州、杭州等地工作生活，现在不约而同选择了江南茶溪小镇这片清静之地来过日子，我们成了邻居。我有时外出，还托他们照顾我家的小狗狗们，十里春风难抵一个芳邻。自小在安庆长大的爱人也催促我多次，于是，我们进了安庆古城。

古　街

半个下午时光，熟悉安庆的蒋六乔先生领着我们参观安庆的一些历史遗址，其中就有陈独秀旧居遗址，还有陈延年、陈乔年儿时读书的旧屋。这些老房子只有当地居民指认，我们留心旧墙上的石刻，方才知晓。

我们拾级而上到“倒扒狮街”，这条保留明清风格的老街全是老石板路，两旁店铺林立。与别处老街不同的是，这条古街除了当地两家有名的蚕豆酱、点心外，似乎找不到什么吃的。倒是有打鼓、吉他、古琴、诗歌馆，还有教唱黄梅戏的文化乐坊，这类店铺鳞次栉比，透出极强的文化气息。古街入口与出口处，竖立两块安庆方言集锦，比如让你猜想“不繁桌”“烧锅滴”“嘎鸡窝”是什么意思，你若能很地道地使用这些方言，当地人一准会笑着接受你这个外来的朋友，热情中自然会多了一份亲情。

一座古城并不是有几栋旧楼，或是曾出过几位名人就是古城，更要有一种当地古之文化与历史的传承。在安庆的“倒扒狮街”上，我就看到一处安庆老照相馆，收集了古城最早的一些历史照片，有人物，也有历史事件，还有安庆古建筑。沿着墙壁走一圈，能在极短的时间内大约知晓这座古城的过去、现在与未来。

古街上比较现代的是两面高高的白墙壁上，抄录了海子的两首诗。一首是耳熟能详的《面朝大海，春暖花开》，另一首是《写给安庆》，后一首诗名估计是后人加上去的。海子当时或许只是随手记录了一个擦肩而过的安庆女孩，印象还是模糊的，连她究竟是姐还是妹也搞不清楚。海子这个怀宁查湾的乡村少年，十五岁考入北大，二十五岁就终结了自己的生命，他短暂的生命在诗歌里得以延伸。海子原名查海生，安庆怀宁人。怀宁有一座独秀山，那方土地上不仅出诗人，更出过了不起的革命先行者。

夜　色

在安庆歇脚过夜，晚上不去看一场黄梅戏那是太大的遗憾了，何况我们是专程来看黄梅戏的。

是日晚上，蒋六乔先生带我们品尝安庆当地菜肴，还喝了一种高度的“桐城老酒”，讲述着有关桐城的诸多往事，邻居们兴致高涨。蒋先生已提前给我们订了黄梅戏会馆的票，饭后离开戏还有一个小时，他带我们再回看夜色下的“倒扒狮街”，领略一下夜色下古街那份妩媚风情。

一入老街口，顿觉果真不同于白日所见。

华灯初放，一家家店铺便有了异样的光彩，光彩里有声、有色、有形，还有特有的味道。声音是从几家乐坊传出来的，鼓点、琴韵、戏曲声，从不同的乐坊间飘出来，原本是各自独立的声音，融合到古街的石板上，便似一首恰到好处的交响乐。渐渐地，这种混合交响乐便让走在古街上的人心海里起了波澜，白日里的劳累随风飘散，年轻的梦想在这夜色华灯下慢慢长大。你开始喜欢，喜欢这安庆的夜色，喜欢那些发出这么美妙声音的店铺乐坊。

老石板街面上，一群婆娑起舞的安庆姑娘成了街心一景。笑靥如花，举手投足如行云流水。那长袖甩过来，仿佛带着雨珠，还有缕缕清香，由不得你不沉醉其中。她们旋转、下腰、扬臂，你此时最想干的事情就是加入她们的队伍，牵着她们中任何一位的纤巧的手，随着她们一起旋转、下腰、扬臂，哪里也不去，什么也别想，但愿此曲长一点、慢一些……

浸染在这华灯异彩的夜晚，我忽然想到二十世纪二十年代，郁达夫曾三次到过安庆，执教于安徽法政专门学校，他与孙荃的第一个儿子龙儿就孕育在安庆。我比较喜欢忧郁多情又很勤奋的郁达夫，每次读他写于1926年10月间的《一个人在途上》时，都有些感伤。这么一个多情的风流才子，命运悲苦，对病中的龙儿及媳妇孙荃也是情深义重，特别是写到自己不在妻儿身边，龙儿濒死的前五天连叫了几夜的爸爸。文章末尾一句：“自家只一个人，只是孤零丁的一个人，在这里继续此生中大约是完不了的漂泊。”郁达夫那时住在安庆北门外柏子桥，经常去菱湖，爱吃油酥饼。他在安庆写出了小说《茫茫夜》《迷羊》《采石矶》，还创作出了独幕剧《孤独的悲哀》。我甚至猜想，郁达夫若是继续留在安庆，有个稳定的生活，成为一方大儒该是情理中的事情，也不至于此后半生遭受那么多苦难，更不会中年被强寇杀死于异邦孤岛。

恋恋不舍地走出“倒扒狮街”时，回头看到我的邻居林彬大哥牵着爱人谢丹薇的手，两人一样的黑色情侣装束。张勇大哥与爱人李兰成并肩相依而行，赵刚老哥走在晚风前面，身材高大的他像堵挡风的墙为身后娇小的爱人张成香遮挡着这江畔夜风……

看　戏

出了“倒扒狮街”，要进入黄梅戏会馆必须拾级而上。戏院在高处，我们需仰视才见。

入门后，一溜排历史照片尽显黄梅戏昔日的风采。我们见到了严凤英的照片，那么纯洁善良的模样，由乡村打猪草姑娘成长为黄梅戏的代表性人物，她付出了何等艰辛的努力，不幸逝世时年方三十八岁！蒋六乔先生介绍说，这个会馆常年坚持演出黄梅戏，无论看客听众人多人少，也风雨无阻。我们还未入戏，已是心存敬畏了：一种文化艺术的承传与发展，只要有人在坚守，必有繁花似锦的时候。

步入会馆，我们居然坐在了前排右边一张桌子上。龙凤呈祥的茶杯里有姑娘给我们沏好的香茶，打开杯盖，其香由鼻直沁入肺腑，还有瓜子、五香花生。显然，好客的安庆朋友把我们这群山野来的客人当贵宾了。

好戏开场了。

一位女演员身着漂亮的演出服装，就在我们桌前面随着黄梅戏曲音乐舞起来，这大约是黄梅戏中常见的一些舞蹈动作。她如风似电，又若行云流水般地展现在我们面前，引得众人跟着她手舞之足蹈之……

晚上演出的都是黄梅戏中最经典的戏曲中的片段，俗称“折子戏”。据介绍，黄梅戏经过一代代艺术家的传承与发展，现在已有三百多台小戏、一百多台大戏，会馆也在特定的时段里唱整出大戏，那是需要整套人马的，更为精致，也最能表现黄梅戏的深厚功力与文化底蕴。我们有幸看到《观灯》《天仙配》几出经典大戏中的片段，已是很有福气了。其中有一出《告洞房》，仅男女两位演员，是言郑板桥新婚在洞房与新娘之间的故事，情节生动。其大意是劝夫清廉洁身自好之际，还要管好身边人。寓教于戏，很好。

因为近，所以我们看到了演员们的认真与不易。他们没有因台下听众寥寥而节省力气，减少动作，个个精神饱满全情投入。我们报以一次次热烈的掌声，给孤独中坚守一方艺术高地的人们道义上的支持。

再好的戏也有收场的时候，我们真的不想离开这样的氛围，最后走出黄梅戏会馆，来自苏、杭、兰等地的邻居们相约：一定再来安庆听黄梅戏。

渔　火

我们晚上住的是濒临长江边的一家宾馆，本来是相约明早去看江上日出的。当我们在夜色中回宾馆时，意犹未尽，于是，赵刚、张勇两位大哥与我登上江堤，一览大江夜景。

此时点点星光与江面上的一盏盏渔火相映照，大江上，船只往来穿梭。不注意看时，它们在江面上似乎不动，而那船上渔火却如星星在移动，或上溯，或下行。江上渔火如今不再是捕鱼船上的灯，而是一艘艘重载远行船上的光，抑或是游轮上的灯。

我曾看到过一则传说，说乾隆皇帝下江南巡游时曾到过一座古屋，和里面的修行者谈论禅机。乾隆面对着在长江上行驶的船只问修行者：“你看这江面上的船，来来往往，络绎不绝，到底有几艘呢？”修行者说：“这江面的船实际上只有两艘，来来往往，熙熙攘攘，一艘为名，另一艘为利。”后来这则传说又衍生出许多故事。其实，很多人不种庄稼也不栽菜，既不撑船又不拉纤绳，参禅悟道多半也只是闲来说说。人世间众生疾苦与贫民生计的诸多艰辛，岂是置身事外者所能体会得到的？没有江面上这些昼来夜往的船只，我们何以为生，又怎么能去欣赏远方的诗？

大江波涛里，淘不尽的是英雄；千帆过后，生计与诗就诞生在这烟雾弥漫的水波里。

月光是用来思考默念的，无论你重回故乡，抑或是行走远方，月亮都会赋予你许多遐想。或是想起一个曾经让自己怦然心动的人，只有这样的月光下，才能静静地默想对方。当然，亦可能想想别的事情，只是工作与开门七件事放在这样浪漫的月光下去想，未免太奢侈了。我的两位平生第一次端坐在安庆江防大堤上的邻居老大哥不知想起了曾经的什么人、什么事，悄然喝光了从江堤下夜店买来的四大罐啤酒，犹未尽兴。此时已过午夜了，江畔夜风虽没有江南的风冷，我还是担心他们受凉，便催促他们下了江堤，回宾馆休息，明早早起看大江日出。

日　出

早起上江堤看安庆的大江日出，就是在欣赏人间烟火的一幅浓缩的画。

江上来往船只依然穿梭不息，昨夜我伫立江畔，就见过江上渔火在移动。那一艘艘或上行或下行的船上，肯定有未眠之人，他们忙于生计连盹也不敢打的。前面有船，后面有船，左边有迎面开过来的船，右边有马力大的船正擦着船舷开过去。我们习惯了陆地生活的人，总以为地面上车水马龙、行人如织，殊不知黎明前的长江上也是如此。

初冬的晨雾弥漫江面，丝丝缕缕生自水面的烟雾袅袅升起，弱弱的风温柔地将这些升腾起来的烟雾变得婀娜多姿，似帘如幔，一艘艘江船轻撩帘幔由小变大，由远及近，又由大变小，驶离我们面前。诚如方文山写的那首词一样：

你的美一缕飘散
去到我去不了的地方
天青色等烟雨而我在等你
炊烟袅袅升起隔江千万里……

年轻时候牢记“一天之计在于晨”，早早起来跑步、读书，希望有能力与力量去更远的地方，遇见更美的风景，或是一生中注定要遇到的人。走过千山万水之后，我们才发现努力并非只在早晨光景，只不过清晨是我们头脑最清醒的时候，还未开启的一天光阴也没被浸染过，我们的心智可能更接近内心与真实。白天里，我们被许多莫名的事情推着转、拽着走，我们于挣扎中也渐渐失去了初心。

一日之晨尚且如此，何况漫长一生的旅程呢？我们习惯了“天青色等烟雨，而我在等你”，很少考虑过那个穿过天青色的烟雨迎面走向我们的人，当看到我们时，我们又是个什么模样呢？年少时努力活成别人喜欢的样子，长大了我们就要努力活成自己喜欢的样子了。

今晨，我看到安庆江畔浓浓的人间烟火：老夫老妻摘一把米虾，勇敢的男人跳进江里冬游，更有提着篮子、捏着棒槌到江水中洗涤衣服的美丽少妇。那晨光映衬下的身影与姿势，让你觉得即使是专门来安庆看一次江上日出，也是超值了。更何况，江岸水面上不时有跃出江面的鱼儿，江水还未暖，它们已在为即将到来的恋爱季节而欢蹦乱跳了。这才是江上禁捕十年伊始的景象，若是再过三五年，乃至更长的时间，你再来安庆江畔观景，正为那洗涤衣服的少妇发呆时，冷不防江水中的鱼儿跃上岸来与你撞个满怀，又活蹦乱跳地跃入江水中。

尽管江风有些冷，但江上的日出情景早已让我们心生暖意。沐浴过安庆江上日出时的暖阳，我们以饱满的状态去问候今天将遇到的每一个人！给他们祝福，为他们喝彩。

柘皋吃早茶

柘皋是巢湖北岸边上的一座古镇，对生长在巢湖南岸边的我来说，幼时听到“柘皋”就觉得非常有文化。不像我年少时生活的周边小镇的名字都极通俗、口语化：石头、金牛、白山、三河……

我初“懂”柘皋，还是上大学寒暑假坐火车来回都要经过巢湖。那时火车跑得慢，路上时光多，常遇同行的乘客问我这个巢湖籍的大学生有关“柘皋”的掌故由来。我这才到学校翻阅了有关历史书籍，大约了解到柘皋是座有着三千年历史的江淮名镇，古称“橐皋”，春秋战国时期为吴、楚两国争夺之地。宋、金史书开始称“橐皋”为“柘皋”，相延至今。有一条石梁河（今称柘皋河）南北向穿古街而过，南流入巢湖，继而通江达海。

石梁河上有五座古石桥，每座桥都有个很独特的名字，皆有典故。比如“玉栏桥”原名叫“遇难桥”，据传朱元璋起兵之初，遭元兵追杀，逃到柘皋河边。一农夫从芦苇中牵出一条小船，将朱元璋送过河去。朱元璋坐上皇位后，派人在柘皋河上修此石桥，取名“遇难桥”，铭记农夫救命之恩。1972 年，改建此桥开挖桥墩时发现一块石碑上刻有“洪武二年建”字样，后人改称玉栏桥。另一座“孔探桥”则与孔子有关，其侧有一处土墩至今仍叫“晒书墩”。相传孔子周游列国途经柘皋，当晚要赶到居巢城，过石梁河木桥时，车轴被桥木卡断，书简掉进河里。孔夫子持杖探水深浅，众人将书简打捞上来，放土墩上晒。

柘皋古镇仅石梁河上五座古桥有关的历史故事，就足够我当年在火车上吹了。后来逐渐了解到柘皋九街十三巷里鳞次栉比的百年老店旧铺里诸多故事，不过柘皋有关名胜古迹极少与神仙鬼怪扯上边，即使极少数一时难以核查准确的历史由来，也顶多与文化名人沾上。这大概与柘皋人性格中本分老实、厚道不虚夸有关。

柘皋崇尚文化、尊重文化风气由来已久，形成了一块文化高地。现代曾两度出任安徽大学校长的杨亮功，就是柘皋人。美籍华人科学家阚家蓂也是柘皋人，她还是位诗人，出版有《思莼集》等著作，所写的有关乡愁类的诗词意境不亚于余光中先生。她到晚年深情地说："将来百年之后，我会归葬故土的，我要看到巢湖风帆。"我国第一位翻译托尔斯泰长篇巨著《复活》《安娜·卡列尼娜》的译者高植也是地道的柘皋人。

柘皋的文化名人中对我走上文学之路影响最大的当算鲁彦周先生，他就在柘皋庙岗乡金山村鲁集自然村一排小瓦屋面、黄泥墙平房里长大。王蒙说安徽有三座名山：黄山、九华山、天云山。这里"天云山"即指鲁彦周的《天云山传奇》。就在安徽大学老校长、柘皋人杨亮功先生去世的1992年，鲁彦周为《柘皋志》作序，其中描写了他对柘皋的儿时印象："柘皋玉栏桥上的夜点摊上的灯火和清脆的叫卖声，又令我垂涎。当然，那时骄横的士兵，娇艳可疑的女人和长袍马褂的士绅，又令我侧目。"

我于2002年的一场春雨中才得以去柘皋吃早茶，第一次切身感受鲁彦周笔下的柘皋风情。那时我在省城一家极有影响力的报社当首席记者，到巢湖采访留宿此地，与《巢湖日报》的几位同人聊起当地名胜古迹，他们对柘皋的文化赞不绝口。柘皋的老百姓有过"夏至节"的习俗，夏至当天，古镇摆过上百张桌子首尾相接的早茶长桌宴，八方宾朋免费入席吃早茶。百闻不如一见，我当即与他们约好次日晨逛柘皋、吃早茶，费用由我全包。

这次即兴短途旅游，充满了诗情画意。那天早上飘荡着春雨，长长的雨丝从玉栏桥两端楼檐翘角像一根根线垂落河中。赶去吃早茶的人走过古桥，风吹油纸伞斜往一边，伞下有长发在雨中飘起，还有娇柔的声音飘来。我向茶楼老板借了一把伞也走上桥面，来来回回走了好几趟，感受这古镇的春风喜雨，与雨中那些来来往往去吃早茶的姑娘媳妇们擦肩而过，产生"忽有故人心上过，回首山河已是秋"之慨叹。

早茶上桌了，那几个同人凭窗大呼小叫让我回去。我淋了一身春雨，回到早茶桌边，腾腾热气中散发出来的味道唤醒了馋虫。同人们提醒我：

在栟茶吃早茶急不可耐的样子会被人笑话的，要一闻二品三吃。栟茶早茶一般先点四大件：鸡蛋锅贴、炒面皮、响铃锅巴、凉拌干丝。我鼓动大家挑自己喜欢的尽管点，吃不了兜着走。于是，马蹄酥、狮子头、红绿丝、烧卖……琳琅满目。

在栟茶用两个小时吃一顿早茶是极正常的事情，当地人“早上皮包水，晚上水包皮”。一顿早茶吃到晌午，找几个好友喝上一场小酒，下午打打麻将，晚上结伴去澡堂泡澡，要一碟五香花生，慢慢咀嚼生活的滋味。那次栟茶之行太匆匆，未及约人喝一场小酒，更未能体验一下“水包皮”的逍遥时光，便回省城了。

一别栟茶，直到上周我从山中回省城，一对居住在省城的栟茶籍父女约我去栟茶吃早茶，距离上一次竟有十九个春秋。

约我到栟茶吃早茶的童智星是地道的栟茶人，外出求学到省城创业，如今事业红红火火，闲写文章常见诸报刊。她说童年时的一幕场景时常浮现在脑海里：家门口有一棵老树，树荫似华盖。盛夏烈日下，年老的爷爷躺在树下椅子上，手摇芭蕉扇，一壶绿茶，闭目养神。乡邻们路过喊声“童三爷”，他不用睁开眼睛便知是谁。爷爷排行老三，善行乡里，大家都喊童三爷，却忘了他本名童天顺。童智星说，爷爷八十四岁时去世，至今还有人逢时节到爷爷的坟前上香。童智星的父亲童社生先生曾在栟茶几所学校当过校长，退休后到省城儿女们家生活。他说，那个年代乡村贫困，人们上街赶集走到中途不中不晌的，又饥又渴。父亲年轻时当过老师、大队书记，见到谁都叫回家吃饭，只是难为了母亲。

迎着晨曦去吃早茶的路上，我与童先生聊起栟茶。栟茶是个与水密不可分的古镇，通江达海的丰沛水源滋养出了古镇的秀美、酿就了别样的温馨。

过去，栟茶的男人不愿找外地的女子做媳妇，而南来北往途经栟茶的男人都想讨个栟茶姑娘做老婆。栟茶姑娘骨子里的温柔敦厚与礼义持家之道根深蒂固，俚语说“一个好媳妇，三代好儿孙”，谁又能不想娶个好媳妇呢？然而，栟茶又是一个深受水患之苦的地方，栟茶河上有五座古老的石桥，一到夏季，洪水从桥上翻过，两岸人家房屋全泡洪水里。登高远眺四周，白浪一片茫无边际。

庚子年夏，古街上一楼人家全淹没在洪水里。不是排洪问题，而是屡屡被当作行泄洪区。三天两头的洪水之患，养成了柘皋人不惧天灾的顽强韧劲，纵使洪水毁了家园，但冲不走的是内心里的文化积淀。童社生先生能如数家珍般讲述柘皋寒门出贵子的事例来。柘皋乡下一户人家有兄弟俩，小时候生活极苦，哥哥中学毕业就远赴他乡谋生，生活再苦、活再累也书不离手，勤写文章，硬是靠文化走出一条路。弟弟后来考学走了，成为教授级专家，诗词、书法都有很深的造诣。难能可贵的是兄弟俩各有成就后，仍没忘了乡情。

车到柘皋，小童领我们来到一家“迎湖轩”早茶馆，我见门楣上匾额和门口两边抱柱上的书法木刻对联很精美，“恭迎天下上品贵客，喜望湖上归巢人家”。这副自撰联对仗工整，特别是极具功力的书写中透出厚重的文化气韵，看得出书写者是位饱学之士。从茶馆走出一位大姐，说：“这副对联就是我们柘皋走出去的一位教授级高工书写的，他不仅书法好，诗词也写得好。”她引领我们上楼坐到一张八仙桌边，另几张桌子边已坐着当地人，正慢条斯理地吃早茶。

我在茶馆走了一圈，见墙上挂着很不俗的字画，便认真看了起来。刚才在楼下迎我们的大姐见状，自称从这家早茶馆开张以来就在此做事，现在孩子都考大学了。这里的字画多是柘皋籍人士作品，装裱好了挂在馆里，食客举目就能受到文化艺术的熏陶。

吃过早茶，我们到北闸、西街、东湾街等几条老街上走走。

这些老街始建于明代，距今四百多年。在 1912 年津浦铁路开通之前，柘皋借助水路优势，内连皖北、皖南，外通江西、江苏、上海。兴盛之时，商号近千家。老街两侧依然能看到老字号的店铺，错落有致。只是老街地面上铺的新青石板，与镶嵌墙壁里的老青石条形成了巨大的历史反差。就像一个穿长袍马褂的古之老者，却穿着一双锃亮的三接头皮鞋，不古不今，不伦不类。

当地一位居民告诉我一件至今让柘皋人遗憾的事情：1991 年洪水过后，与柘皋隔湖相望的彼岸三河古镇大规模重建老街。有人看中了柘皋古镇老街上的旧青石板，那上面有几百年间被车轮轧出来的很深的车辙印痕。当时的主事者将那些被洪水冲得零乱的旧青石板卖给了湖对岸来的人。自家先祖留下来的宝贝扮靓了他乡古街上的老故事，等到醒悟过来修复柘皋老街时，只好买崭新的青石板。

如今，柘皋人早已不为吃穿发愁，有着更高的文化与精神追求。适逢“潮平两岸阔，风正一帆悬”的好时代，他们将在固有的文化高地上用心铸造柘皋文化，不辜负岁月，遇见柘皋更好的未来。

觉醒年代的独秀园

六月末，我专程到古城安庆拜谒独秀园，还去老城区寻觅陈先生和他的儿子陈延年、陈乔年等人生活过的遗址。

那天上午，我从江南过长江到安庆郊外独秀园，距入园门口尚有百米时，有人示意我们不能再往前开了，里面挤满了车，路边接龙似的停满了各地牌照的车辆。我们觅得路边一个空位子停好车，往园门口走时，忽有一头小野猪“嗬嗬”跑过我们身边，小家伙找不到钻进山林的路，蹿到园门口转身往回跑，穿行在入园人群的缝隙间。原本严肃的氛围被这个可怜的小家伙搅得生动活泼起来，有人悄声说：“陈老先生可能不喜欢我们苦着脸来看他吧。”

走入独秀园内，前行是先生纪念馆，右手边是一面主题为“惊雷”的浮雕，浮雕总长六十米、高度四米，从英年志气、惊天动地、开天辟地、浩然正气四个方面展示陈先生的一生。沿这面浮雕行走，我们感受着历史的波澜壮阔、人生的风云激荡。在惊雷浮雕正中转身向里走，迎面是一座石牌坊，牌坊有五个门，有人称寓意先生曾担任一至五届总书记。牌坊高 19.19 米，宽 10.09 米，分别寓意着五四运动发起时间和先生的出生日期。“独秀园”三个字为安庆同乡赵朴初书法集字，而“民主”“科学”则取自先生自己的手迹。

当天太阳很烈，从各地来园的拜谒队伍络绎不绝，队伍前面有人高举党旗领路，有的队伍中有人抬着花篮。来得早的队伍，敬献完花篮、举办完相关仪式，便反身往纪念馆走。往里走的队伍在党旗的引领下，正步走过大理石板路。路面凹凸不平，或许是让人体会先生坎坷不平的人生路途吧。猛抬头，先生的铜像就高耸在眼前。风吹柏枝铜像侧，青山浩气扑面来。3.5 米高的底座上，清风卷起先生衣角，他左手叉腰、右手执卷，凝眉远视前方。很多来访者争相在此尊铜像前留影，自称“把我与先生合张影”，亦有人说：“我见到先生了！”激动的语言中透露出极为崇敬的心情。我也请人在先生铜像侧帮我照了张合影照。百年风云俱成往事，而今我们敬立先生铜像前，仍能感受到百年之前先生作为新文化运动的旗手与总司令，抨击旧礼教、旧文化，宣传新思想、新学说时那种饱满的革命激情与开创精神。

虽是寻常的日子，又正值烈日炎炎似火烧的盛夏，与我十几年前初入独秀园时的清冷情景相比，现在园里肃穆与庄严中悄然涌动着一种别样的激情。

一场“看《觉醒年代》学百年党史”的活动就在先生的铜像边举行，有来自省城的单位领导，也有当地市委领导。我注意到承办单位是宣传、文化与旅游等部门。芜湖市峨桥镇浮城村党总支的三十四名党员佩戴党员徽章、重温入党誓词后，在先生的铜像前合影留念。民建合肥市委主委张怀科带领省城的二十八位企业家走过“新青年碑刻”时，有人介绍说，这是目前国内模仿书籍的最大雕塑，正面是《新青年》第二卷第一号的封面，背面是陈先生于 1915 年发表在杂志创刊号上的《敬告青年》一文的六个标题。一位熟悉中共党史的合肥企业家说：“这篇文章是陈独秀发动新文化运动的宣言书，贯穿于其中的主题就是民主与科学。”

太湖县晋熙镇的党员们抬着花篮缓步拾级而上，将花篮敬献到先生的墓前，那里已摆放了各地送来的许多花篮。园内搞绿化的几位妇女称，每隔几天就要清理枯萎了的花篮，仍有从各地来的人送花篮。我注意到墓台下方的绿草地上竖有一块石碑，上刻一副对联：“龙山苍苍江水泱泱，北大前贤永世留芳。”此碑系北京大学安徽校友会、北京大学中文系国学班一期后学敬立的，时间为 2015 年 3 月 30 日。

长眠于此的这位北大前贤石碑上的铭文也从“乾生”到“仲甫”，再到“独秀”。一处原来寂寞无人知晓的荒冢，变成现在占地一百一十亩的“独秀园”，无不昭示着觉醒年代里公理人心在复苏，一个开放开明、尊重历史的伟大时代来临了。

陈独秀，原名陈庆同、陈乾生，字仲甫，号实庵，一生用过的笔名有三十八个，取自家乡独秀山的“独秀”笔名则用得最多。

1942 年 5 月 27 日，陈独秀在四川江津县鹤山坪去世。安徽同乡和江津名士邓蟾秋、邓燮康叔侄赞助，将其葬于大西门外康庄。1947 年，陈松年将父灵柩运回安庆葬于市北郊叶家冲，石碑刻着“先考陈乾生”，极少人知道乾生即独秀，特殊年代幸未被毁。1979 年，陈松年斗胆致信给有关部门要求重修陈独秀墓。答复：以家属名义重修，钱由官方出。家人重垒一座与常人无异的坟头、再立一碑，刻“陈公仲甫、母高太夫人合葬之墓”，共花二百元。1981 年，安徽省地方财政拨款重修，碑上刻“陈独秀之墓”。1998 年，陈独秀墓被列为省级文保单位，此后国家文物局，省、市文物局拨专款对墓冢进行修葺。当地政府于 2004 年筹建独秀园，现在墓碑上“陈独秀先生之墓”七个字采用唐代欧阳询的正楷。

从独秀园出来，我在安庆老城区探访先生曾生活过的旧址遗迹。我们一直以为先生家在怀宁，其实他出生地就在现在的安庆市迎江区健康路 43 号一处房舍里。我找到标有“陈独秀诞生地”的标牌，沿巷口进去，见两栋老青砖二层小楼相对而立，中间一片空场地。小楼里的两对年老夫妇在纳凉，他们向我指了指那块竖于空地上的石碑，是安庆市文物局 1999 年元月立的，上书“陈独秀诞生地遗址”，显然原先的老房子已湮没在岁月的尘埃里了。

陈独秀两岁时丧父，由祖父施教，后过继给叔父陈衍庶当嗣子。陈衍庶是晚清富商、大收藏家，在北京琉璃厂开设“崇古斋”古玩铺。1897 年 8 月，由母亲做主，陈独秀与大自己三岁的高晓岚结婚，岳父曾任安庆副将。他离家去日本留学，常年在外，居家日少，三子一女陈延年、陈乔年、陈松年、陈玉莹出生后都由高晓岚照顾。1910 年，他与高晓岚妹妹高晓君碰撞出爱情火花，不顾一切与之结婚居杭州。1913 年秋，他从安庆潜往上海，至死才归葬于安庆。

陈独秀和他的儿子们原本可以在安庆过着非常富足的生活，却相继离别家乡，走上了革命的道路，出现中共历史上父子三人同任中央委员的情况。陈延年、陈乔年兄弟俩非常年轻就身居党内要职，相隔不到一年先后壮烈就义。我庚子年末去安庆，曾寻找过他们的故居，仅从一面低矮的房屋水泥墙壁上看到一块镶嵌在墙里的标牌“陈延年、陈乔年读书处”，系

1995 年 7 月安庆市文化局立。

据有关资料记载，陈家当时在安庆南水关的住房系陈独秀嗣父陈衍庶光绪末年购置，四进三开间、徽派风格二层民居，各进之间由连廊相接，围合成天井，大门朝南。二十世纪八十年代初该市扩建水厂时被拆毁。当年安庆市文化局副局长张君为保护陈家二烈士故居大声疾呼过，故居被毁时找人拍了陈家故居照片，还请人绘制了老房子的草图。这次我再次来到“陈延年、陈乔年读书处”时，请友人设法带我去陈家旧宅遗址上走走。已搬迁的自来水厂空地上，一块孤立石碑上刻“陈延年、陈乔年烈士故居旧址”几个字，还标有“安庆市重点文物保护单位”字样，时间为 1990 年 7 月。这处原本独一无二、极重要的历史文化人文地理坐标，如今却只有一块石碑孤独地面对春夏秋冬，承载着四季风雨。

陈独秀一生入狱五次，漂泊四方。他曾经工作生活过的地方，相继被当地政府纳入保护项目，有的已修复如初，还原了原有的格局与历史风貌，成为爱国主义和党史宣传教育基地。

2013 年，北京市东城区政府将陈独秀旧居纳入名城保护重点项目，在科学考证基础上，按照“协商搬迁，整体腾退”和“以旧复旧”的原则，对住地居民进行搬迁，保持和恢复了陈独秀旧居原貌。这是继重庆江津鹤山坪、上海老渔阳里 2 号之后，又一处陈独秀旧居得以修复。

重庆市江津区鹤山坪，陈独秀人生中最后四年光阴就是在这里度过的。江津陈独秀旧居于 2000 年被列为重庆市级文物保护单位，2016 年 7 月成为国家 AAAA 级旅游景区。石墙院大门正上方，挂有写着“陈独秀旧居”的横额，大门两边挂有陈独秀本人写的对联。正堂屋内放有一座陈独秀半身铜像，陈列有他早期创办的进步刊物和一些著作，还有他的照片和用过的一些实物，再现了他生命中最后四年的生活情景。

上海市黄浦区南昌路 100 弄 2 号，曾经叫作“老渔阳里 2 号”，这栋两层旧式石库门里弄住宅见证了中国共产党酝酿建立的过程。1920 年年初，陈独秀自京抵沪在此寓居，《新青年》编辑部也随迁于此。同年 6 月，第一个中国共产党早期组织在此成立。1921 年 7 月，中共一大召开，会议的筹备、联络工作均在此完成。2021 年 5 月 14 日，《光明日报》第 13 版刊发了一篇题为《陈独秀在上海》的文章，结尾称：“十围之木，始生如蘖。陈独秀经历数十年演进，由一个厌恶科举之少年，渐渐成为五四运动、新文化运动的‘总司令’（毛泽东语），最终成为中国共产党的创始人。上海不只作为陈独秀人生轨迹的虚化背景，而应被视为他思想每一次华丽跳跃的最佳舞台。对陈独秀与上海一人一城的关系梳理亦可窥见，中共一大在上海召开有其历史的必然性。”

陈独秀 1913 年最后一次离别家乡安庆，直到 1938 年他从南京国民党的牢狱里出来，沿长江前往武汉路经安庆，不知何因他没有停留回自己家看看。那个时候，他的原配及妻子高家姐妹先后去世七八年了，他的两个儿子延年、乔年十多年前也先后死于屠刀之下。他那次路过安庆如果回老家看看，还能看见自家的房舍。可他没有上岸，逆流而上，越走越远，客死江津，直到 1947 年才由三儿子陈松年将灵柩运回安庆，这才魂归故里。

有关恢复安庆陈独秀故居的呼声一直都有，特别是陈松年女儿陈长璞一直在写信反映。

其实，早在六年前，就有皖江文化学者、政协委员汪军提交提案《关于在大南门自来水厂原址修缮恢复陈独秀故居的建议》。提案中称：以市自来水厂搬迁为契机，加快陈独秀故居复建步伐。“一代双骄”陈延年、陈乔年烈士在此成长，历经辛亥革命、新文化运动、大革命历史风云，可谓国家历史文化名城安庆之魂魄，恢复后成为爱国主义和党史宣传教育基地。

在陈独秀战斗过的上海“老渔阳里 2 号”展馆留言簿上有人写下这么一段话：“这栋房子并不算宽敞，但这里曾是中国思想最为活跃的地方。置身于其中的当代青年，仍能感受到这穿越时空的激情与力量。”这次我能走进独秀园感受、领略时代觉醒中的思想与传统教育，或许，不要太久的将来，我会有幸走进恢复后的陈独秀故居，那时候，我和同行者们将以怎样的激动与感动，写下我们的观后感呢？

我们坚信这一天一定会到来！

寂寥滕子京

我与爱人离别热闹都市初来九华山时，就听当地文化人说过，滕子京和范仲淹都与九华山和青阳有过不解之缘，两人同中进士之后曾结伴游于此。范仲淹为滕子京建岳阳楼写过文章，滕子京在苏州病逝后，归葬在青阳城东金龟原。我多次萌生去拜谒一下这位北宋时的前人的念头，种种琐事耽搁，转眼就是几个春秋了。

今夏洪水，黎民百姓深受水灾之害，我也无心出门。昨晚大学同窗孙叶青先生偕妻崔运华来茶溪小镇访我，我提到滕子京早在千年之前“落户”青阳一事，他兴趣浓厚，非要天亮后去寻访这位前人栖身处。

天亮，我们两家顶着酷热，寻访前人去。

在青阳318国道入口附近公路上，我们来来回回开了好几趟，终在当地文化名人施麒俊先生电话指挥下，于路边荒草丛间看到了“滕子京墓”的牌子。我们拨野草沿石阶路下坡，穿过一片稻田，遇到农妇马大姐从田里回家。她步伐匆匆，说这是新河镇光荣村金龟原，村里没有叫滕子京的人。辞别马大姐，举目望去，金龟原是一座酷似金龟的小山岗，透过绿荫掩映的石阶缝隙，依稀可见墩上有石碑。我们拾级而上，登三四十级台阶，见一块竖刻“宋名臣天章阁待制滕子京墓”石碑，有石块围垒一个圆形土堆。

此处是滕子京墓了。

其墓取金龟朝北斗之向，西北有一座青翠孤山形同绿色项链，环抱金龟，当地人称“抱珠墩”。早先曾听当地文化名人介绍过，墓前曾有两尊石狮，还有一方刻有“宋名臣天章阁待制滕公神道”石碑，都不见了，大约为好事者趁夜色挪到别处去了。光荣村农妇马大姐不知滕子京，当地应该还有人识得千年之前的此君的。滕子京去世时才五十八岁，放现在还没到退休年龄。他死的那年是 1047 年，我和同学孙叶青晚了九百七十三个春秋才来凭吊。这千年之间，有史可查的是曾有三任县令为滕子京墓操心过。一次是明代青阳县令蔡立身于万历二十五年（1597 年）为其刻过“名臣”石碑，还有清光绪十二年（1886 年）知县熊祖诒篆刻的“重修滕公墓并置田记”碑。1993 年，时任青阳县县长钱征移葬滕子京于墩上，并制石碑《滕子京墓迁葬记》于墓侧，记述迁葬经过。

纵观滕子京这位当时并非位高权重的官员，生前未曾在青阳任过职，缘何归葬于青阳？又幸蒙千载光阴里多任县令关照，得以存下今天抱珠墩上这方墓园？

滕子京这个曾在北宋任过类似如今国家部委处长官职、类似在边远小市当过市长的人，一生政绩与文学业绩都算不上有什么大成就，甚至可以说不得志。他重修岳阳楼，与他同年考中进士的范仲淹为之写了《岳阳楼记》，开头即言：

“庆历四年春，滕子京谪守巴陵郡。越明年，政通人和，百废俱兴。乃重修岳阳楼，增其旧制，刻唐贤今人诗赋于其上。属予作文以记之。”

大凡读过《岳阳楼记》的人，谁人不识滕子京？

那么滕子京究竟是个什么样的人？

要说滕子京的一生，有一个绕不过去的人必须要说。他就是北宋范仲淹。滕子京在公元 1015 年与范仲淹同举进士，两人甚为投缘，曾结伴同游青阳和九华山。山秀水碧，奇石耸立，听雨成诗。两位胸怀大志的青年相约报效国家，建功立业，可能也在江南雨季里深爱上了这片地方。

同年举进士，仕途却不同。

滕子京中进士后，曾任大理寺趁丞、左司谏、天章阁待制、礼部员外郎等京官。在礼部任职时曾来池州府督察政事，得以游览池州山水，写了不少诗文。若是滕子京就此安身江南池州，寄情山水，多写些诗文，或许他也是北宋大文学家了。胸怀大志的书生总渴望建功立业，滕子京的官运还是来了。庆历年间，宋仁宗赵祯任命他为泾州知府。他在此任上被司马光在《涑水记闻》里写成了一个贪腐之官。称他在任上“用公使钱无度”，招来朝廷派人来查。只是他反应快，将账单票据全毁了。“使者至，不能案，朝廷落职徙知岳州”。就是说，明知他有不端行为，却没证据，只好给他调动工作，从繁华的泾州调到偏僻的巴陵，也算是一种处分。照这种说法，滕子京也不过平常人尔，凡夫俗子。

但也有另一种说法，滕子京任职的泾州是个边关荒凉之地，西夏大举攻宋，打得昏天黑地。滕子京镇守城池，手中兵卒无几，他“乃集农民数千戎服乘城”，又“会范仲淹引番汉兵来援”。为激励农民杀敌守城，他动用公款犒劳众人，祭奠战死者，抚恤遗属。事隔一年，有人弹劾他滥用公款，“其间数万贯不明”“泾州过用公款案”闹得沸沸扬扬。幸得欧阳修、范仲淹从中周旋，滕子京才得以调动工作，贬到巴陵。于是就有了“庆历四年春，滕子京谪守巴陵郡”。以此推论，滕子京这个在边关御敌有功之人，心里是很憋屈地到巴陵岳阳上任的。

岳阳，自屈原起，涉足岳阳的各朝官员，多半是仕途坎坷、累有贬痕之人。他们贬官到岳阳，却总能文思泉涌，佳作迭出。或许是洞庭湖涛声让热血男人受屈的灵魂在巴陵的山水间自然滋生更多的情怀与幽思，赋之于文，自然是阅历浅薄、无病呻吟之士诗文无法比拟的。

滕子京来岳阳了，他的血还是热的，事业心还是极强的。他在给范仲淹的信中写道:“天下郡国，非有山水环异者不为胜，山水非有楼观，登览者不为显。”可见他把楼观视为治世之举，上任第二年，他即着手重修岳阳楼。

要重修岳阳楼，可钱从哪里来？这次，滕子京“修岳阳楼，不用库钱，不敛于民”，而是张贴出布告，让所有讨债无果的债主们将旧账烂账报给他，由他派人催讨，讨来的钱交官府重修岳阳楼。不过，滕子京接受在泾州的教训，“所得万缗，置库于厅侧，自掌之，不设主典案籍”。就是不要财会人员，自己管钱，自己当工程经理。

岳阳楼真的重修成了，壮美华丽，金碧辉煌。没用国库的钱，没让老百姓出血汗钱。

岳阳楼重修好了，滕子京想到好友范仲淹，便给他写了一封《求记书》，随信捎去一册《洞庭秋晚图》，好让老范找创作灵感。果然，从未到过岳阳的范仲淹很快将一篇《岳阳楼记》快骑送抵岳阳滕子京。全文仅三百六十八个字，字字珠玑，气势磅礴，哲理独具。从此后，天下名楼，岳阳楼独占一席；天下名篇，《岳阳楼记》为翘楚。

滕子京怎么会葬在青阳？

滕子京没有葬在政通人和的巴陵，没有葬于他的出生地河南洛阳，也没有葬于他终老之地苏州，而是葬于青阳，原因何在？滕子京确实因《岳阳楼记》获得宋仁宗好感，庆历六年秋调他到徽州任知府。滕氏家族陆续迁来青阳，父亲在青阳养老。他曾几次来青阳看望父亲，在九华山麓建了一座子京读书堂。庆历七年（1047 年）又调任苏州知府，上任不久便卒于苏州，时年五十八岁。定居在青阳的滕氏族人，将其遗体运回青阳安葬。

施麒俊曾送我一本《青阳县志》，上面就有记载，滕子京著有《九华图》《九华新录》。滕子京在游历时流露出了百年之后安葬青阳的愿望。滕子京死后，老友范仲淹作《宋滕子京墓志铭》：“诸子奉之丧，以某年月，葬于青阳邑东十里之金龟原，而乞铭于余……”其中有“君昔有言，爱彼九华书契”之句。1992 年 12 月 10 日 318 国道在青阳县新河镇光荣村金龟原处取土时，发现一块屋顶式石质墓盖，盖面阴刻“赞善大夫滕公墓盖”铭。共有五个墓穴，一号至四号为滕子京父亲、妻子李氏、妹妹、幼女，五号墓穴破坏严重，考古人员只能按照史料记载，推断是滕子京墓。

烈日下的抱珠墩上绿荫环绕，有一份异样的清凉。我与孙叶青在墩上得些时光陪陪这位北宋先人。滕子京在当时朝代，无论是官职还是文学才干，都算不上全国知名人物，仕途跌宕，也未见有奇文传世。但他热血不冷，在现有的条件下，努力做些自己认为有益于民有益于国的事情，努力做到极致，不惜找老朋友写篇三四百字的文章，来记述一座原本寻常的楼宇，无心之间，倒也逼着朋友写出了一篇传扬千载的绝佳好文章。

我们下了抱珠墩，孙叶青忽然回头看了看我，为我拍了张照片，半是戏言半是厚望说：“滕子京死了，你还活着。他昔日路过青阳，你如今栖身青阳，不要放下笔，或许也能写出传世之作。”我笑笑，滕子京当年约范仲淹写《岳阳楼记》，他们肯定不会想到千载之后的事。我如今捡拾光阴里的故事，秉笔直言世事冷暖，我们知道一千年以后的世界早已没有我，只是不知道那时有没有人在解读我现在的寂寞。

画家的眼光

傍晚时分，我爱人跑到地里找我，说油画家杜仲先生来何园了。哦，我忙收拾农具，跟着她回去。

油画家杜仲先生前段日子在皖南写生创作，他曾与我联系过，说有可能顺路来何园看看我。他与我有相似的一点，除了对自己挚爱的事业比较执着外，平时生性散漫，说好的事情没有个准确的日期，随心而来，乘兴而归。

杜先生在报社与杂志社当过许多年美术编辑，后来成了省文联专职油画家。他年轻时出版过不少著作，理论水平很高。他还曾赴法国学习很长时间油画，受西方油画影响比较大，但他油画中却有极浓厚的中国元素。他每年总有大半年时光在各地写生创作，去年跑舟山海岛写生一个半月，到新疆边陲写生时，曾一天独自开车跑过一千一百公里。油画家外出写生创作要带上画架与画板，搬上搬下也是体力活，寻觅到一处能入画的景，站立写生常常忘记吃饭喝水。很长时间里，他差不多每隔两年就办一次画展，每次展览都让人眼睛一亮。不要说画画，就是这万里写生路，一个年过花甲的人跑那么远的路都不是件轻松的事情。

杜仲先生身上总有股子用不完的能量源，他每到一处写生创作，总能结识新朋友。久而久之，他身边汇聚了一大批油画家朋友，他去哪儿写生，众人也跟着他去写生。大别山深处有一处叫“仙人冲”的山沟，原是许世友将军建的兵工厂，后来废弃的房舍被当地人用来养鸡养羊。杜仲年年秋天入仙人冲画油画，仙人冲因为油画作品越走越远，吸引了天南地北的油画家争相来此写生创作。有一年初冬，我与马丽春去仙人冲看望他，兰州、镇江、南京等地来的许多油画家也在那里。杜仲先生和刘艺、徐守刚等油画家共同努力将那条沉寂已久的山沟变得热闹起来，打造“仙人冲画家村”。当地政府致力将兵工厂房舍改造成别具一格的画室，那时画家村已有来自全国各地的上百名油画家，杜仲成了众望所归的“画家村村长”。与他一起在皖南写生的中央美院院长范迪安先生闻讯专门题写了“大别山仙人冲画家村”寄给杜仲，他找块木板让人刻字，挂在村口。

杜仲先生来何园已是傍晚，他还拎来一个纸箱子，里面有一只鸡，他说是在山里写生，临走时老乡送的，让他回家炖汤补补身子，可能天天见他不吃不喝似的画画，太劳累了。晚饭时，我爱人烧了几个简单的菜上桌，恰好李森先生与他的表弟刘政先生散步到何园。他们已吃过饭，坐一桌子聊聊天。李森先生还是结庐书社常务副社长，诗也写得不错。他与杜先生一见如故，两人凑在一块看手机上的作品，我与刘政喝酒。

山中无甚要紧事，四个人凑一桌，聊诗聊画聊书法，很开心的一个晚上。送走李森与他的表弟后，我与杜仲先生又说了一会儿话，他说这次带一群油画家去皖南石台白石岭写生，创作了一批油画出来，临别时县长请画家们吃了一餐饭，以示感谢。白石岭藏在石台深山里，缘溪听水声而上石阶，有石桥、老树、古院落，我去过多次，我写的《香囊》《哑巴》多取材于此地。我们都熟知的周庄“双桥”，就因为油画家陈逸飞的作品《双桥》蜚声天下。周庄早已成为江南旅游名地，临摹双桥的美院学生多得都挤不下一个屁股。杜仲先生已焐热了大别山仙人冲，江南白石岭也会因为画作渐渐走出深山、走得更远。诚如李森所言：画家的眼光总是能发现常人难以发现的美。

是日晚，杜仲说次日一早要赶回省城参加省美协主席团会议，自己是主席团成员，不能缺席，夫人身体又不太好，回去看看她。我爱人说明早送几只香囊给他带给夫人。先生说好，我们各自安歇。

又是一个晴朗的早晨，我习惯早起在园内走走，我爱人特地将几条小狗叫到身边，示意它们莫要吵闹，好让杜仲先生多睡一会儿。此前杜先生的画室曾设在她的工厂里，杜先生不外出写生，就在画室创作，我们天天同桌吃饭，偶尔喝酒，彼此非常熟悉。杜先生赠予我们的油画，我们悉数带到九华山装框挂在屋内，因为喜欢，更觉得杜先生的油画格外珍贵。

太阳出来了，杜仲先生起床了。他笑容满面地在园里跟我打招呼，

“这里夜间真安静，睡得真沉”。我陪着他在园内转转，请他再给园内构图与景致提提意见。何园的建筑外表喷的是暗红色真石漆，人称“红楼”，就出自杜仲先生的创意。作为职业画家，他能从寻常的风景中发现不一样的美来。我打开临水塘边的石头门，他独自走到栈桥上回首何园红楼，忽然大声叫起来：“太美了，一幅好画。”我去栈桥时，他挥动双手跟我比画着，从这个角度创作一幅油画，一准是件精品。何园红楼，近处是清澈的山水，背依青山，嫩绿的银杏树间，金子般的晨光洒落草地上，映照出草尖上晶莹剔透的露珠。更有几株红花、攀藤花点缀其间，早春的何园便有了许多暖意。

“再过些日子，荷叶都从池塘中露出尖尖角来了。风送荷香，一池蛙鸣。”杜先生听了更是激动不已，他指着石头垒就的堤岸前方水面，“这里栽上荷花，荷叶间偶有石头露出来，更有诗意。”

杜仲先生吃过早饭后，驾车离别了茶溪小镇。他勤勉的精神给我树了榜样，他如诗似画的描述又给了我一个满满的期待。

先生冒着冬雨来山里

入冬后，江南早晚冷飕飕的，连天阴雨。

爱人回城要把留在原厂里的一些旧物搬走，腾出最后两间房子。两万三千多平方米的楼房、四十多亩园区，也只剩下这两小间屋的旧物了，放又没地方放，留也没甚用处。此前那么多东西丢的丢、扔的扔了。她回城前包了许多饺子装袋放冰箱里，交代我写文章不做饭就下饺子吃。

原先说要来江南赏景的一些旧友渐渐都没了音讯，我趁冬雨间隙清理园里枯死的树与花，几条小狗蹿来跳去的，满身泥巴。以前看到树木花草枯萎，总有些伤感。其实，春暖花开，骄阳似火，多事之秋，冰清玉洁，四季里都会有荣枯，哪一个年轮里不埋藏着喜悦的笑容、伤心的泪水？我们记得住往事，谁能记谁到永远呢？

天之将晚，雨还在下，风依旧冷，有人在敲我院门。阳阳、黑豆、四妹这几只小狗早先于我跑到门口，一齐声“汪，汪汪”。我出门一看，竟是一位久违了的先生立在雨中。先生未待我打开栅门，指着我向他夫人介绍说：“他就是何显玉。”我真没有想到，这么冷的冬雨中，先生会与夫人一起来江南敲响我山间的门。

先生进屋，还未坐下便说：“听说你到江南，我要来看看你才好放心。”屋内空空，打开的门窗忘了关，室内与外面差不多冷，我忙着关窗户。刚才先生这句很有温度的话，让我回想起十五年前那个夏日中午，炎炎烈日下的省城琥珀山庄入口处，他遇到我时的情景。先生认出了在路边徘徊的我，快步走来抓住我的双手，说的也是这般温暖心窝的话语。那时，我刚在巢湖跌碎过灵魂，被人从地狱门口抢救回来，身心俱损，说话与思维都不连贯。许多年华如水般流走了，遇见先生那天的日记还保存着，记述了当时见面的场景：

> 先生看我满头大汗，想拉我到树荫下说话。可路边新栽的树太小，无荫可遮。便拉着我的手站在太阳底下说："我们一直都非常看重你，你是晚报的一块金字招牌，也是安徽非常有影响力的记者。那天中午，我获知你在巢湖出事后，非常震惊。我对他们说无论如何要不惜一切代价抢救，有什么闪失与不幸，我们无法交代。……你在以前的记者生涯中，写出那么多好文章，挽救了那么多人，鼓励过那么多人，你是真情的投入。我到集团来后，连续四年上台给你颁奖，而你已经连续五次获得'最受读者欢迎的记者'称号，我跟你沾光在晚报上露过几次脸！"

先生看了我的两个书架，称读过我收录进书中那篇写他的《路遇》日记，"你写得太简单了，那天好多内容你未写进去。当时我很生气，也非常心疼你"。是呀，那个夏日的正午，烈日下先生确实说了许多掏心窝的话。我那时记忆还没有恢复过来，仅凭残缺的记忆写下片段。

我们小时候在外面受了惊吓，魂不守舍时，家人夜间在路口丢下一件小孩喜欢玩的东西，然后往家走，三步一回首，不停地呼喊着小孩的乳名，将他丢在外面的魂叫回家。那年夏日午后路遇先生，他一次次喊着我的名字，让我慌乱迷茫的人生清醒了许多，丢失湖边的魂在回归躯体，有了勇气涅槃重生。平常写"涅槃重生"只是一句话而已，真的亲历碎了一地的灵魂涅槃过程绝非想象中那么容易。许多年以后，我写过一篇题为《生命的谷底看清自己》的文章，跌落生命谷底时，我们无力要求别人怎样对自己，只能问自己：能攒下多少力气，从谷底爬起来？

冬日晚上，山间的风格外冷，天又下着雨。先生衣着单薄，他说："这次来之前，你嫂子听说我要来看你，说看过你文章，就是没见过人，今天看到真人了。"先生夫人在一旁笑着说："家里有什么东西？晚上我来帮你做晚饭，就在家里吃饭。"

山里的天说黑就黑了，黑到伸手难见五指。这前不着村、后不着店的，我该为远道而来的先生和夫人做什么样的晚饭呢？连我远在城里的爱人也着急，唯恐怠慢了先生。先生像猜透我的心思一样，“我们自己看看，你去厨房随便忙点晚饭”。平时我家来人都是我爱人做饭，好在她回城前包了些素饺子，至少不会让先生与夫人饿着肚子。我知道先生平时不喝酒、不抽烟，他能来此山间，大约也不在乎吃什么了。我便点亮灯去地里拔些萝卜、青菜、蒜苗，配了几个菜，还搞个小葱蒸鸡蛋。

想想先生那么忙碌，主政过那么多地方，竟还记得十五年前那个夏天发生在我身上的事情。

我烧的几碟自家菜地的菜上桌了，火候还是没掌握好，小葱蒸鸡蛋蒸过了，青菜炒熟后多焖了会儿，也不成形，一碟臭鳜鱼还算可以，放先生面前。先生夫人笑了，“他在黄山和池州工作那么多年，不吃臭鳜鱼”。先生笑说：“我不吃，你们吃呀，我就要这份小葱蒸鸡蛋。”他把臭鳜鱼与小葱蒸鸡蛋换了个位置，舀了一勺品尝，说：“这鸡蛋蒸得不错。”我的脸有些发热，鸡蛋被我蒸过头了。

先生吃饭太简单，喝白开水，说说话。他说：“能够让我跟你夫人视频讲几句吗？我要感谢她这些年来包容照顾你。”我接通远在江北的爱人视频，先生接过手机，说：“我与你大姐来江南看望你们夫妻，很想了解下显玉的生活状况。他是个非常独特有才华的人，心地善良，做过很多好事，我们都以他为骄傲。你就把他当是个大孩子看待，多多包涵他。”先生放下电话后，转而对我说：“你也要多体谅，做企业的人太不容易了，别一天到晚沉浸于自己的写作世界里，生活中也要照顾好她。”

先生在我游走于生死边缘时无私关爱，在我涅槃重生过程中及时鼓励温暖我。这山野粗茶淡饭，我一杯酒也敬他不成，实在愧疚。当我诚意要举杯敬酒时，先生端着茶杯站起来说：“我只是比你长点岁数，算是你的老大哥了，我们是兄弟。往后的生活中，能交往的朋友只会越来越少，可以一起吃饭的人更少。当年我就相信你重新站起来依然是条硬汉子，能再振雄风。现在你能安心静气地在山中写作，是很好的事情。”嗯，在山间这么冷风冷雨的夜晚有幸闻听此番良言，寂寞的人生旅程会温暖起来！

十五年前的盛夏，我倔强地用自家性命跟命运较了把劲，最后一根稻草压垮了我。在先生和诸多善良人的关怀与鼓励下，我在此后的一段时光里写出了两百多万字的作品，出版了七十四万字的著作，发表了几百篇散文。先生后来转到地方任职，出任过黄山市市长、巢湖市委书记、池州市委书记，后又任省政府党组成员。我一次也没去看过他，偶遇过先生两次，他一见到我便不由分说地向身边人讲起我当年采写的那些新闻，如数家珍。这让一个普通记者怎能平静?!

山间夜深了，冬雨也越下越大，先生与夫人要回宾馆。在我的门口，他上了车又下来握紧我的手，撑开伞为我挡雨，再三叮嘱我“好好生活，用心写作”。这个冬日雨夜里，先生如同邻家大哥哥一样，与夫人到江南山间看望我。雨中临别时，还送我云南古茶，交代我平时写作时煮煮此茶喝，暖暖身体，要照顾好自己。

情义无价，温暖在心，铭记于文。

常想我，好好地活着

老玉兄去世半年了，他的微信我一直保存着，想念至极时就去那里看看他的作品。我每次走过九华山茶溪小镇老玉的颐心山房门口，都觉得他只是去了别处，并没有走远。我不删除老玉的微信，他就在微信的那一端。我一删了，这一生都找不到老玉了。

老玉本名张兆玉，是文化名家、书坛大将，连任过两届安徽省书法家协会副主席。他性格豪气、为人侠气、书法有才气，在书坛文化圈子内外都是响当当的人物。我三十年前初到省城，在最繁华的长江路上见过他题的两块招牌，一块是四牌楼西南边的“工农兵纺织品商店”，一块是省委边上的“三八商店”，他那时也就刚而立之年。后来，他的诸多作品与前辈大家的作品同入清风阁、城隍庙等名胜古迹，或刻木，或雕石。他的书法作品稳中见奇，立之如泰山，行之若疾风，内敛中透出极强的正大气象。他隐居九华山后，将当代人的喜怒哀乐书之笔端，使其作品形式与内容兼备，既能让人欣赏其书法精髓，又能引人思考，他的书法作品成为记录当代现实生活人间万象的一个标志。

我与老玉认识也才五六年，甚为投缘，倒并非因他是当代书法名家，很大程度上是因为他渗透于骨子里的那股子“傲气”。他肯俯首相助寻常清贫者，为敬老院、学校、寺院题写牌匾，不收分文；对那些附庸风雅权势者，向来不肯屈尊。2016 年的春雨中，我与爱人开车送他到江南茶溪小镇，当时结庐书社换届，集书艺、人品、侠义于一身的他被众人推为新一任社长。结庐书社云集了一批非常有影响力的书法名家，意欲合力铸就当代书坛有影响力的社团。

老玉退休后到茶溪小镇定居，两年后我与爱人也来到这里。初到山里，老玉兄三天两头喊我们到他家吃饭、喝酒。他夫人薛克勤大姐烧得一手好菜，热情好客，家里隔三岔五有客来，多是文人雅士。我也自然成了他家的座上客，因此结识了江南不少才子佳人。酒至酣处，老玉总不忘向他的朋友们介绍我，吹得我都脸红了。末了他还说："我是老玉，他叫大玉，茶溪还有个中玉，都是臭味相投的好兄弟。"

我那时刚与爱人经历过企业倒闭，一摊子烂事还未完全脱身。老玉兄看我情绪不高，话语极少，屡屡给我这泄了气的人打气鼓劲。私下里，他鼓励我们夫妇说："人一生坎坷虽多，哪有迈不过去的坎儿？"他特地书写一副对联送给我："雄关漫道真如铁，而今迈步从头越。"字体遒劲苍老，墨点落纸如雷崩石，每观之都激动人心。我那些日子整天干活，晒得黑不溜秋的，极少动笔写文章，偶尔在微信上写首小诗短文，老玉早起书之宣纸上，发到自己的微信上，还把微友的评论截屏发给我看，借别人的口夸我诗文写得好。

2020年夏季，老玉回省城看病，一进医院就出不来了。我和众多喜爱他的人都伤心不已，却一点点办法也没有。6月22日，他发了最后一篇微信，那时他的病情非常严重。此前，他几乎天天四点即起临帖，然后书写作品。寻常人起床时，他新鲜出炉的作品已晒在微信上了，给众多微友早晨添了一道精神食粮。他住院期间，我费尽周折请鲁朝晖带我进病房看望他时，他还说起有好多微友打电话或是发微信询问：现在怎么看不到你早晨发作品了？那时候他一餐只能吃小半个苹果了。

我又在老枣子树下逐一翻看老玉兄的微信，亲切、自然中更多了一份珍贵的回忆。他极深厚的魏碑和颜帖功底，更兼章草的狂放与肆意的张力，落笔即成经典，收墨余烟未尽。加之他书写的内容饱含人生烟火味，给人醍醐灌顶之感。细品其作品，如沐春风，能使人体会人生之意义、感悟生命之要义。老玉写"碗里乾坤"四个大字时，在其侧写了几行小字："碗如人生，不经意就会磕磕碰碰，不注意就会有裂缝。要懂得知足，过满则溢。人生如碗，既要配得上山珍海味，又要装得下粗茶淡饭。不管装什么都不要高过碗口，装得越多，失去得就越多，适可而止，切勿贪。"

老玉在省城读书刚毕业就因为优秀直接分到省直机关给厅长当秘书，耿直爽快的他沉迷于书法艺术，几十载风云过后，临退休还是个"副处"。

领导们主动上门意欲解决他“待遇”问题，他当面回答三个字“不需要”。老王说：“人活一世，草木一秋，跌跌撞撞走过大半生，看了那么喧闹的世界，还没悟透宁静致远，陷在泥潭里，未免浪费生命光阴了。”

他归隐九华山中潜心修行，也并非两耳不闻窗外事，相反却家事国事天下事事事关心。

6 月 2 日晚，他与张运猛、李森、尹良平等人到我家吃饭，身体已极不舒服的他原说好不喝酒的，众人谈天说地，气氛热烈，张兆玉又端杯了，当晚不胜酒力，我与他发小张运猛搀扶他回家上床。后来，他的同乡、医疗专家鲁朝晖说当时老王病情已经非常严重了，那晚要是跌倒了，人可能就走了。

此前的 2 月 14 日，老玉书写了一幅作品《字写好就对了，成书法家就错了》，附注的小字是：“书法作品一定要看格调，作品高低最终就是格调的问题，是书法家胸怀的问题。当下很多人不读书，不关心国家大事，整天埋头练习技法，胸无点墨，写出字来很小气，就是琢磨着搞个小笔会赏两个小钱。书法是小道，可没气质，就是学不好。”末了，他还不忘调侃一句“情人节来了，情人没了”。

2020 年春节后，老玉因疫情困在省城，武汉让人揪心，患者让人痛心。他感叹自己空有一腔热血，仰天长啸不能出力。1 月 17 日晚上他正在吃饭，获悉鲁朝晖率安徽医疗队逆行武汉“参战”，掷碗于桌，饱蘸浓墨写下“宝刀不老逆行武汉”，并承诺：英雄凯旋，为你洗尘！意犹未尽，他写下另一幅“白衣天使”四个大字，旁边写道：“你是谁？为了谁？当人们满怀戒备、忧心忡忡时，你们迎难而上，疲惫不堪，无惧危险。不知道姓名，不知道年龄，只知道你们有一个共同的名字叫白衣天使。”

我在山间与老玉对酌时曾说，要以“三气”为题来写写你。他猜答案似的说：“厨房烟火气，身上有酒气，鼻孔在出气，还是尽量不生气？”我笑说：“好端端一篇高大上的文章，给你一壶酒冲没了。你的身上有才气、义气、侠气。”他举起杯说：“人还是简单点好，几根面条能撑起家庭温暖，一堆金币可搅得妻离子散。守着灯火，家人闲坐就是福气。”

洗尽铅华，回归平静。

老玉在山间做喜欢的事，坦荡从容中活成自己喜欢的样子，但还是会时常想起有恩于自己的许多人。他在省城的家中有一方座椅，平时都空在桌边。有时朋友来家中小聚，坐了上去，他爱人薛克勤大姐都会请人换个位子坐，“那是老玉专门给他五河王国熙老师来喝酒坐的专座”。老玉自幼随母亲生活，他对恩师极为尊敬。他微信上有一副自撰对联：“书香韵自五河水，墨花开在九华山。”对联旁释文：“吾自幼学书，受教王国熙老师启蒙，后拜在恩师刘子善先生门下，追随先生三十八个春秋，退休后移居九华山颐心山房。”他恩师刘子善九十岁生日时，是在我爱人厂里食堂过的，老先生当时喝了三杯茅台酒，张兆玉笑得非常灿烂。恩师仙逝后，张兆玉动情地对恩师家人说：“他是你们的父亲，也是我的师父。”他力主将恩师归葬于大蜀山文化名人园内。

谁又想到，仅隔了五个春秋，薛克勤大姐把老玉的骨灰也归了那片青山之中，把老玉2020年6月15日写的“人贵风骨，艺写天真”刻在一块石头上，从江南老玉的院中移来他最喜欢的一棵松树。云烟起时，老玉兄往后就在这青山间、绿草里漫步。

我与老玉兄在山野间诗酒茶，仿佛极少聊及兄弟间的情谊，可能是彼此间不需要浪费那时光，抑或是在真性情、亲兄弟间，任何语言都苍白无力，就像老玉兄喝酒时从来就没有让过我一样。其实，老玉兄尽管将兄弟间的侠骨柔情深藏于心，但还是会流露于他的笔端墨里的。老玉兄在2019年5月29、30日两天的微信中，连续书写了我写的《在路上》这篇文章。他附注写明：“去年大雪，柳新生画家用水墨创作一幅人物百态图，何显玉点评这幅人物画作。”我写的这篇文章有六百四十字，老玉兄连续试写了几天，后来写了一个长卷赠我，我将他的书法与柳新生老先生的画请人裱成一幅长卷，现在已成珍品。2020年4月2日，老玉写了幅“山野幽居”，旁释文注明：摘自九华院士何显玉散文《茶溪春光》。“你来江南茶溪正是好时节。春雨骤停，春光乍现。溪水两岸紫藤花开，嫩嫩的香椿芽尖上滴着雨珠，姑娘们在茶溪左岸采茶……你来我不迎，你走我不送。你来与不来，我就在茶溪。”

有许多次我约他外出旅游，他都婉拒了。现在回头细想，其实是他那时身体已出了故障，有心无力外出远足了。5月23日，他从省城回到茶溪山里，原本是回去看望住院的书友凌冰先生，没能进得了病房。他有些伤感地对我说："活着真好！"三天后，他去黄山看望老友魏洪，早上打我电话，让我去接他回来。我开车到魏洪的自在小筑居里，看到老玉写了许多幅"活着""活着真好"条幅。那段时光里这样内容的条幅他写了许多，赠给亲朋好友们。当天他的微信上又刊发了"活着真好"，旁边释文："生命的意义不在于你拥有多少，而是你内心能够感知到这人世间的美好，对每一天都很期待。不要问活着的意义是什么，好好活着就好。当我们告别人世时，这美好的世界我曾来过，此生已没有什么遗憾了。"

浑身裹挟着义气、侠气、才气的张兆玉极少流露出潜在的温情，却时常将心底的柔情缱绻于笔墨之上。2019 年 7 月 26 日，他在微信上晒出一幅字数很多的作品《记住：常想我，好好地活着》，称摘录自词曲者李树友，"一辈子匆匆地走过，有你有我相聚一起的日子故事很多……记住常想我，好好地活着"。这一个上午，我端坐枣子树下翻老玉兄的微信作品，情不自禁地在这条微信下留言："老玉兄，我们常想你。"我在泪眼蒙眬中，看到晋之华、鲁地两位兄弟随后也在老玉这条微信上留下新语。原来他们和我一样，梦想着老玉兄就活在微信的那一端。

张兆玉老哥哥，我们记住了：常想你，好好地活着。

松石魂

中国当代山水画大家朱松发先生12月10日不幸逝世，享年八十岁。这位业已登攀上中国山水画高峰的大画家骤然离世，给热爱他的人们留下无尽的哀伤。

四天前，我才痛失书法大家张兆玉大哥，还未从沉痛中缓过神来，又惜别山水画大家朱老先生。朱老是饱学之士，生前对我甚好，我们在艺术交流之外，他常跟我说起他的一些家事，现谨记述其中一些片段，缅怀这位良师益友！

紫云村石匠之子

朱松发先生的父母亲都是怀宁月山人，距金石大家邓石如家几里路。抗战时避乱迁到黄山半山腰紫云村落户，父亲朱为玉靠石匠手艺谋生。当时紫云村叫紫云保，一保九甲一百四十户五百八十八人，大多数都是来自安庆怀宁的石匠。朱松发的父亲朱为玉品行宽厚，手艺精湛，在这些石匠中享有很高的威望。1942年冬天，朱松发出生在紫云保，草屋石墙，溪水在旁。朱松发孩童时推门见山，睁眼就见石刻，绝壁空谷，邻里间靠凿石为生，叮叮当当硬碰硬。黄山温泉的“白龙桥”（桥名由当时的国民政府主席林森手书）、“正道居”（张治中题额）、位于北海景区的“排云亭”（亭额由当时的国民政府司法次长余绍宋题写）等建筑、桥梁、牌坊，也都是朱为玉和他的石匠工友们雕刻留下来的。父亲虽是个石匠，但很讲究所做石器的式样，常要草拟些图纸样式。年幼的朱松发耳濡目染，对绘画感兴趣，经常跟着描画。

紫云村缘溪水上行有一条桃花坞，春季到来桃花开时，朱松发与孩童们在花丛、竹林间捉迷藏。夏天时，跳进溪水里洗澡、捉鱼，山溪里流淌着他们的笑声。秋夜里枕着百丈泉飞瀑的水声入眠，半夜醒来，仰望窗外山谷间的月亮猜想那上面住着什么样的神仙。父亲与他的伙伴们每建一座石桥或是石刻，他亦常去现场，受到另类的启迪——大自然之壮美。朱松发的童年时光都浸润在这种氛围里，艺术的种子悄然入骨润心。

朱松发十岁那年随父母亲回到怀宁月山老家。他曾跟我说过在紫云村印象深刻的一件事情，就是父亲和六位石匠攀登上立马峰绝壁，雕刻出黄山最大一处摩崖石刻“立马空东海，登高望太平”。这处石刻在 1939 年刻成，每个字直径达六米，其中“平”字一竖长达九点四米。青鸾峰又称立马峰，是黄山三十六主峰之一，海拔一千六百米。朱松发的父亲朱为玉和胡义和、宣庆发、朱立宗、戴玉松、杨积财、刘日恒等七位石匠，顶着烈日，冒着风雨，历时近一年完成了黄山这处最大的摩崖石刻。当时石匠们以竹篾绑成缆绳，在立马峰顶把缆绳固定在大树和巨石上，下端垂至谷底。他们手抓缆绳沿陡峭石壁而下，在崖壁上依次按序号固定好每个字的位置，再凿出一行行洞眼，插入一排排钢钎，在一根根钢钎上系住麻绳，用麻绳和木棍捆绑成一排排软梯。石匠就凭借软梯把自己固定在一个点上，按放大了的笔画凿石刻痕，累痕成字。

紫云村的少年郎们，在月光下亲眼看见父亲与这些石匠们点着油灯，变魔术似的将手中的一个毛笔字，用大米在一间大屋内排出这个字的笔画，反复用手捧米修改笔画合其形、得其神韵，把一个字放大成一间屋大。然后用纸分段临摹剪裁下来，编上号。天亮后各自带着有编号的纸样攀上绝壁，一点点雕琢。当时黄山周边能攀上这么陡峭绝壁的石匠不超过十个人，他们花了近一年时光才完成此处雕刻。

现在凡上黄山从慈光阁前行五华里，举目眺望对面的立马峰，即可见悬崖绝壁上这处石刻，观者无不赞叹前人的精湛手艺及非凡功夫，可是却很少有人知道是何人攀登绝壁而刻下此字。十多年前，朱松发重回黄山写生创作，与当地有关人士说到此事时，才透露是自己的父亲当年带着黄山能攀登峭壁的六位石匠完成此举。有关人士将此事补录进《黄山志》。

谁也没有想到当年黄山紫云村朱石匠的儿子，日后会成为当代山水画大家。

其实，很多人的成长与其童年、少年时代的经历有着莫大的关系，很多重要的基因就是在那时候融入血液与骨头里的。朱松发先生 2018 年 5 月以黄山为题材的巨幅山水画《乾坤正气》在中国美术馆展览后引起极大轰动，这是他生平山水画创作中竖幅最大的作品（高 4.1 米，宽 1.9 米）。

是年 5 月 28 日，他写下《乾坤正气创作感言》：

> 我出生在黄山，可谓开门见山。父亲是石匠，一辈子与石头打交道，可谓硬碰硬。我想我的性情和追求与这两个与生俱来的生命基因有关。我艺术创作风格力追阳刚大气，评论家言我“一味霸悍”，实是无意霸悍，不得已而为之，性情使然。
>
> 《乾坤正气》是我生平山水画创作竖幅最大的作品，我借高山大壑抒怀遣兴。落笔前养好气，谓之养精蓄锐，调整好状态，我深知一落笔就牵一发而动全身无回头路，我利用中国画传统笔墨无穷的表现力，纵笔挥写，丘壑在心，跌宕起伏。虽有意在笔先之思，也要有笔到意随之功，还要有生擒活捉转瞬即逝的本领，出奇造险。亦有节外生枝、将错就错、绝处逢生之应变。在传统和现代的交融中物我两忘，一气呵成。停笔之后如同从战场上下来一样精疲力竭，需多日休息调养方可恢复。
>
> “天地有正气”，中华民族以此屹立于世界民族之林，中华文化以此五千年不朽，人得此正气才有凛然风骨。画画是画人，作品背后是人格，我画《乾坤正气》正是在锤炼我的品性和风骨。

清贫中绘出大美

朱松发在怀宁读中学即将毕业时，与同学们结伴去安庆市玩，看到沿街墙上贴着一张安徽省艺术学院招考通知，即向同学借了路费，奔省城参加考试。等他回家见到父亲时，仍忐忑不安。父亲深知他爱好绘画，抚摸着他的头说：“任何一行学精了都能吃上饭，只要你有恒心、能吃苦，就去做你喜欢的事情。”朱松发点了点头，从此离别家乡，到省城求学研艺，开始人生新旅程。

他成绩优异，毕业后留校任教。在这所安徽省门类最齐全的艺术院校里，他不仅学业有成，还收获了爱情，只是生活太过贫穷了。

有两件事情可见朱松发当时生活的清贫状况。

朱松发的父亲朱为玉常年的石匠生活让老人的肺出现了病症，他到省城看病。也因为这次生病，父子俩有了长达半年的共同生活。朱松发自从离别家乡到省城后，再也没有这么近距离地与父亲一起生活过了，他竭尽所能照顾父亲，生活捉襟见肘。父亲的病还是日重一日，自知大去之期不远矣，于是便再三要求回家。朱松发送父亲去长途汽车站，给父亲买好了车票，将身上剩下的两块三毛钱全掏给了父亲，送他上了车。那天的合肥街头下着雨，格外地冷。他跑到汽车出站口翘望着那辆载着父亲的客车经过，车来了，父亲的脸抵着车窗玻璃看着儿子，儿子跟着车跑追着父亲……

几十年后，朱松发先生不止一次跟我说起那天车站送别的场景，依然唏嘘不已。那时候，朱松发的绘画作品已经崭露头角，常有作品刊发于报纸上。他的父亲从大队部找到一张《人民日报》贴在自己床头对面的墙上，即使躺在床上也能看到这张报纸。上面刊有儿子创作的《囚歌》，画面上，叶挺将军身披军大衣，挥笔着墨写“为人进出的门紧锁着，为狗爬出的洞敞开着”。老人就是看着这张刊有儿子作品的报纸离别了人世间。

2019 年桃花开时，朱松发先生要我接著名油画家鲍加与夫人到他的松风堂做客，随后两家去巢湖观光，品尝鱼汤。鲍老爱人与朱松发夫妇原来同在艺术学院任教，两家做过邻居。那天，他们忆起当年为防地震，合肥人家都要在外面搭防震棚，他们两家的防震棚搭在一起，苦于没有材料，两位画家便将油画拿出来当顶棚用，现在想起来真是件很奢侈的事情。鲍加老先生说：“当时不是太穷了吗，否则这些油画作品保存下来也是珍品了。”他们当时的许多画作已被中国美术馆、人民大会堂、中国军事博物馆收藏，他们已经用美去丰富了别人的生活，可当时的生活状况窘困如此。

我回来后写了篇文章，题目叫《春风十里不如芳邻》，《新安晚报》整版刊发了，褒扬这两位德高望重的艺术家过往的人生，赞美他们超越寻常邻居的情义与友谊。

创作中一墨定江山

朱松发的创作道路在他年过半百时经历过一次重大裂变，这个过程是非常痛苦的涅槃过程，能否闯出一条新路子，取得非凡成就都不得而知。倒是极有可能无功而返，白白将宝贵的年华与光阴扔进深潭。这对一位有思想与追求的画家来说，是极为痛苦的选择。寻常之人懂得用墨着色，点、线、面，构图、意境，画些熟悉与习惯了的作品，也能混迹江湖。可能也有人心里悟出道理，但是缺乏勇气去破茧成蝶，便不愿放弃业已习惯也被市场接受了的模样，一味重复自己，重复过去。

朱松发终能化蛹成蝶，攀上了艺术的高峰，除了他的艺术天赋，深厚的学养，更多的是他超乎常人的艰苦卓绝的追求，勇敢地跟自己的过去决裂，每一幅作品都在创新求变。没有人能随随便便成功，登攀艺术之峰，越到后来，拼的越是学问修养！

朱松发早先的创作题材与路径很宽，人物画有《囚歌》这类已被中国军事博物馆收藏的有极高水平的作品，还有花鸟画等都已入上乘。他的画色彩也极为丰富，世间万物在他的画笔下竞相争艳。然而，朱松发却苦心钻研，决定摒弃从前的习惯，题材上主攻山水、梅花，七彩的世界，浓淡干湿透诸多笔墨，在他的画里，仅用黑与白来尽情演绎大山深水、奇峰秀岭。白是宣纸之白，黑即一墨定江山。创作时以狂草入画，强悍的书写性与金石感，给山以风骨、水以柔情。

我曾有幸多次近侧观其作画，如同观看一场没有硝烟的激烈战斗一般，心潮澎湃。他每作画之前，必沉默不语，凝神聚气，握笔如提枪，运笔气贯长虹，宿墨落处，巨石叠山，山涨水瀑，秀竹古树拔地而起。忽觅得一条曲径，转弯处又豁然开朗，别有洞天，一片全新山水……每默立其侧，静观其作画，仿佛有疾风掠地，惊雷轰隆山谷。待他掷笔停墨，移步喝茶，听水入喉咙声，竟错以为有溪水流过眼前……

我曾与朱松发先生探讨过他的画中的“点”，用“如雷崩石”最能确切形容出他作画时对“点”的高超用法。当时他也惊奇不已，点头称道。他画作上那些看似有意无意的“点”，不论是重锤落笔时砸泼的墨“点”，还是无中生有疾笔掠过的墨“点”，都如雷崩石，落纸轰然，入地十丈。

其实，中国画是离不开点、线、面的。朱松发年过古稀之后，胸中累积了六七十年的心血墨痕，每次创作时，必全身心投进去，画面横溢出来的强大精神力量，一扫中国画坛长期以来的阴阳不分、无性别感的颓废之风。一个时期以来，国画气韵不畅，哀哀怨怨、阴阳不分、无性别感的现象极为普遍。寻常观画展走一圈，犹如穿过一个破败颓废的村落，几棵东倒西歪树，一群半醉不醒人，酸腐之气让观者捏着鼻子逃过！

给传统文化增量

朱松发无论是山水画，还是梅花作品，都气势磅礴，充溢着阳刚之美、正大气象，悄然给中国画坛带来传统文化增量、审美增量，已是不争的事实，只是现在人们还没有意识到他的作品的艺术高度。

2019 年 11 月 20 日，“生命大写意——朱松发书画展暨学术论坛”在厦门举行。朱老邀请我与他同行，我们一起在厦门待了一周。当时他所携二十七幅力作，巨幅丈六《雪虐风饕愈凛然》、丈二焦墨山水画、丈二水墨彩画，还有十米巨幅书法作品……大放异彩，观者如潮涌，在这座海滨城市刮起了一股极强的徽派新安风，迷倒了来自各界的人士。

我在厦门期间，写过几篇文章，其中有一篇开头这样写道：

这个初冬，美丽多情的厦门岛上暖风劲吹，阳光明媚。“艺术厦门”带给人的不只是初夏的感觉，亦有人生初恋时节的浪漫。中国当代山水画大家朱松发先生的巨幅作品，给这座明媚、浪漫的海岛捎来最强劲的徽风。

每天成千上万的参观者拥到画前，时而趋前，时而退后，或仰望，或凝视，全神贯注。来自上海、北京等地的收藏家评论说，朱老的山水画，不论是巨幅还是斗方，异峰深壑成绝响，观画如临大海，如登奇山，风云激荡于胸。画家胸中有丘壑，笔墨才有风云，大而不空不乱，又屡有奇妙神来之墨，非击节凿石而无从抒怀！

其实，朱松发先生在参加第八届全国美展，作品走进人民大会堂和中南海紫光阁等后，就逐渐谢绝了社会活动，潜心研究中国文化传统，惜时如金，崇尚自然生活，甘于寂寞之道，追求精神境界高度。我曾专门拍了一组他画室里的书籍，翻看其中一些书，里面有他许多读后留言，有的是不同笔墨写的。

朱松发的生命境界已到高处，他的作品艺术境界自然有着与众不同的高品格。如果说潘天寿“一味霸悍”，李可染“所要者魂”，朱松发则是“生命大写意”。他用如椽的大笔、焦墨与水墨的碰撞、天然率真与野逸生辣的交融，呈现出大气、大度、大家的风范。观赏朱松发作品，极强烈感受到扑面而来的阳刚之美与正大气象。没有风云海浪入怀、波澜壮阔在胸，没有对传统绘画的传承与对民族文化的担当，哪里来这般震撼的“生命大写意”？！朱松发真的是用生命在创新开拓中国画新格局、新路子，他以“狮子搏象”般的斗志在创作，牵一发而动全身，笔在意先，绝处逢生。只有深刻读懂朱松发的作品，才能体会绘画是怎样的大道震撼人心，小技悦人耳目。

英年早逝的书法大家张兆玉先生也是朱松发先生挚友，他们惺惺相惜，彼此引之为知己。张兆玉曾书写过“大海还在那里”，不由得让我联想到去年初冬时，朱松发先生与我在厦门观海时曾说过：“我的家乡有位叫海子的诗人写过，‘面朝大海，春暖花开’。我们生逢这样一个激动人心的伟大时代，大潮汹涌澎湃。我对民族文化复兴充满了自信，要以大道、大格局继续探索中国画创新之路，无愧于这个时代赋予我们画家的使命！”

如今，大海还在那里，可两位艺德高尚的先生相隔五天先后离世了。我才痛失一位哥哥，又惜别一位智者，实在是悲伤逆流成河。朱老离世前给儿子朱洲交代：家中不设灵堂，不举行告别会和追悼会。想念无处投寄，聊作上文，借江南细雨遥寄我的怀念！

钱玉岁总编辑印象

尽管我与钱玉岁老先生之间有过过节，我的记者美梦就曾跌碎在他的门槛前。但一直以来，我这个首任首席记者都深为供职的那家报社首任总编辑钱玉岁先生感到惋惜。他家学渊源、满腹经纶，拥有丰富的办学和办报经验，原本可以有名著流传后世的，可惜毕生精力与心血都给了新闻事业，仅留下一本薄薄的自印小册子《我的白皮书》，里面收集了他办学、办报的诸多原始史料。

钱玉岁的父亲是孙中山先生的贴身侍卫，后来在军中担任过要职，他有六个孩子，钱玉岁排行最末。

钱玉岁先生 1961 年从复旦大学新闻学系毕业，转战了好几家出版和新闻单位，极富有创新思想，行动能力又极强。二十世纪八十年代初，他领头创办了全国第一所新闻刊授大学，学员遍布全国各地，多达两万多人，我就是其中一员，都是有志于献身新闻事业的人。九十年代初，钱玉岁先生领头创办了安徽省第一家面向市场的都市报《新安晚报》。报纸在他手里成了全国地方都市报的一面旗帜，培养出了一大批在业界极有影响力的名记者、名编辑。钱玉岁先生仅此两项国内首创、省内独创之举，及其辉煌成就，业已成为安徽新闻史乃至中国新闻史上绕不过去的一道亮丽风景，注定要载入新闻史册的。

钱先生的老伴是医生，一直照顾他的生活起居。老伴因病不幸去世后，钱先生连简单的生活也维持不好，后来卧病在床，更是难上加难。有一段时光，他连爬起来开窗的力气也没有，还是楼下老邻居每天上来给他早上开窗，晚上关窗。有时中途有风雨，邻居不在家时，他只能卧听窗外风声，目睹大雨淋进窗内。就是在这种境遇下，他断断续续手写出一篇万字长文，记述《我家的辛亥革命》。《新安晚报》当时用三个整版刊发出来，成为辛亥革命纪念活动中轰动一时的好文章。连我们报社内部同人都争相阅读，鼓噪着钱先生要是将此写成一部著作或是一部电视连续剧，肯定是极有影响力的著作，世事风云、家国情怀、世道变迁都浓缩在钱家父子、兄弟姐妹身上，可歌可泣亦可读。可是，钱先生那时差不多用光了最后的一点力气，没过多久，钱先生生命之光也熄灭了。

他在这本自印的小册子前写了篇《自序》，开头写道：

岁月不居，往事历历。搞了一辈子新闻，总想留下一点什么。新闻是历史的刻痕，虽然有一定的价值，但毕竟是易碎品，值得留存的并不多，何况曾经的那段荒唐年代写的“假大空”，更不值一提。于是，我打消了汇编作品的念头。

像他这样的复旦高才生，又是安徽新闻史上一代报界奇人、领军人物，回首自己一生的新闻生涯时，收拾曾经倾注过才华与心血写出来的那些作品，竟黯然神伤，亦如他悄然离别人世，我们忆起他时不免有些黯然神伤一样。

我年轻时曾受教于钱玉岁先生，缘于他创办了中国第一所新闻刊授大学。我大学毕业后分配到野外勘探石油，常采写些感人的事情写稿投寄给报社，偶有文章见诸报端。看到《新闻刊大》招生的公告，便报名参加新闻刊授学习。那时钱玉岁先生担任刊大教务长，具体负责所有业务事项，名誉校长由他出面回母校复旦大学请了王中、徐铸成教授担任。授课的都是国内新闻界、教育界名家。

那个年代的年轻人对“铁肩担道义，妙手著文章”的记者职业极为崇尚，新闻是时代的科学、时代的艺术，学习新闻犹如给自己插上了翱翔于时代的翅膀。我怀揣着钱先生主持编印的每期《新闻刊大》跑野外，石油工人闲时抢看那些女明星画报，我躲在一边看《新闻刊大》。上面那些复旦、人大、武大等新闻系教授撰写的文章，我多能背诵出来。每学期到省城面授听课，那些或从炮火中走出来的战地记者或是成名于报社的名记或是大学新闻系教授的课，听得我们热血沸腾。

那是怎样一个新闻的火热年代啊，一代有志青年都渴望采写新闻赞颂先进、激励斗志、揭露阴暗，也期盼自己能像那些从新闻界走出来的前辈革命家、政治家、思想家、大作家一样，建功于火热的生活，流芳名在人间。“记者”这粒理想的种子深深地埋进了我的心田，我开始研究报纸上名记者采写的“新闻”，随时注意采写新闻，更积极地给报社投稿，立志当一名职业记者。

我的新闻采写业务能力快速成长，得益于钱玉岁先生领军创办的《新安晚报》，我成了这张刚刚创办的都市报最生猛、上稿最多的通讯员。可我的记者梦，恰恰就跌碎在钱先生的门槛上。二十世纪九十年代初，各省日报先后创办一张覆盖全省的都市报，当时已是《安徽日报》政文部主任的钱玉岁先生受命和周根苗、侯学文、江海波、赵锋、汪清波、顾群、胡美兰七位日报同人出来创办《新安晚报》。日报社给了三万元创办费用，一切从零开始，晚报新闻也从一张白纸起步。

这家报社开办之初的一个举动算是开了全国同类媒体的先河：面向全国公开招考录用十人进报社当记者。那时的记者，贵为“无冕之王”，不仅是许多年轻人的梦想，更承载着普通老百姓的深切厚望，期盼这张“为老百姓办，给老百姓看”的报纸，记录时代，引领潮流，替天行道，为民请命。

那次招考报名者多达四百多人，借用省城一所中学的教室考试，取成绩前四十名者面试，查验发表过的文章。报社需要的是招之即来、来之能战的记者，不要花拳绣腿。我记得当时张榜公布成绩时，一分半分间都并列好几个人。我面试排名十三，录取到第十二名，我名落孙山。

这次公开招进报社的记者全都是在社会上摸爬滚打过许多年的大学生，无论是才情还是对社会、人情世故的理解都更深刻，采写出来的新闻当然与众不同。极短时间内，这份新创办的《新安晚报》就异军突起，成为老百姓争相阅读、领导干部极为关注的一份都市报。

我虽然没能进报社，却照样给报社采写新闻。那时我也从野外勘探调进了省城工作，单位与报社不到两站路。我当时在一家单位当个小头头，因工作需要还拥有冲洗照片的暗房，自己随时可洗黑白照片。我在工作之余，起早贪黑走街串巷、进百家跑千户，抢抓突发新闻，最快冲洗现场照片，及时送往《新安晚报》。那时李今枚、顾群、项宗友、汪清波、汪俊等编辑都编发过我采写的各类社会新闻。最多一周刊发过我的三个头版头条新闻，当时一版责任编辑顾群先生跟我商量：能不能用个笔名发表文章，你这样生猛弄得本报记者非常难堪。于是我取了个笔名“耕夫”。报社每周末下午召开全体记者编辑例会，由总编辑或副总编辑讲评一周新闻得失。他们多次在会上拿我的新闻分析给记者听，称这么多职业记者，咋干不过一个业余通讯员？

又两年，报社再招记者。

这次不考试，带自己发表的新闻作品与钱玉岁总编辑直接谈话，决定取舍。我按报纸上公布的电话给钱先生打电话，钱先生很客气地说：“我知道你，你过来谈谈吧。”我犹豫了，因为当时我所在的单位正在分配住房，能在省城拥有自己的一套住宅是农家出来的孩子很大的一个梦想。再者，当时《中国石油报》催促几次要调我去当记者。

犹豫间，我既没去见钱先生，也没给他打一个电话。此次特招进报社的一批记者有高校教师，单位宣传部、财务科负责人，报社更加兵强马壮。我的房子有了着落，我当记者的愿望更强烈了。有一天，我送稿子去报社跟早已熟识的编辑记者们聊天，他们鼓动我直接去找钱先生。江海波副总编辑也指指钱总办公室说：“你直接去找老钱。”我在钱先生门口喊“报告”，他埋首看稿子就是不让我进门。驻足不知有多长时间，他丢出一句话：“叫你来时，你去哪了？不是真的热爱新闻嘛。”

那天，我垂头丧气地离开报社，心里很气这个古板的老头子，也憋着一口气：纵使这辈子与记者无缘，但是我还有采写新闻的权利。于是，我更加疯狂地跑新闻。毒辣辣的烈日中午，我骑辆加重自行车，后座架子驮着照相机，前面车篮里装几瓶自来水，大街小巷跑新闻。遇到突发事件，抢上前参加救助，抓拍现场图片，了解情况。事情处置结束了，我的新闻也有了。车篮里的水不是用来喝的，而是感觉头顶上要冒烟了拧开瓶盖浇水熄火的，我不能热倒在马路上，成为另一起突发新闻的主角啊。大雪飘荡的寒夜里，我在暗房冲洗出现场照片回家，路上结冰很厚，我已没有力气骑车，便推着车孤独地走回住处，胡乱搞点吃的，伏案写文章，直到天明，收拾好文章、配上图片，又骑车挨家报社送稿子……

钱玉岁先生退休时，我已过了当时报社进人的年龄限制了，心里记恨这个老夫子。后来省城另一家有着近五十年办报历史的报社公开招考记者，一位叫丁梦林的负责人多次亲自打电话找我，他说只要我同意就把我作为第一名招录进来。我的老友吴国辉当时已是《新安晚报》编辑，他获此消息后，与报社李今枚、项宗友、王勤益、汪清波、汪俊等差不多全体老编辑结伴找到报社领导，称如果放何显玉到竞争对手报社去，他将成为对方的“头号杀手”。当天，报社领导班子开会研究，专门给日报社党组打了份特别报告，申请破格调我进晚报做记者。日报社党组领导疑惑地问：“何显玉不早就是报社记者了吗？我看过他写过那么多好新闻。”

我如愿以偿圆了记者的梦，可我还是有些记恨钱玉岁先生。我进报社后，他已去商报当顾问了。经常听同事们讲有关他的诸多事情，特别是讨论新闻选题、给新闻起标题争论不休时，总会有人讲“钱总要在时，准会……”。有个叫吴秀青的硕士女记者写了篇《钱总其人》发表在别的刊物上，别人都夸写得好，把钱总写得跃然纸上，严厉中可亲可爱。我匆匆扫了一眼文章，不以为然。

后来在报社待的时间长了，同人们总是说起老钱许多事情。我慢慢听进了耳朵、记到了心里。他像一口永不停摆的铜钟，日复一日，年复一年，天天倾心于新闻。报社的老记者都记不清给老钱骂过多少回，老编辑们也弄不清最后见报的标题，哪条是老钱的，哪条是自己的。老钱有一个特点：易忘。他刚刚与你为稿子争吵拍桌子，搞定后他回办公室转一圈，折回身无事似的又跟你讨论刚想到的一个选题，师长般学究气，家长样慈眉善目。临结束要回办公室时，还不忘问你一句：“你今天好像情绪不高啊，是不是昨晚没休息好啊？”跟这样让自己受益、能学到本事的老头子生气，实在是件划不来的事情。

每每听到先我进报社的同人们讲老钱这些往事时，我都心生羡慕，我只是从钱先生编印的《新闻刊大》上获益，却未能有他们那样当面被老钱“骂”的教育机会，怎么也是件遗憾的事情啊！《新安晚报》有个传统的“新安百花奖”，每年一度由读者投票评选出“最受读者喜欢”的记者、编辑、好新闻、好策划等。我曾连续五届当选为“最受读者喜欢的记者”，还被报社冠以一顶“首席记者”的高帽子。我听老同事说起过，钱玉岁先生很是为我高兴，也为没能到“新安百花奖”颁奖现场有些伤心。

钱玉岁的铁骨硬汉老新闻人风骨，像春雨润物般地在我们这一代新闻人身上也随风潜入骨了。2007 年 4 月 26 日夜，我在主持《新安晚报》新闻版面编发时，当天公交车又轧死了一个中学生。不到四个月，这座城市的公交车竟然轧死碾伤了 55 位市民。我心绪难平，当即为新闻配发了篇评论，题目就叫《谁为 55 位伤亡者一跪》。文章见报后，反响强烈。次日下午编前会上，江海波社长说：“这篇评论有战斗性，平民生命高于天，媒体就要有胆识大胆问责。”

我的第一本作品《匆匆》出版前，受教于钱玉岁先生的马丽春女士当着我的面给钱先生打电话，请他给我的《匆匆》写篇序。钱先生在电话中声音有气无力的，但我听得很清楚：“我非常喜欢何显玉采写的新闻，他把平民百姓小人物的新闻做到了极致。我想何显玉是俯身平民卑微的生活，仰视平民高尚的灵魂，这才写出那么多震撼人心的好新闻。我实在是拿不动笔了，否则我很愿意给他的著作写一篇序言，请代我向他问声好。”马丽春说：“何显玉就在我身边，让他跟您说两句。”

我接过电话，只听钱老先生说了句：“何显玉，你干得非常好！”我未说出话，早已是泪流满面，千言万言也找不出一句适合表达我对这位德高望重新闻前辈的敬意的话啊！

余生不长

卢桂云来茶溪小镇了，自己开车来的。

我又惊又喜，有些日子没见到她了，她手术后到茶溪时我还看到过她，与她聊了许多，说了些鼓励的话。她乐呵呵笑说：“既来了，就乐观面对呗，学会与病魔相处。”说归说，病魔还是非常凶残的。她几次进出医院，左腿已不能行走了，除了笑容还在，别的都变了模样。她能独自开车两百多公里来江南茶溪小镇，老朋友们都很惊诧，她却说：“我右脚还能用呀。”

我认识卢桂云是刚来茶溪小镇时。那年春雨里，我与爱人费了九牛二虎之力将陷入困境中的企业“躺平”了，身心疲惫地离别热闹都市，来江南茶溪小镇栖身。先我们抵达的书法大家张兆玉和夫人薛克勤大姐在茶溪餐厅设宴招待我们，这两口子仁义、大气，在城里时我们就有过交往。张兆玉不仅书艺精湛，性格也豪侠仗义，全无寻常人的势利眼，仍照往常一样热忱对待从商战中败下阵来的我们。那天，他们叫了一些人陪我们，这当中就有大家称其为茶溪小镇“镇长”的卢桂云。茶溪小镇是国家授予的运动休闲养生小镇，商务酒店及配套体育运动、养生健康设施，能同时接纳上千人吃、住、行和游、玩、乐。卢桂云总负责，是这家集团公司顶梁柱式的人物。

卢桂云除了精明干练，举手投足间都有着极强的职业素养，大方端庄的性格有北方人的阳光爽朗，姣美的容貌让人猜想她是生在江南的美女。我们熟悉后，我才了解到她是河北石家庄人，最初从事酒店管理，加盟有志康养事业的团队来九华山十多年，凭空制造出来了一方康养的诺亚方舟。卢桂云每天的事情千头万绪，却心细如发。有一次我身体不太舒服，下午独自在园中发呆，忽闻有个很脆很甜的声音在墙外喊我，原来是卢桂云来了。她提着水果等物，问我怎么不舒服了，有什么可以帮上忙的。我都不知道她从哪里获知的消息，她笑呵呵地说：“你的微信内容我每天都看，从中猜测你这两天不太舒服。”在这山野间能有人如此关心体贴，心里自然有股暖意。

有一次，我在茶溪餐厅招待一位远方来的朋友，她路过时跟我们打了个招呼，就去忙别的事情了。上菜时，服务员端来一道江南名菜臭鳜鱼，我正纳闷没点这道菜呀。服务员笑吟吟地说：“我们卢总特地交代送给您两道特色菜。”我再次见到卢桂云时向她表示感谢，她笑靥如花，“您真客气，我们不也到您家吃饭过吗”。其实，卢桂云做事非常周到，她与同事偶尔到我这吃饭，她也是烧了几道硬菜端过来的呀。

卢桂云工作极少休假，那次她想陪家长出海旅游，需要提交一份体检报告。在体检时发现了问题，再一诊断竟祸从天降。亲人们都蒙了，她镇静地吩咐大家：“我们家要打一场大仗，你们各自守好自己的阵地，不要乱，我安心治病就是了。”这场大仗中，卢桂云顽强坚守着主战场，她的苦，她的疼，家人们全都看在眼里、痛在心里。我们作为朋友也只是偶尔在微信上说几句无关痛痒的话，她还要腾出精力来回复我们。

卢桂云来茶溪小镇时没有下雨，我爱人订了茶溪人家请她吃饭，她的老板李森先生中午也来了。卢桂云靠右腿支撑出了养生馆的门，她打开车门让我们上车送大家到餐馆门口，免得淋了雨。我们没有搀扶她，借口才几十米远走过去，其实不忍心上她的车，生怕增加了重量，她那右脚踩油门会多耗费点力气。这段几十米的路，她已不能靠双腿走过去了。

那天午饭，卢桂云很开心，边吃边说：“这是很长时间以来吃得最多的一次。见到你们一开心，饭量也大了起来。”她当笑话讲了自己工作以来，一直没休过假，只知道拼命工作，拼命挣钱，即使是下决心陪家长出海坐船也舍不得选靠窗户的房间。一查出来毛病，将所有的时间与钱都扔进了医院。早知如此，何必那么拼命、那么节约呢？引导别人健康养生，忙碌中竟忘了自己。她跟我们说这些话时，脸上一直都有笑容，唯独说到自己手术后遇到张兆玉大哥的情景时，面色凝重起来。“老玉大哥每次见到我都鼓励我要坚强，说人一生中都会遇到不同的坎儿，坚强勇敢，这坎儿就不难过。”他说这话时的音容笑貌至今在脑海中都清晰得很，可就是这么一个豪情万丈、才华横溢的好人却那么匆匆离别了人世，将一身的艺术才华也带走了。

卢桂云的眼眶溢满了泪水，我们的心也沉重起来。饭后她很艰难地想站起来走出餐馆，试了几次仍未能站起来。李森先生抢上前搀扶着她的胳膊帮她站了起来，一直搀着走出餐馆，走到车门边。天空中的雨越下越大了，卢桂云转身对我们说：“谢谢你们。”她下午要开车过长江回省城去，我们都很不放心。笑容重又回到她的脸上：“我能行！”她的坚强已不是寻常人嘴上说说的了，我们也找不到更合适的词语来“鼓励”她。她倒像什么事也没发生过，临上车时很平静地告诉我们：“余生不长，别再消耗自己！”

卢桂云的车消失在江南的风雨中，我们在雨中目送她的车子转过弯，驶上了快车道，不知道何时再能与她相见？

静下心来一想，人生真的短暂，也实在是苦。我的故乡有句俗语：姑娘是菜籽命，撒哪长哪。男人是牛马命，在哪里谋生就得在哪里负重前行。我们被套上生活的缰绳，抑或是被一个叫“理想”的无影铁索拴牢了，就会在劳累中经年累月，越勒越紧，越来越无法放下、脱身。心渐渐地麻木，挤不出一点时光看一朵花开、听一场春雨呢喃。一直在忙碌，始终在奋斗。恰恰忘了人生苦短，生命有尽头，劳累没终点。

我们苦累，劳心劳力，终究是为了什么？为了谁？给自己一点时光，做一个纯粹的自然人，按自己心的指引，快乐自己。给生命一些空白，涂抹自己喜欢的样子，不是给别人看的，就是自己喜欢。清风明月本无价，人生徐行滋味长。活到后来，一些人终于发现，苦短的人生没有什么值得去拼命的，支付了几十年的宝贵光阴，到头来你想要的可能都有了，只是老之将至。一路上都会有人中途离场，惜别人生，万事一场空，徒留悲伤于人间。

慢点，慢点，天下事何须惊慌。静点，净点，且先细品一杯茶。张兆玉活着的时候曾给我写过一副对联：三千年读史无非是功名利禄，九万里悟道终归是诗酒田园。卢桂云的话也常在我们的耳边回响：“余生不长，别再消耗自己！”

翠娥还活着

翠娥来辞职时看着我爱人，欲言又止的样子。

我爱人抬头看了看她，想问也没有开口，打电话叫来王会计，让他多发翠娥三个月工资，看这两天有送材料的货车去大别山时，把她和行李一起带上，省得坐客车倒来倒去的。我爱人特地叮嘱王会计：货车到大别山分厂后，一定让厂长派车将翠娥送到深山里的家。

翠娥有些惊慌，木讷地说：“我知道你们眼下最难，我这时候离开，实在是……”“你走吧，厂子也撑不了多久。”我爱人挥挥手，翻看桌上一大堆货款单子，眉头紧锁！

翠娥原先在我爱人的大别山分厂做工，缝纫箱包技术活干得既快又好，还是个多面手，整条箱包生产流水线上任何一个环节的活她都精通。我爱人几次要调她到总厂带队伍，她都以等孩子大了再来总部为借口。大儿子上中学住校了，她的女儿出生了。直到两年前，她把女儿交婆婆照顾，这才到省城总厂来。我爱人安排她担任抓技术的主管，她样样拿得起，做得好，在女工中威信很高，常在活计不太忙的间隙组织工人搞技术比武活动，还把总厂和各分厂的技术大拿请来比武现场做技术示范动作。手艺活，一看师傅出手便知功夫与窍门，全厂的技术水平在日益提高。

以往外国人来验厂，掐着秒表计算每一道工序和流程的时间效能，工人间还推来推去。后来，厂里的工人都非常自信，外国人来验厂测试，自己去车间随便找人去，满满的自信来自技术的娴熟。

翠娥总是早上最早进车间，晚上差不多也是最后一个走出车间的。我印象中她经常咳嗽，有时见面会提醒她早上和晚上多添点衣裳。工厂每月给每个工人发伙食补助费，一般女工节约些的差不多够了，也有的人加点钱吃得稍好点。翠娥每月连补助的伙食费都有节余，悄悄跟别的人兑换成现金。我们有时外面来人在小食堂接待时，也特意叮嘱她过来陪客，既能交流些生产上的技术问题，也好借机给她补充营养。

翠娥的丈夫在外跑货运撞了人，赔了不少钱。后来借钱在山里搞养殖，也失败了。有一次我陪爱人去山里分厂途中，专程去翠娥老家看看。那时候，我爱人的十几个分厂里有许多陪读妈妈，她们每天要照顾孩子吃饭。分厂特地允许她们中午把孩子接到厂里来，和家长同在食堂吃饭，一个孩子一餐饭收一块钱伙食费。这样既省了妈妈们回家烧午饭的时间，也减少了她们的开支，我爱人连翠娥儿子的这一块钱也免了。我曾买过许多儿童读物，分发到各个分厂，午饭后将院子铁门锁上，孩子们配个专人看护做作业，或是看课外书，妈妈们每天能多做些活，多做一件就是一件的钱啊。

苦日子，穷日子，大家一起做活，家家都有份期盼与生活的来源。工厂几百个人，谁家都有本难念的经，还得靠自己的双手去挣份生活。总部接下生产订单后，由总厂裁剪好料子派送到各分厂，由他们按件加工成成品，再由总厂回收，统一包装后经上海国际航运运往欧美和韩、日等国。

我爱人曾几次想扶持翠娥开办一个分厂，终因她身体弱，丈夫也提不起精神，只好作罢。后来把她调到总厂搞技术负责，收入提高不少，也想借机锻炼她掌握更多本领。

翠娥搭货车回山里老家的那天，我听王会计说她流泪了，再三说舍不得离开工厂，也不忍心看着这工厂倒掉，厂子不倒，大家有活干才能养家。王会计把一个信封给我，说是翠娥临上车时让他转交给我。我回办公室随手把这封信扔抽屉里了，也没把翠娥走的情景告诉爱人。

翠娥是仲春时回山里的，我爱人的企业撑到深秋时垮了，一片狼烟，满怀心酸。年逾八旬的老画家柳新生先生到厂里来过多次，那年初冬再次来厂里时，目睹了惨况，一言未发，给我爱人画了幅水墨人像。寥寥几笔，神形毕现，特别是那紧锁的眉间藏着无尽的艰辛。将围巾稍抹两笔鹅黄嫩绿，仿佛寓意寒冬将尽、暖春要来，给人一线希望与暖意。后来，当代山水画大家朱松发先生将我写的二百二十五个字的《碧玉年华》短文，题款于画面上，我请人裱好后带到江南山中，算是对一位散尽亿万家资让几百名员工各有归途的企业家的一个纪念吧！

我们离别都市，在这山野间极简生活时，偶尔想起那些工人和翠娥时，向王会计和老员工们打听，他们都说不清，翠娥也没有手机。

前不久，我回城找过去的资料与照片，以便在山里写文章用。翻找从工厂带出来的一些故纸堆，捡出一封未拆开的信，正是三年多前王会计交给我的翠娥那封信。我拆开看了，禁不住打个冷战，信封里有医院的病历本与住院单，病历上分明写着“肺癌晚期”。细看那半页纸的信，是翠娥的笔迹：

孙总：

你好！我不该在你们最艰难的时候离开，实在是没法子的事情。

你和何老师压力太大，苦苦撑着，我们都看得出来。你们也是为我们几百个工人家庭谋口饭吃，而在遭罪。看着你们活得好累，好辛苦，我们好心疼。

我自己得这个病，医生让交三万元住院，再交钱手术。我家情况你们知道，我回去想法子攒钱，钱攒够了，再来住院。

你们要保重身体。

翠娥　6月2日

我忙给爱人打电话说这事。我爱人在电话里说马上找熟悉翠娥的老员工们打听，肺癌晚期，三年多了，翠娥还在不在人世了？她那家境，到哪儿去筹手术费用！

我心不安，惭愧。

“翠娥还活着！”我爱人在电话里掩饰不住的高兴。这好消息是跟翠娥一个村的工厂老员工说的，他说翠娥没手机，白天她给人家往山上扛木头、钢筋，山顶上盖屋、悬崖上建栈道用，这活虽累又险，但收入高。邻居说等她晚上回家，到她家去，让她回电话。我的脑海里浮现出车间里那个经常咳嗽的山村瘦弱妇女形象，她怎么能当得了挑山工啊！

这天晚上十点多钟，翠娥打电话来了。她在电话里“咯咯咯”笑，我爱人问她身体健康状况。她说："现在爬山路习惯了，不像以前干活那么累了。以前一趟扛一根钢筋上山，我现在一趟扛两根了。"我爱人忍不住问："那你咳嗽可好点了？""不咳嗽了，也没空咳嗽。上次从工厂回家前，医生说我要住院开刀。我攒了两年钱，去医院拍片子，医生说我肺没毛病，钱都不用花了。"

翠娥听说我们也进山了："好呀，你们是好人。爬山干活，出力流汗，日子总会越来越好的。"翠娥在电话里说，冬季酿糯米酒时多酿一坛酒，送何老师喝。他是个作家，写文章的人哪能没有酒！

我们夫妇俩听完这个电话，都没有说话。

人世间的寒来暑往，会改变很多事情。大山里的云雾、空气与水，还有地道的食材，早就为我们酿就了一份寻常的生活。我们陷于绝境，换种环境和生活，乐观豁达融入其中，或许一切在自然而然里会越来越好！

提块豆腐过江看老范

四月的末尾，我从江南山中过长江到庐江县城看望中学老同学范自才，给他送了些新茶、山里人家的黑猪肉，还有一块九华河桥头的老豆腐。

我是不能忘记老范的。

从十三岁认识他，我们交往了四十多个春秋，从未间断过。我们两家姐妹多，各家只有一个男丁，因而我们从小被姐妹们惯着，种田不行，栽秧割稻也干不过别人，只好读书装样子，后来居然都成了各自生产队的第一个大学生。请客、放电影，背起青春的行囊离别家乡，算是给家长争了大面子，也为自己挣了一份别样的前程。

老范大我一岁，与我初一时在丁汝昌故里的石头中学就是同学。我们那时读半天书，给学校干半天活，比如挖学校院墙后面的山，大同学挑担子，个子矮小的同学就两个人抬一筐土，填平坑洼，好给学校盖房子。实在没活干了，便让我们从家里带着工具到扒河工地上挖泥抬土，还曾住到社员大爷家，跟在他们后面浇油菜、给麦地除草，晚上就住在农民家。那时有个很蛊惑人的词“开门办学”，我们的少年时代整天处于这种氛围里，谁能读好书，又哪里能有个好成绩？老范家小范冲距中学两里路，离石头街三里路。他还有个明星般漂亮的表姐丁玲琼住在街上，在我这个纯粹的草田埂上的小乡巴佬眼里，他是“见过世面”的人。

他家小范冲有个叫沙林森的高中毕业生藏书很多，每年梅雨季节的大晴天，都要在屋外太阳底下晒书。老范与这个高中生甚熟，常从他那借书看。我那时没见过“世面”，自卑自闭，就跟着他后面讨要书来看，及时借准时还。有了信誉后，他有时让我带书回家看。因为隔日就要还书，晚上在煤油灯下快读，夜里大人睡着后偷偷点亮油灯接着看书。像《水浒传》《三国演义》《草原烽火》《林海雪原》《平原游击队》《铁道游击队》等小说就是那时候读到的。我清楚地记得，有一天中午我跟着他到小范冲去，看到那位高中生家门口一张竹凉床上晒满了书，真是大开眼界啊，心里无限羡慕。能跟范自才后面读到一些书籍，大约是我在石头中学仅有的快乐与幸福记忆了。

临近初中毕业时，我父亲托了好多熟人，找到我们三（2）班班主任左老师询问我在班上的成绩。左老师站在教室门口说："下中等。"我曾跟父亲到公社食品站卖过猪，猪有一、二、三级，我认为二级没有三级高。父亲当时还纠正了我的错误，说一级猪是最好的级别，价钱也最高。父亲分得清猪的级别，却听不懂左老师说的"下中等"的意思，呆若木鸡似的站在教室门口。左老师大声说："成绩分上、中、下三等，各等里又分三等，你儿子是下等里的中等。"同学们全听懂了，哄堂大笑。我目睹父亲那样无助地呆立在门口，深深地低下了头，觉得我太让父亲在同学们面前丢脸了。左老师见他还不走，提高了嗓门："这么说吧，成绩分九等，你儿子是第八等，也就是倒数第二。"这回，我父亲听懂了，泪水在他的眼眶里打转，他身子一下子矮了许多，从教室门口慢慢消失了。

我们毕业四十年，热心肠的孙令华、宫为雨、韩晓玲同学张罗石头中学同学聚会两天，回母校参观。我只是回去吃了一餐饭，没回校园看看。其实，当初左老师讲的可能也是我在班上学习的实情，或许正因为知耻而后勇才有我后来的发奋学习，只是我不想再看到曾让我父亲丢脸的那个地方。

这段刻骨铭心的记忆我在一些文章里多次提及，这里之所以重提，说明当时老师都如弃草芥般放弃了我这样的差生，可范自才从来就未放弃过我，一直鼓励我多读书。就在他挤过高考独木桥的那一年，我名落孙山。他拿到录取通知书后到亲友家报喜道别，非要拉着我陪他。他每到一户人家，见人就说："他补习一年挣五十分没问题，明年肯定能考上名牌大学。"我都被他说得热血沸腾，握紧了拳头，咬紧了牙关。他到省城读书时，特地在稻香楼宾馆大门前照了一张黑白照片，夹在信里寄给我，照片上他的样子是跑步的姿势，背后是"稻香楼宾馆"的牌子。我在复读迎考期间，每当疲倦时就拿出照片来看看，想象他在省城平时锻炼身体都在稻香楼这么美丽的地方，未来的生活该有多么美啊。于是，我豁出命去拼搏，晚自习后，别的同学去宿舍睡觉，我点亮自制的煤油灯，直学到鸡叫二遍，才拼两张课桌，将一床被子折过来垫半床、盖半床，塞两本书当枕头，鸡叫三遍即收拾好被子，出去跑步，早读背诵。

我大学毕业好多年后进了省城，工作单位和住家都紧邻着稻香楼。差不多天天走过范自才拍照片的稻香楼大门口，他那时从外地调回老家县城，一直就没再挪窝，在几个单位间移动。有一次，他专程到省城来找我，说县里组织招商小分队，分赴各地寻找投资商来家乡投资兴业，自己想去又拿不定主意。我给他介绍认识了当时在省城招商引资做得很好的一位熟人，听听她的意见，给支支招。

老范信心大增，撒腿到温州、上海等发达地方去，这大约是他人生一个重大转变。一个草田埂上闯出来的乡村书生，接触的都是商界精英，还要能招回来真金白银投资兴业。他在主持汤池温泉小镇的招商工作时，我曾去过许多回，那里一片荒地，几缕农家炊烟，就几口泉眼在咕嘟嘟冒热水。农妇冬天在泉眼边洗衣服，顺手带两个鸡蛋放热泉水里，衣服洗好了，鸡蛋也煮熟了。他信心满满，天南地北招商引资，干得非常有成效。当时，他还对我进行招商演说："你在外面熟人同学多，拉回来给你们几十亩地，三通一平基础给你做好，一家一个院子，温泉水给你们接到各家院子，以后退休了就回来生活。"我心不在此，他见劝说不动，预言似的说："叶落归根，无论你们现在在外混得如何光鲜，到了一定岁数都希望回到老家。那时你们回来住着别墅，泡着温泉，写写画画，这人生何等惬意。"汤池早已成了度假旅游热地，我有时提起这件事时，老范笑笑说："事情过去了，讲也没有用了。"

去年谷雨前，我母亲病重住在县医院，范自才天天陪我。谷雨时，母亲濒危，他主张将老母亲接回老家，那样老人走得安心。我听从了他的意见，将母亲接回家第二天下午，母亲就安详地走了。范自才与爱人张明霞立即赶到我老家，帮我安排待客事宜。他很沉着地说："我亲手操办过三位家长和大姐的后事，你不要担心，乡下的礼仪我都在行。"

范自才的母亲和父亲也相继离开了人世，父母的离世，儿时的家乡都已是故乡了，我和他都成了游子。他儿子军校毕业分去厦门，娶了海岛渔家女儿。老范现在已是两个孙子的爷爷了，儿子给他在那里买了房子。他与爱人常去厦门，我们两家还一同去过那里，尽管他一再声称以后不会去厦门当爷爷，要过自己的日子。可能架不住两个孙子的每天视频，他退休后十有八九要转往厦门当爷爷了。我兜兜转转，离开了热闹的省城，流落到江南这片山林过着日出而作、日落而息的农民日子。只是我们的友情在岁月中已转化成了亲情，从彼此的身上还能找回儿时的记忆，这是今生丢不掉的了。

我的同窗孙叶青

大寒那天下午，我写完《“孬子”德三叔》一文，听见阳阳它们在园中叫得欢，推窗见是大学同窗孙叶青在敲我山中的门。他从江北到江南九华山来，早已熟悉他的狗狗们从园中飞跑到门口撒着欢儿围着他“汪汪汪”。他说：“来陪你喝两场酒，就算过年了。”

晚上，我们随便烧了几个菜，喝酒聊天，与他同来的老程晚上不开车也喝了点酒。早先在省城时，我们仨每次小聚都干掉两瓶白酒。其中有两年多光景，我不喝酒，他们俩一瓶白酒不够，两瓶又多了，只好喝一瓶白酒，再弄几瓶啤酒淋淋。这晚第二瓶白酒打开了，我们似乎都有心无力恋战了。真是一岁年纪一岁人，不服不行啊。叶青从口袋里掏出一把口琴吹起《绿岛小夜曲》，寂寞的山野间响起口琴声。

次日午饭后，他要往江南之南走走，约我同行，叫我别老是待在一个地方把人都待孬了，也要出去见识别处的美妙。寒冬腊月，万物收藏，即使在江南山林间也难免有一种萧瑟之感，连着几场雨让门前的池塘涨了不少水。叶青可能担心预报中的大风雪就要来了，我在这月光冷、雪花寒的清冷山野间会寂寞无聊。记得元旦前，他与妻子崔运华，还有另两家老友曾来这里待过几天，临别时，叶青妻子小崔猛然冒出一句：“我们都走了，把你们丢在山里心里不是滋味。”她还嘀咕说以前来山里还没有这种感觉，这次感觉真的把你们丢在山野了。

我自忖刚把我老家东圩埂“孬子”写得还算精神，自己一时还不会变孬，他们启程去江南之南时我只在路边目送。

孙叶青与我同为江北庐江两个不同中学的人，我们考到江南那所大学报到时分在同一个班级，还同住 104 宿舍，穿着、个头、口音都差不多。

老师经常看着我，喊他的名字；或是指着他，叫我的名字。他学习比我用功，还会唱几支完整的歌曲。有一段时间，我们班晚饭后由会唱歌的同学教我们唱歌，他就教过一首名为《捉泥鳅》的歌。我唱歌不行，捉泥鳅在行，这倒也不妨碍我们间的情义。那年夏季毕业时，我与孙叶青、吴刚、叶振友四个同学拎着同样的网兜、扛着装满书的纸箱，乘同一辆客车离别江南。我去了野外勘探队，孙叶青继续向北过了淮河到龙亢农场中学任教。聚散匆匆，我们各自谋生。

他在北方教了两年书，我们互通不少信。有一次我出差途中辗转找到他的学校，晚上一群年轻教师东拼西凑些菜，拼了几张课桌喝酒。酒后回他宿舍搗腿睡觉，电线跳闸，黑咕隆咚，我们深一脚浅一脚摸回宿舍，地面坑坑洼洼的。次日晨，他送我到路边等进城客车，说有个女孩一会儿会骑车路过这里。他可能想留我多待一天，多叙叙旧，也好参谋下让他心仪的这个北方姑娘。

我那时在单位当教育科副科长，负责分管几个学校呢。老是想着他晚自习后摸黑回宿舍的情景，便向王峰科长推荐调孙叶青来我们单位学校教书。老科长特别热心，说："你书教得好，你同学一定也很棒。"他请示领导说要走走程序，试教两节课。我急忙跑到邮局发封电报给他，前面是长长的地址，正文只有五个字"速来撮试教"。后来他常提起这封电报，说我惜字如金。那时拍电报一个字三分半钱，字写多了食堂一份红烧肉就没了啊！

叶青后来成为省城名校名师，全凭他的功力与努力。他原本到我们单位时，领导看中他调到办公室当秘书，他干了一个暑假的秘书，还是坚持要去学校当老师。要知道，那时人们挤破头往机关钻，他却偏要当教书匠。不过他的语文课教得确实好，做事又格外谨慎小心，我没劝他留在机关。他在那所中学教了十年书，于寂寞中给省城最有名的几所中学校长各写了一页自荐信，结果几所名校校长都给他回了信，约他去"试教"。著名教育家吕道奎校长非常欣赏他，设法抢走了他。他进省城教书时，我在"官场"上大概三起三落过了，他去省城之前还曾陪我摆地摊卖过运动鞋。我们俩出身贫寒，各自就像被大雪吹得四散飞扬的两粒草籽，于石缝间顽强汲取养分生存下来，尝尽了人世间的辛酸与悲苦。我们依旧在谋生的路上执着前行，偶尔见面多半要喝一场酒，一瓶白酒各倒一半，滴滴不舍。

我大约在两件事情上，一次拽过他的腿，一次踢过他的屁股。他日渐成为省城名校名师，求他辅导功课的人越来越多，他又推托不了，累得很。我认真地告诉他：站稳讲台是根本，保重身体是长事，其他的事情慢慢来。他果真关了辅导功课的门，专心致志搞好课堂教学，成为省级教坛新星，还肩负教导处负责人的重担。另一事，他职业路上的恩人老校长吕先生退休后办了所学校，力邀他去助力。他拿不定主意，我坚决支持他去，他发火说："好不容易到省城扒碗公家饭吃，去那就成民办老师了。"他后来还是追随老校长去了，成为老校长得力助手，那所学校早已是闻名遐迩的万人名校。

孙叶青性格内向，平时话不多，朋友们聚会时，他很安静地坐在角落里。我以前担心他每周主持全校教师例会时，面对那么多老师会不会怯场。后来他带出的那些弟子们告诉我："听孙校长作报告，我们都忘了时间。"这么温良的人也有冒火的时候：学校一个学生下午放学路上被车撞倒了，他以最快速度跑到现场见学生已不幸死了，悲从中来，他狠狠地打了司机一拳，哭了。次日早晨，他在校园摘了一束野生黄菊花放到那位离世学生的课桌上，给这个班级的孩子们讲了一堂有关生命意义的课。长长的路，既有和煦春风与鸟语花香，也会遭遇不幸与悲伤，让太阳驻进心田，前行的路上感受温暖，遇见美好。

我也见过他最失魂落魄的样子，是他母亲去世的那些天，人瘦了一圈，呆若木鸡。倒是他妻子小崔从容不迫，时时处处拉着他行礼，搀着他走路。小崔就是当年我们俩在北方那条路边等客车时，他说"有个女孩一会儿会骑车路过这里"的那个女孩。有一次，我们几个老兄弟去医院看望他父亲，他正搀着父亲走在过道上。老父亲佝偻着腰、颤颤巍巍欲倒的样子，他手挽着父亲。这对父子的背影斜斜地映在过道上，一缕金灿灿的光从窗户洒进来把这一高一矮、一直一弯的影子装点得异常温馨。我出于职业记者的习惯，拍下了这一瞬间的温暖。他将这幅照片放大后置于自己的办公室书橱里，既是怀念父亲，也可能是在提醒自己是农民的儿子吧。

在省城谋生的岁月里，我曾有过跌碎了生命的一段非常灰暗的日子，一切都回不到从前的旧模样了。一个从地狱门口爬回来的人，灵魂还没能回归到躯壳中来，与行尸走肉差不离。有两三年光景，孙叶青几乎天天都要抽空来看看我，说几句，吃一顿饭。遇到熟识的圈子饭局，他也要拖上我，叮嘱大家：“他不喝酒不抽烟，只负责吃菜。”人在绝境中还没有足够力量抵御孤独与痛苦时，才知道那种陪伴自己跨越绝望深渊的情义是多么地珍贵，情义无价！

前年春季，我母亲病重住在县城医院，我困在那座小城每天守着天际间那最后一抹晚霞，看落日点点西下，哪儿也不能去，哪里也走不了！那段时间，疫情等诸事聚拢到一块儿，学生相继复课，他作为学校负责人，神经时时紧绷着。有时晚上八九点钟问他在哪，他回复：“学校，晚饭还没吃。”特殊时期，向来谨慎的他更不敢有丝毫差误！尽管如此，他得点空便从省城打车到县城来陪我，称我们几个老同学中你母亲是大家最后一位家长了，我们陪老人家最后一程。那些日子里，叶青来陪我守望一段又一段时光，他还随机安排学校那边工作。有时夜幕下他还要在县城街头打车返回省城，称天亮以后学校有一堆事。我有时于夜色中掏出手机拍下他所乘的网约车牌号，他笑笑，说：“我一个大老爷们还怕师傅劫色不成？”时常午夜时分收到他的信息：“已到家，放心！”

纳兰性德有阕《长相思》词，下阕中称：“风一更，雪一更，聒碎乡心梦不成，故园无此声。”词中写的是风雪交加中跋山涉水的出征将士，他们梦中的故乡温暖宁静，没有醒来时的风雪呼啸之声。我与孙叶青十六七岁离别庐江故土，现如今已没了父母的牵挂，又渐行渐远了故乡的味道。我们几十年间交往中那些原本微不足道的寻常事，却是陪伴我们此生弥足珍贵的记忆。人生很短暂，转瞬白雪就会覆盖了春花。人生又很长，寂寞深处更易独自感伤。我遁迹在这荒寒的山林里，伫立在光阴的路口，有他这样的同窗兄弟裹挟着冬雪荡涤我心里的尘埃，陪伴我在余生的光阴里寻一份明媚，存一些美好。

青山之阳的文人们

我栖居青阳茶溪也有三冬四夏了，有时择高处北眺我来时跨过的长江，观潮起潮落；南望黄山诸峰，看云卷云舒；举目九华，听暮鼓晨钟。行走青阳境内，有奇峰巨石、深潭飞瀑、危岩花台。我吃这块土地上的饭，喝这片山林间的水，写的文章也要有些这片山水的味道。于是，便与熟知当地文化与历史的青阳文人雅士有所接触，认识了青阳的施七斤、马光水、章小兵、方丽敏等人。这个周日，十几位青阳文人雅士来何园做客，我择其三两位记述之。

杂家七斤

青阳境内的山石看上去并无奇巧之处，石大似玉柱擎天，石小如牛卧地，石质都很坚硬。我曾与著名书法家张兆玉先生结伴到山中觅石，希冀有机缘将诗文书刻于石上。当地有识之士纪良才先生撰文分析的青阳人性格形成的因素中就有一条：青阳山石多钙，青阳人也因此多了以自尊、自强示人，不向困难低头，不给困难让路的品格，做事非常执着坚韧。

我认识青阳的文人大概从施七斤开始，他个头不高，皮肤就像青阳的石头一样黑不溜秋。搁一群人中，他肯定不显眼，就是同坐一桌吃饭，他也安静得让人忽略掉。有一次，施七斤约张兆玉和我去看青阳书画创作展览基地，碍于老玉兄情面，我随他一起去了。我曾涉足书画行业多年，组织书画家到欧洲米兰、巴黎等地展览。因而，对一个县的书画展览，说实话我并没兴趣。

我和老玉看了老施借当地成功人士场地，布置的上千平方米的展览厅，作品有模有样。我最感兴趣的是中小学生书画作品，还有农民画。老施当过老师，做过校长，供职于县教体局，主办《青阳教育》，他在全县学生中致力推广美育教育，这倒是非常好的事情。为鼓励美术老师，他揽下一些美好乡村的宣传墙绘，闲暇时带美术老师们下乡在墙上作画、书写。我跑过青阳一些乡村，常能见到这些墙绘，脱俗中还有些艺术味儿。

施七斤是个杂家，爱好多，玩一样精一样，无论是书法、赏石还是乒乓球。今年春节，我在茶溪约他吃饭，他说自己在杭州，正月初三夜里刚回一趟青阳，天亮又赶回杭州了，我没细问因何原因这样匆匆来去。

仲春时，旧友谢勤带父母亲与舅妈来茶溪何园，她跟侄子跑去飞滑翔伞，我妻子在家做饭，我开车陪三位老人去青阳城逛逛。三位老人都当过老师，有的还做过校长，走在天主教堂那片草坪上，他们把拍的照片转发给儿女们，称自己到欧洲来了，兴奋得不得了。

这片古老欧式建筑早先做过一段时间小学教室，闲置下来成了垃圾场。施七斤写了篇文章《被垃圾包围的天主教堂》发表在杂志上，引起当地的重视，迁走垃圾场，修建了这片草坪。

五月上旬一个周日，我约老施去河滩捡石头。他说上午在写书法作品，下午有空。当天下午与他到一个叫宾山的山坳河床上捡石头。我其实是去看石头的，看能否用河滩美石给何园临水的地方做一面石头墙。车停在山坳一农舍前，我提着桶，他拎着几个尼龙袋子，尚未下到河边，溪水声早在耳边响起。河床中间的石头，往东看没有头，朝西瞧不见尾。我捡了一些，从河滩往路面上搬运。几趟台阶走下来，石头越来越沉，全无了当初的漂亮，竟成了负担！老施在河湾处不见了人影，我坐在河边出汗，等他回来。天色将晚，他才背着尼龙袋回来。天哪，三袋子石头，那时就是送给我，我也背不动了。老施一块不少，全部背上了岸，真像骆驼似的。

回城路上，老施告诉我，春节去杭州儿子家过年，初三晚上逛街，看到一处奇石店面整体转让，打包出卖三个专柜的各类玉石，还有几块雕工精美的寿山石。他爱不释手却囊中羞涩，咬咬牙打电话让儿子带钱来。不明就里的儿子慌里慌张跑来，了解实情后知道酷爱石头的父亲是下了决心，于是付款，连夜打包装车，店家派出三个人跟车。到青阳时天还没亮，运石到家，老施请来人吃了青阳的早茶，一同返回杭州。

施七斤做事执着，为了“爱”倾其所有上演杭州至青阳间这出午夜大戏。估计在青阳的男人间，绝不是他一个人如此执着，又如此疯狂。

多情光水

马光水不像施七斤是土生土长的青阳人，这个南陵后生十八岁从黄山林校毕业后，分配到青阳县林业部门工作，曾在占青阳半壁林业江山的林场任场长八年。他长年穿梭于丛林间，听惯了鸟语，闻熟了花香，以至他内心深处产生一种奇怪的念头：“只要窗外的鸟还在叫着，这个世界的人们就注定会活得宁静致远，会活得心安理得。”他不仅欣赏鸟，更羡慕鸟能飞翔于山林之间，筑巢而居，饮清风叶露，仙风道骨，神游天宇间，直面风雨，成就一生的绝唱。后来他调回县城工作，觉得城里鸟叫的地方越来越少，鸟叫的声音也越来越稀。于是抽空重返丛林间去听鸟叫，纵使弄得一身露水，放弃着斯文，沉浸在鸟粪的野香里，享受着夜风在身上抚摩的愉悦。

我不太清楚，这样一位山林中的猛汉后来被领导调到县文联工作，莫不是领导看出他身上流露出来的诗人情愫？当年山林中的小马在江南的烟雨浸润下，成长为一个跋涉于文学丛林里的知名作家。青阳的山水在他的心里生了根，眼里自然也就有了出奇的美。他甚至固执地认为：“江南的绿肥得可爱，嫩得可以捞起来。”他组织的“大家写青阳”活动，海内外居然拥来了许多知名作家。作家们行走在江南的烟雨中，看青阳山水，感悟其悠远的历史，还有浓郁的乡情。这些文章后来在各种媒体上发表出来，青阳因文章而走出江南，走向全国，也传播到海外。

马光水在县文联主席任上还真干成了不少事情。一个地方的文化与历史很多时候在很多地方仅是文人嘴上说说、领导会上讲讲，而青阳却有着真正的文化艺术作品支撑起地方文化大厦。我手头有一套黄山书社出版发行的《灵秀青阳》五卷本，从行走、风物、诗画、寻宝、魅力多个侧面展示青阳深厚的历史文化。这些行笔优美、有骨有肉的文章，多出自青阳各界人士，作者中有开药店、饭店的，有当老师、校长的，有搞旅游、务农的……只要言之有物、真情流露，真真切切反映青阳历史与现实的文章，唯文是选。我翻过不少单位或地方主编的一些“著作”，空洞得毫无血色，不堪卒读。而《灵秀青阳》《大家写青阳》却都是值得玩味品读的书籍。

马光水也经常组织当地作者采写本土文章。二三十个人，笔触对准同一个地方，皆写一篇文章出来亮相，既是比拼真功夫，也是互相学习的机会。青阳人口仅二十七万，却涌现出国家、省、市级别的一个庞大作家群体，这是非常难能可贵的现象。在青阳民间礼尚往来中，常可见来客携带一本自己的著作或一件作品，郑重其事地递给主人，大有古人之风。

相聚何园

我在青阳茶溪栖居日久，读着青阳文人或送或借的一些与青阳有关的书籍，越来越深地感受到宋代王十朋写《九华山》中的诗句“江南一岳占青阳，多少神仙此地藏”，有非同寻常之见。青阳境内的陵阳山更名为九华山，缘于青阳县令韦仲堪邀李白云游青阳时李白所作的那首《望九华赠青阳韦仲堪》诗：

昔在九江上，遥望九华峰。
天河挂绿水，秀出九芙蓉。
我欲一挥手，谁人可相从。
君为东道主，于此卧云松。

中国历史上在活着的时候官名与才华并非最为显赫，却因知己一篇文章留名千古的人，大概只有滕子京。大凡读过《岳阳楼记》的人，都知道滕子京的名字。写此文的范仲淹与滕子京幼时都在青阳生活过，考取功名前后还曾结伴畅游过青阳。去年夏天，我与大学同窗孙叶青、崔运华夫妇专程到青阳金龟原拜谒过滕子京墓，还写了篇文章。我们也曾寻访过那位“破山中贼易，破心中贼难”的明代思想家、军事家王阳明在青阳讲学的遗迹。

我曾行走四方，而今栖居青阳茶溪，与这些古之贤达神游，也要和今之青阳雅士交游。于是，这个周日，我邀请了青阳的一群文人来何园小聚。

那天中午雨停了，我把长条桌子搬到草坪上，套上红色桌布与白色椅垫，青山相依，绿树遮掩，步入园内倒也有几分诗情画意。青阳文化名人马光水、施七斤、秦少刚、刘向阳、曹其明、章小兵、曹远、程富春，还有一群美才女周玉荣、许承、方丽敏、张颖慧、王诗晓。他们行走何园，处处活色生香，一双双慧眼发现了我寻常并不在意的景致，应了那句“熟悉的地方没有风景”。他们的鼓励，让闲居于此的我生出诸多感动来。江南多雨，江南女子自古多才，况且青山之阳的这群优秀的才女结伴而至，举手投足，妩媚动人。她们留恋园区，或捧一本书慢读，或携一盒香茗，礼数与教养不言而喻。

是夜酒后有雨，青阳的文人们别了何园。临行时有美女追问我：“你还要历经多少场江南的雨，才会情不自禁地说自己是青山之阳的人？你不必说，我们以后会从你的文章里读出来。”于她们或许是种期待，于我是种鞭策，岂敢懈怠。

马光水先生回去后写了篇三百字的《何园记》，文采飞扬，谨附于此。

何园记

马光水

蓉城西南三十里，有茶溪小镇，镇内何园尤为别致，有红楼之称。辛丑四月十二日，天朗气清，欣然前往。

何园主人显玉、赛华夫妇，虚席以待，铺毡亦为红色。园内月季正红，相得益彰。佳木异竹，清流触石，清幽胜境，实为逸民退士之所处。

我以曾巩《墨池记》书法长卷以赠。及至观满园墨香，书画琳琅满目，名人字画比比皆是，方始略现惭色。

何园必有荷塘，荷叶田田，清风徐来，畅人血气。忽云从九华来，雨骤至，大珠小珠落于荷塘，水与阶平。眼耳之尘，心舌之垢，不待盥洗，满目清纯。足与晚清第一园林扬州何园比目。

茶溪小镇，乃疏凿荒芜而成，今已为邑之胜景。何园香草葳蕤，木欣欣，水泠泠，以裨形胜。

于晚宴，文友十余人，举杯畅怀，兴遣而归。

星霜荏苒

又见柿子熟了

昨天的风有些大，我院里柿子树上最后两个熟透的柿子掉落到草坪上，这一年里最后的风采就此收场了。树枝上的叶子已先于柿子落了，根根枝条裸露在冷风中，于严冬中孕育着下一轮的灿烂。

这两棵柿子树是去年冬季我爱人托人从江北带来江南的。当时就我与小狗狗们在何园，它们兴奋得乱跳，也帮不上我忙，我独自费了九牛二虎之力把柿子树栽好。开春前，我给树施了肥，今年春上，树发了新枝，开了花，在我的满心期待中结出了四个柿子。

好啊，四个柿子，事事如意嘛。我自小就喜欢柿子树，此前的大半生中很多时候渴望能拥有属于自己的柿子树，这大约与我儿时及进城后的两段经历有关。

我的家乡原是巢湖南岸一片滩涂上，后围湖造田，圩心是稻田，圩埂上住人家。我的家在一个叫陈垱圩的东圩埂上，田少人多，耕地宝贵，加之又是圩区，几乎见不到果木树。在饥肠辘辘的年代，每一棵果木树都寄托着乡下孩童太多的希望，一粒很小的果实能让我们兴奋很久。东圩埂一户老奶奶家的院里有两棵柿子树，树干比碗口粗，从春季一树繁花到深秋落叶满地，树上渐长渐红的柿子惹得周边的馋嘴大人小孩争相来看柿子止馋。这位老奶奶每年摘下柿子后，都会趁夜色给一些人家送点柿子，我也吃过她家的柿子，那时可是天大的人情。

柿子在饥饿的年代是一份生活期待，望梅止渴，看柿也能饱肚子。除此而外，对在人生行程中落寞的人来说，柿子也能给风雨兼程的行者以力量与希望。

我在都市红尘闯荡许多年，曾经于一片自以为很美的风景中迷失了方向，一脚踩进深坑不能自拔，差点丢了身家性命。捡条命重回红尘那段寂寥的时光里，我住在一个叫靶场路的地方，一楼有个小院子，院内有两棵柿子树。春光里，两树花开，一院清香。花落之后，那些柿子结出来了，一天比一天长大。

夏季过后，那些青色的柿子渐泛红润。我每天早出夜归，即使是深夜回来，也打开后门进院里看看那两树柿子。夜风里，月光下，两树沉甸甸的柿子像是一个个忠实的朋友，悄然无声地守望着我的归来，又那么羞怯地在夜风中轻轻晃动脑袋，问候夜归人。有一个周日，房主拿着两条尼龙袋子来，说是要摘柿子。我实在不忍心目睹他们将一个个还没红了的柿子从树上摘下，便借口出去在街头晃荡。这天晚上，我再回到住处时，眼睛盯着两棵柿子树，在一根根枝条上搜寻“老友”，直到把所有的枝头看个遍，也未见到一粒柿子。顿时情绪低落，就像一声告别都没有转身去了远方的人一样，空留下我独立院中。月光如水洒在我的身上，深秋夜风将温柔敦厚全变成了冷风泼进我的心里。

次日，我就匆匆搬离了靶场路，继续我今生的流浪。因为，我实在不愿夜里回去，再习惯推开门后连一粒柿子也见不到。我至今还记得那段时光里，从兰州大学毕业的陈瑞告诉我一句话：“当一片熟悉的风景不在了，很多伤痛是缘于自己的习惯。其实世界没那么糟糕，只要你愿意往前走，转角处有风景。”若干年后，我摸索上了彼岸时，请陈瑞吃饭，谢谢她当年那句让人醒悟的警世良言。

没有进城时，渴望都市的钢铁丛林能有一扇窗为我开，夜里能有一盏灯为我而亮。从乡村草田埂上真的挤进了城里，又好多年，许多人认识了我，不仅有窗户为我打开，有灯为我亮着，我采写的文章屡屡成了街谈巷议的话题，风光一时。甚至还拥有了高楼大厦，拥有不小的园区。谁又能知道，风光并不是无限的好，很多时候就像下水游泳，在水里没被呛死，费尽力气爬上岸，喘息未定发现连衣服鞋子都被人拾荒走了。

我坎坷半世，几经生死，回首来时的路，在红尘中扑腾几十个春秋，一事无成倒也罢了，还坏了身体毁了健康，只剩下心在乞讨。看着身边为我所敬重的长如李今枚、幼似杨洁乡弟，他们才华卓著，积劳成疾，忙碌半生还没来得及看看山、观观水，就撒手人间去了别处。更多活着的人依然憋着一口气，拼尽残存的力气与尘世琐事较劲，犹如年轻时一样不服输，总以为爱拼才会赢，在一身伤痛中徒增新的血痕泪迹。

对于像我这样好不容易从乡村草田埂上挤进都市红尘的人，欲脱离苦海哪能不挣扎呢？思量再三，人生实在苦短，总觉得人来世上一趟，不该如此为了生计累死累活在半途中，更没必要活在别人的眼里，甚至极为荒诞地活在我们一辈子都见不着的某些人信口胡扯的谎话里。

于是，在一个飘着春雨的季节里，我与爱人离别了都市，相携着流落到江南寻个栖身之地。理想早已远了，山间劳作也没空做梦，只是偶尔想一下有可能栽两棵柿子树，看着树枝发芽、开花、挂果，渐渐红了，慢慢熟了。山里石匠周桃泉说他家老屋前有两棵柿子树，现在搬家了丢在那可以送给我，让我找人去挖，要用吊车。一贯支持我奇思妙想的妻子沉默不语。有一天，老同学孙叶青、程国华来江南山里看我，我带他们去周石匠家看那两棵柿子树。他们回来对我爱人说：满山遍野都是柿子树，那东西没什么要头的。

我还是不死心，便去江北老家找范自才，他的故乡石头山上有许多柿子树。他领着我们夫妇在村里走了一圈，柿子树上挂满了红灯笼似的柿子，鸟儿叽叽喳喳叫。他说："柿子树栽多了自己吃不了，留给鸟儿当饭吃，它还不感你个人情，拉一地屎臭你。"可能他知道，我栽过蓝莓树、映山红、红豆杉，全都死光了，白费了天大的力气。省点力气看看别处的风景不好吗？

也罢也罢，姑且不去想那柿子树，实在想时就去别处看看柿子树。

这个初冬，我还真去了陶渊明曾生活过的东流古镇上看那里的老柿子树，长江在此处才"一江春水向东流"。我拍回了不少那里的红柿子图片，偶尔翻出来饱饱眼福。我在城里有位叫聂银的乡妹，她的事业很成功，每年来九华山小住。她看了这组柿子照片后称赞不已："拍得好，柿子留给鸟吃，人间好多事情算个鸟。"她自言在城里感觉快跑不动了，或是不想跑了，便进山寻一个地方且过些日月……乡妹还年轻，正走在路上，"山间日月"也仅是种调剂，她还有许多想法要到明天的街市上兑现，下山后她依旧会如陀螺一样旋转。

我已无欲望于繁华的都市了，山间的理想也越来越淡薄。闲居山野，偶尔写写光阴里的故事，仅就"柿子树"就写了好几篇文章了，连爱人都笑我："幸好树上只结了四个柿子，要是满树都是柿子，你还不写部著作出来呀。"哦，深秋时节，何园两棵柿子树上挂满红灯笼一样的柿子时，我就不写了，坐在石头上看那飞来的鸟儿享用柿子，听它们叽叽喳喳，或许它们在议论那些身处红尘旋涡里忙碌的人："你们的事情都算个鸟啊。"

冬　荷

入冬后，江南的气温明显低了许多。

尽管阳光依旧有暖秋的感觉，可早晚已是冷气袭人。九华山何园曾灿烂了半年多的荷花，在一阵紧似一阵的秋风秋雨里，还能顽强地挺直腰杆，绽放出最后一朵荷花，甚至还有嫩芽冒出水面来。可是入冬后的几场霜降，生生让一池池荷叶全褪尽绿意。横七竖八弯折在池中的荷叶秆子，还有那倒卧在池旁的莲蓬，不由得让人猜想：我们在睡梦里，她们曾与严寒、霜降做过怎样的激烈厮杀？那么冰肌玉骨，亭亭玉立，该当有怎样惨烈的斗争方才让她们宁可折断自己骄傲、高贵的头颅，也不屈从于寒冬，以这种方式来结束这一年轮里鲜活的生命？

荷之美，处在不同境遇中的人，对它们有着不同的怀想。即使如父亲和我，父子间的理解也截然不同。

我的父亲在他的第五个孩子出世前，已经饿死过一儿一女，那时排行老六的我还没有出世。那样的寒冬里，他趁着夜色潜入荒野的水塘里，踩的是荷之残枝下的莲藕，就那么泥巴巴地抱着回家，煮藕救饥肠辘辘的孩子们。他的腿上除了泥巴，就是血水。冰块划破皮肤流下的血，已和冰一样冷。他的嘴角露出笑意，看着孩子们狼吞虎咽的样子，至少明天饿不死她们。我大学毕业还没混出个人模狗样时，积劳成疾的父亲就猝然离世了。母亲执意坚守乡下的两亩地，不愿进城增添我的负担。

后来，在母亲“七十三、八十四”的节口上，我恰恰把老家的宅院都重新翻盖了。我曾几次要在母亲住的小院水池里栽上莲藕，她都极力反对。她宁可将水池放干，捉些鸡鸭关在里面养着，也不让我种莲藕。有一次，我回家又见池中鸡鸭，很生气地让姐姐们逮走，放水养泥好栽莲藕。

母亲竟然伤心地哭了。

我已过花甲之年的二姐说出了其中的秘密：母亲一见到莲藕就会想起父亲冬夜里从野塘踩莲藕回来，那两条被鲜血染红的泥腿……我是怎样地粗心，那么残暴地一次次揭开母亲心头上已结了疤的伤口。此后，水池依旧，由着她老人家养鸡也好，关鸭子也罢，我都不再提起栽种莲藕的事情。

母亲最后默许我在何园栽种莲藕，是今年春节后的事情。

过了春节，我母亲就九十三岁了。我们将她从老家接到九华山何园来住，遇上疫情封路，她原本过年是要热闹的，四世子孙，远亲近邻也过百口人了。可是他们都被堵在了山门之外，晚辈们只好轮着与她视频通话，老人家从各地反馈来的信息里隐约感受到情况非同寻常。她开始问我储存的粮食有多少，菜够吃多久，地里种了些什么季节的菜。她还让我扶着她进厨房查看存货与米粮油盐，到园中地里看看蔬菜的模样。

那些天，我闲着无事，便将去年无意中栽的两缸莲藕舀干了水，扒出泥巴倒缸，沿着缸的四周竟然挤满了莲藕。母亲在楼上看见了这一幕，她大声喊我的乳名大玉子，我们慌忙跑上楼。她让我们扶着她下楼看那两口缸里倒出来的莲藕。我心“怦怦”直跳，怕又触痛她的伤口。哪知母亲弯下腰捡拾起一节沾染泥巴的莲藕，看了又看，轻叹一口气，说：“这是能救人命的好东西啊！”

我趁机说准备早春来临前，将这两缸莲藕作种藕分栽到园子里的大大小小缸里去，夏天一园荷花也好看。母亲说：“你只想到好看，没想到它能救命。”她指了指门前的水塘，“那塘里也可栽上莲藕，几年时间能长满一塘藕。”我闻言大喜，至少母亲不再反对我种莲藕了，便说：“江南向来有栽种莲藕的习惯，沟河渠塘里，随处可见莲花，古代人为此写过许多诗呢。”母亲说：“写诗的古人肯定挨过饿的。”

我就这样将两缸莲藕分栽到园内能见到水的地方，哪知几缕春风、几场春雨后，水里不断有新芽冒出来，尖尖小荷由小变大漂浮在水面上。春风渐暖，春雨连绵，荷叶下的秆子不经意间将荷叶顶出水面，荷叶秆子渐长渐高，亭亭玉立起来。那一顶顶荷叶长开了，形如一把把绿色的伞，给亭亭玉立的荷秆挡住暴雨与骄阳。而荷秆顶天立地，任尔东南西北风，为稳住头顶上的荷叶，自己把根深深植于泥土中。藕丝相连，息息相通，每一场风雨共同沐浴，每一个骄阳一起温暖着。

渐渐地，一池荷叶，半池莲花。渐渐地，一园荷叶，半园莲香。那个时节哦，你步入何园，处处莲花，步步藕香。山在荷叶间，树藏莲花瓣。人与那些穿行在花儿叶儿间的蜜蜂与蝴蝶相伴而行，你可别想赶走它们，它们忙着采花酿蜜，也无暇顾及你。相逢是缘，相安无事，各自照顾好自己吧。

那些季节里，到何园来的客人赏荷闻香，临走时都要随手采摘许多莲蓬，将一池池荷香带回家。他们都曾读过古人写江南之荷的诗词，终于自己也成采莲人了。是他们走进了古人的诗词里，还是古人丰富了他们的想象力？带着荷花香，回程途中说不定就有好诗吟出呢。再过一千年以后，那时的人们在诵读现在游何园者写就的妙诗美文时，又该怎样猜想当时游何园赏荷者的心得体会呢？

风渐渐寒冷了，灿烂的荷花凋零入池。我与妻子小心翼翼地将残荷弯枝收拢起来，捆扎成一束别样的花，带进书房，还有品茶的桌旁。我捧着一本徐志摩的诗选，晒着冬日阳光，那些残荷弯枝静静地承受着我依旧热烈的目光。我是不愿用枯萎来形容它们的，它们现在的样子分明是生命的延续，或它们生命的另一种存在状态原本就是这样子的。我们年少时不懂它们，委屈了它们太久，伤害或许有些深。可是它们从不言说自己的伤，依旧在不同的季节里把自己别样的美呈现给我们。

待我们差不多攀过八千座山，蹚过九千条河，现在好像有些懂了。至少我不会再用“枯萎”来形容它们，就连“残花败柳”也早已受到我的尊重，抑或是敬畏。我们欣赏了它们常人能看懂的美丽，怎么能残忍地用异样的冷眼来对待它们生命的别样状态？！有一个声音在耳边回响：善良的人啊，人生四季，季季都有风景！

连着几天，我都在清理荷池，运来秋浦河的沙子撒进荷池。我要保护好它们留在水里的母根，留待下一季春风春雨来临，它们又满血复活，再给我们满满的芳香与意外的收获，那将是怎样惊喜呀！生活中有期待，寒冬不会太冷，春风夏雨也就不会遥远了。

艾 草

每年端午节，我与爱人都要去买些艾草，回来晾干、晒好，存留下来。我对艾草的印象，还是缘于儿时母亲对父亲的特殊照顾。

我父亲一辈人有兄弟四个，父亲排行老三。原本贫穷潦倒的农家，两场战争将家庭的重担全压在了我父亲的肩膀上。他的大哥何德富得天花时落下后遗症，秃头麻子脸。但天生神力，曾随金牛山南孙立人将军家护卫习过拳脚，三五个壮汉近不了他身。东圩埂老一辈人亲眼见过，他在碾谷场上运气后仰卧，壮汉们抬大石磙压他肚皮上，他发一声吼，石磙滚出多远。他还有一绝活：抵棍。他双手握棍，一群壮汉合握棍的另一端，两端发力较劲。他扎马步下沉，能让众人四散跌倒，他却纹丝不动。1938 年 5 月，他在金牛山参加新四军被编入二师四旅十二团一营，任重机枪手，1945 年 4 月战死，牺牲时是重机枪排副排长。我父亲的弟弟何德余以大哥为榜样，当志愿军赴朝参战，当司号员。吹号时炮弹落在附近，两耳膜震破，成了聋子，领张残疾军人证回乡跟我父亲种田，后来胳膊又被打断了。

这家老大战死无音讯，老小伤残少人问，老二脾气暴躁，与人一言不合，即以死相拼，终致早逝，一个大家庭的担子全落在了我父亲的肩上。我爷爷去世时，父亲将门板拆下来请木匠打口薄棺材收殓下葬，奶奶死时从人家讨要一张芦席卷了埋了。我的一个哥哥和一个姐姐六七岁时死在母亲的怀里，活着的三个姐姐都没读过书，我家识字自我始。我上小学刚会写字，父亲冬季农闲就带着我去访问他大哥那些活着的老战友。他们问答，我记录，再念给他们听，加以修改后，让老战友在每页纸上按手指印。我清楚地记得他们说平时四人抬一挺重机枪，我大伯一人扛着就跑，枪法极准。父亲后来把我小学阶段这些“采访本”送到县里，上面派人调查。1974 年春，县里通知我父亲去领了一张“何德富同志烈士证”，给了他十元车票补助。他的弟弟伤残了，找不到老婆。还是我母亲说合，把自己同母异父的妹妹嫁给他。

我们是巢湖梢尾的一个圩区，雨大则涝，雨少则旱，即使是风调雨顺之年，一家人也难挨青黄不接之春日。每过立秋，父亲就步行下江南，沿路给人家打短工，最远到过贵池、黄山。那时路遥山陡，全凭两条腿走。一直累到春节前，攒些山芋干、玉米面、南瓜等食物，父亲一根扁担挑过江南山水，挑过长江，挑过风雪……

我听我母亲与姐姐说过，父亲赶回家过年的路上，舍不得吃东西，有时饿极了抠两块山芋干嚼嚼，喝池塘水，夜里住人家草垛边。他回家后要睡几天几夜，才活过来。我父亲的两条腿一到冬季就肿胀起来，大约是那些苦难岁月落下的病根子，一辈子也没好过。父亲的腿肿胀厉害时，裤子穿不上身。父亲白天下地干活，走路几乎拖着脚。夜里，我在煤油灯下看书，他的呻吟声就从未间断过。我记得父亲实在忍不住了，便叫我去拿条毛巾来，他拧紧后塞嘴里咬住，以免哼出声音影响我学习。

家里米缸常是空的，母亲也找不到钱送父亲去看医生。她每年端午节多晒几把艾草，阴干后吊房梁上。入秋后的晚上，母亲从房梁上取下几年前的艾草放锅里煮水，将艾草水倒进木桶，底下垫只小凳子，让我们小心地搬着父亲亮晶晶的腿脚放在木凳子上，她取大毛巾把木桶上方空隙堵严实，招呼我们不断给父亲的水杯里添加开水，偶尔放点红糖。汗珠慢慢爬满父亲的额头，淌下来。母亲不准我们摇芭蕉扇，只许拿干毛巾帮父亲擦汗。

父亲终于汗透衣服，身体软了，坐不稳板凳。我就在他后面用身体抵着，不让他跌倒，尽量让他多蒸熏一会儿。父亲实在太累无力了，我们一起出力搀扶他躺在床上。母亲让我扒下他湿透了的上衣，她把大毛巾在艾草热水里泡透，拿出来拧干，给父亲擦洗前胸后背。父亲哼哼哼的，声音里听出来他很轻松舒服，母亲早已是一头大汗。她把大毛巾往盆里一扔，“你哼哼去吧，叫你儿子给你擦”。我学着母亲的样子给父亲擦身，母亲交代我：“水凉了就不要擦。”父亲睡着了，一点声音也没了。我细细地给他擦干净盖上被子，再拧毛巾擦洗他的十个脚指头，根根脚趾都裂开许多口子。我从姐姐们那挤些雪花膏抹抹这些裂口，然后把脚塞进被窝里。

家里有艾草飘香的冬夜里，我在煤油灯下看书时，就听不到父亲的呻吟声。

我很小的时候，夏天夜晚随父亲去稻田逮泥鳅抓黄鳝。夜里瞌睡得不行，便牵着父亲的衣角深一脚浅一脚踩着他的脚印往家走，生怕一脚踩歪了跌进稻田里。有时从瞌睡中惊醒时想：要是没有父亲的脚印，我可怎么办呀，黑夜里跌倒、迷路都是很害怕的事情。

我父亲六十八岁那年夏天，我的三姐夫重病，我在单位医院找专家给他做了大手术，三姐照顾他一个夏天。父亲一如他年轻时候，大哥与小弟在战场上出生入死，他肩扛全家重担。这次，孩子们遭遇厄运，他拖着肿胀的双腿一个人在农村干两家的“双抢”。

父亲累垮了！ 1995年的那个“双抢”。

入秋后，我回家次数比往年更多，每次跟父亲去看他的稻田，走着走着，就听不到父亲的说话声音了，回头一看，他落到了我的身后。我转身走近他，我们父子俩又一路说着说着，又不见他了，我又回身去扶他。父亲很是不好意思，“现在腿不争气，抬不起来，拖你的步子了”。我下决心带父亲进城生活，父亲也终于松了口，答应等晚稻收割上来了，就随我进城，从此后不种地了。村里人见面就说他熬出头了，要跟儿子进城享清福了。连我的母亲也说，以后让你儿子侍候你，他已学会用艾草水给你熏蒸老腿了。

冬雪就要下了，我回乡下接父亲进城，正赶上他过生日。父亲以为我是来陪他过生日的，很高兴。晚上，父亲卷一床棉被去碾谷场上看守稻谷，我接过棉被扶着他去圩心。黑暗中我一手抱棉被，一手搀扶着父亲，小步下圩埂。我明显感觉到父亲身体的重量越来越重地压到我的身上，想他天天爬上爬下这圩埂，还要挑担子，要多大毅力啊！到了稻堆场，父亲说，今年这堆稻大约两千斤，比往年多收了三百多斤。我帮他支几根竹竿，撒些稻草挡住露水，父亲把棉被铺在稻草上，我们父子俩钻进去聊天。

父亲自述身体大不如前了，腿也越来越不争气，叹口气说：“我们俩父子一场，恐怕就要分手了！”我大惊失色，忙劝慰父亲，以后进城不干重活，慢慢调养就好起来了。父亲说：“我在家算来算去，我死了，至少要花去你五千块钱。我一生没本事，没给你留下家产，却给你添了这么大负担，真是对不起你！”父亲的声音哽咽起来，我抱着他说：“您是太累了，别多想。您养我小，我养您老，一切都会好起来的。”父亲在我的怀里抽泣，我的手上满是父亲的泪水。父亲终于答应了我：再晒两个太阳，稻谷干了，请人挑回家，你就来接我进城。

我回城的第三天上午在办公室接到堂哥大华从镇上邮局打来的电话：“伙介，你大大走了。”他怕我没听清楚，大声说，“你父亲今个早上死了。”如五雷轰顶，我跌倒在地。“父亲啊，我的老父亲！”他是在把两千多斤稻挑回家码放好，早上一跤跌下去就没了动静，也将我们父子一场的梦跌得粉碎……

二十五年后的冬季，我九十二岁的母亲随我在茶溪生活。因为疫情封路，成全了我离开家乡四十二年来最奢侈的事：我们母子朝夕相处了四十二个日日夜夜。其间有一天母亲似乎迷糊了，也没吃东西。次日她自己洗头，梳理头发，精神好了起来。母亲说：“昨天迷迷糊糊的，好像你父亲在我耳朵边不停地说，你不能死在儿子这新屋，你要回老家去。”我笑着安慰母亲。路途解禁了，母亲还是要回老家，在她九岁就来做童养媳、生活了八十三个春秋的东圩埂老宅里，安详地走完了一生。从此以后，对于出走半生、漂泊不定的我来说，家乡终成了故乡！

今年的端午节，我与爱人依旧去买了艾草，买得比往年都更多一些。秋风乍来，人生愁起时，或是寒冬里人生有一种异样的冷袭来时，我想我的父亲，想我的母亲时，我们取一捆艾草，点燃一些，再煮一屋艾草的味道，我眯上眼，于泪光中回味今生与父母亲父子一场、母子一生的情景。我在泪光中说一声：我在世上还好，你们在那边要彼此照顾好。你们一生辛苦养育的八个儿女，四个在那边陪你们。终有一天，我也会翻山越岭去找到你们，那时再无琐事烦心，我就专心陪护你们。

熬　粥

骨子里的一些习惯，往往是难以改变的。就像熬粥这件简单不过的事情，我们家熬粥的习惯，就一直没有改变，即使到深山里也没改过，甚至还将熬粥做成了有益于别人的事情。

我开始熬粥比较多的时候是爱人办外贸工厂那些年。那时事业火红，各项业务交往繁忙，加之买地、盖楼，送往迎来很多，晚上极少不请客吃饭的。中国式的请客吃饭，没有不喝酒的，而且一喝就多。夜里难受，早晨爬不起来，勉强起床也没空吃早饭，忙碌到中午时又要上酒场，晚上还有约好的饭局……

日复一日地连轴转喝酒，再棒的身体也会出现故障。酒局很多，喝酒的路亦很长，而身子骨仅有一副，无可替代。痛定思痛，我们明白再这样喝下去，喝坏的就不仅仅是胃了。多少次酒后醒来赌咒发誓再也不喝酒了，又因为要请人吃饭，于是又喝……那时爱人是董事长，每场酒局，喝得最多的也是她，胃出血已不是第一次了，夜里疼得呻吟。万般无奈之下，我起早熬粥，等她酒醒后喝上一碗粥，至少比空肚子去拼命要稍好一点。

起先熬的粥也就是白米稀饭，适合酒后养胃。后来，里面加些豆类与花生等物，一起熬。添加的东西多了，爱人说："你熬的八宝粥比买来的好吃啊。"这当然了，我熬的粥是新鲜出锅的，人家卖的八宝粥不知道是几个月前生产的，怎么能比呢？有时她来不及吃早饭，我就将粥装杯子里，我开车时让她在车上喝粥。

我向来认为世上食物，唯有新鲜、应季才更适合人体。我家的冰箱也成了存放茶叶的专柜，除此之外，再好的食物往冰箱里一放，我差不多就会忘了它们。常言道，宁啃鲜桃一口，不吃烂梨一筐。我是宁吃一把新摘的青菜，也不吃冰箱里的肉鸡。

世事难料，终于有一天，我爱人将外贸工厂开进了深潭里。痛定思痛，我们决定断臂求生。我爱人将繁华地段的几十亩园区和两万多平方米建筑抵了债务，将几百名员工解散了。尘归尘，土归土。那年腊月三十上午，我们夫妻俩最后一次给工厂内所有大门贴上红门对，我们俩在厂区步行一圈，临出厂门时给门卫师傅些烟酒过年，并请他为我们俩在厂门口拍了一幅照片留念，算是告别了我们的一个旧时代，生命重新出发。

一个春节期间，我们俩相继病倒。稍微能起床时，我们决定离开都市。那年的春雨中，我们到了江南九华山，路过茶溪小镇时适逢杨柳飘舞，两栋房子间的两面白色墙上各书两个大字：放下，知足。是啊，我们“放下”了所有，能活着离开那座都市，应当“知足”了。那些日子里，我们购买锄头与铁锹等工具，垒石修坝，开荒种菜，还试着种莲藕。偶有旧友来山间看看我们俩，我们也是早上熬粥，午饭一块豆腐烧肉，地里摘些青菜，简单易行。

我清楚地记得，庐江城里一位叫李世宏的朋友与老同学范自才冬天给我们送来了两只咸鸭，叮嘱我们平常中午可蒸几块咸鸭，嚼起来香喷喷的。他们大约没好说出口，只是希望这香喷喷的咸鸭给我们清贫的山野生活增添点生活的味道吧。我大学同学孙叶青在一家中学当校长，每年春季都寄些新茶给我喝。我说我在山里，茶叶能搞到。他说，“山里人也不白送你茶叶，喝我的”。

他们回城后，对我说，早晨的粥好喝，喝出了小时候的味道。后来，范自才还在雨季来临前，让我提前把绿豆泡水里，他专程进山陪我在山坡上冒雨撒下绿豆种子，称这些绿豆以后夏天熬粥是好东西。慢慢学会这些种菜点豆的技术，我们收获的豆类瓜果也多了起来，晒干后装布袋存储下来，熬粥时伸手从几个袋子里随手抓来，这粥的味道自然有别于平常的稀饭了。

我们有时邀请邻居或是路过茶溪的行者来喝粥，并配上几碟小菜，还有豆浆或是豆腐脑，听着他们的夸赞，我们也乐在其中。进山这些年，每年腊八我们都要熬制一大铁锅腊八粥，烧的是柴火，水也是山泉水，白米加进了更多的山野果实，粥香百米。邻里们闻香而来，身着节日服装，非常有仪式感地来喝粥。有时他们家来了远方的客人时，也会主动跟我们打招呼，能否熬上一锅粥？让我的朋友品尝茶溪粥的味道。于是，我们又快乐地忙乎起来。

今年春节后，我爱人居然将这喝粥的场所挪出了家门。她说，在家熬粥，不熟悉的人不好意思进家喝粥，要到一个公众场所熬粥，凡闻香而来者皆可免费拿碗喝粥。她的建议得到了邻居们的赞同，日子就定在“二月二”龙抬头的早晨。

头天晚上，我们就精选了十几样豆类坚果，起早烧柴火灶铁锅熬粥，炭火微烧，慢火出真味。爱人烧了她拿手的农家土猪肉，还有咸蒸，当然少不了山野菜。天亮时，她已忙好了不少于十个菜品，色香味俱全。她让我帮忙搬上车，一次次运往前面行人较多的临时粥屋，早起的邻居们来了，笑语喧哗，仿佛在迎接一个隆重节日。有行人路过闻声进来，深吸一口气，不自觉地说：“好香，今天是个什么好日子吗？”邻居们笑了：“寻常的日子呀，喝粥吧！”“我能喝吗？”“不要钱？”得到肯定答复后，行人欣喜地拿碗盛粥，揭开一个个盖子，感叹居然有这么丰盛的美味菜肴。

那天一个上午，都有行人进来喝粥，一个细心的邻居大约计数喝粥的人至少有五六十人。众人惊叹我们从哪里弄来这么多碗筷、碟子呢？呵呵，我爱人厂里员工聚餐时，碗筷够一下子开几十桌的呢。后来厂子散了，更多厨房用品让员工们拿回家用，我们仅带了极少数碗碟，没想到在山里派上了用场。

今天又是逢五之晨，恰巧周六，爱人又要起早熬粥，天亮后施粥。我晚上睡得早，半夜里起来看可能提前帮她做点准备工作，谁知她昨晚已备齐了所有的东西，只待早起熬粥了。我又不好回房内睡觉，以免惊动了她。于是，我端坐到电脑前，草草写就这篇《熬粥》，算是一个纪念吧。一个原本在城里带领上千名员工谋生就业、养家糊口的领头人，现在也就在江南茶溪小镇熬粥、施粥了。或许是她心中还未放下的情缘，无力普度众生，那就且让有缘人喝碗粥吧。

西　瓜

西瓜，在庐江金牛乡村孩童眼里曾经绝对是件稀罕物。整个少年时代的夏季，偶尔得到一小片西瓜，会啃得连瓜皮也不剩下。那里至今还流行“我们没有瓜皮啃”这句老话，原意是连瓜皮也啃不到，后来延伸到彼此间没什么瓜葛。那时候，要是路上看见一小块西瓜地，我们的两只脚都走不动了，一步三回头，恨不能把地里一个个滚圆的西瓜看个够。我家在金牛镇陈垱圩，圩心稻田养活埂上庄稼人，埂上垒土墙筑屋住家。寸土寸金的圩心种西瓜是极奢侈的事情，谁能舍弃金灿灿的稻谷，而去种那西瓜？

偷　瓜

我刚上初中那年夏季，陈垱圩心有人在高地种了很小一块西瓜地，瓜秧扯藤时我们小伙伴心头就燃起了希望的小火苗，放学时喜欢绕到那片西瓜地边上走走，看着花儿朵朵开，瓜藤爬满了垄上沟里。我们心生欢喜，于是开始一分两分攒钱，期盼着这个夏天能在家门口吃上一片西瓜。有一天中午，我和大富、大永等小伙伴捏着攒了半个夏天的几角钱，顶着烈日去那片西瓜地。中午太阳毒辣，瓜棚里有几个人在乘凉，从我们走近西瓜地时他们就警惕地盯着，以至有两个小伙伴不敢上前。我攥着零钱，大胆走近瓜棚，还未等我说话，棚里早有人厉声说：“青天白日，你们敢来偷瓜，老子打断你们的腿。”我声称是来买西瓜的，把手板心里的零钱伸给他们看。他们连棚也没让我靠近，吼声“滚，滚远点”。

烈日下，我们钻进水塘里消暑，合计晚上去偷西瓜，以出心里憋屈的气。当晚，我们几个小伙伴守候到夜深人静时，悄悄顺着田埂爬近西瓜地。那时早稻抽穗了，我们匍匐在田埂上忍受蚊子叮咬，一动也不动。

直到下半夜，看瓜人睡了，我们悄悄潜入瓜地旁的水塘里，扎猛子触摸到瓜地边的塘埂，才从水里冒出头来。侧耳倾听瓜棚里传出的鼾声，我们从水里爬上塘埂，弯腰走进西瓜地。月光映照下的瓜地里，一个个滚圆的西瓜表面泛着一层亮光，夜风轻拂瓜叶，那点点亮光若隐若现犹如萤火虫一般。大富早已怀抱两个大西瓜，他摸近我的身边晃了晃头，示意赶快摘瓜走人。我慌乱间也摘了两个西瓜，跟他们从塘埂边跑了。

我们一口气跑到安全地带，放下怀里的西瓜，大大小小加起来十多个呢。我们用拳头砸瓜，怎么也砸不烂，索性搬起来往田埂上掼，四分五裂后抓起来往嘴里塞，又忙吐出来。那晚，我们砸烂了偷来的西瓜，也不见有熟透的，胡乱啃了一些，困倦极了往家走……

卖　瓜

斗转星移，我从家乡草田埂上挤过高考独木桥，继而又挤进省城当时最为火红的一家报社做记者，还干到了首席记者。那时居民家还没像现在普遍装空调，多是靠电风扇度过炎热的苦夏，而西瓜无疑成了市民驱暑解热的最佳凉品。那时候，城市文明创建比天气还热烈，街头巷尾驱逐摊贩，市民白天难找到卖西瓜的摊子，要跑好远的路到周谷堆或是大市场里买瓜。

有一天早上，我在环城公园跑步，看到一伙人在砸一个手扶拖拉机上的西瓜。地上全是四分五裂的西瓜，熟透了的西瓜水流了一地，红得像血。那对卖瓜农民夫妇自称半夜才从长丰开进城，一个西瓜还没卖出去，不让卖就放我们回家吧。农民发动拖拉机开着跑，一个年轻人抓起一个西瓜朝他砸去，正砸中瓜农的后脑勺，一头一脸红红的颜色。我见状上前呵斥，那伙人凶巴巴上来找我理论，我大声说：“你们这样欺负瓜农，良心给狗吃了。”我转而对围过来的那些早锻炼人说：“我是 ××× 报首席记者，你们与我共同见证这一幕，我现在报警。”那伙人见围观的人面露怒气，骂骂咧咧走了。

我打电话叫记者丁贤飞与陈瑞立即到现场，我陪瓜农到派出所作笔录。当天，我们写出一篇报道，我配了《市民多吃瓜，瓜农早回家》的评论文章在报纸头版刊发出来，引起极大的反响。报社组织多路记者，深入到瓜农田间地头跟踪采访记录他们种瓜、摘瓜、运瓜的辛酸过程。

报社记者们分头联系自己熟悉的单位，动员集体购买西瓜，为瓜农解难救急。报纸每天挂着“市民多吃瓜，瓜农早回家”字样的栏头，连续报道此事，引起领导的重视，省城圈出上百个西瓜摊位，让瓜农摆摊设点卖瓜，市民也就近买瓜，大家都方便。

那段时间，老家金牛有人给我打来电话，他们从报纸上看到我天天帮瓜农卖瓜，便诉说了金牛也有许多瓜农限于运输困难，西瓜卖不出去。我联系好了爱心单位，并动员他们派货车到金牛拉西瓜进城，回单位分发给员工们。我让金牛的几个熟人，沿着公路设几个集中点，将瓜农各家的西瓜过秤记账，待货车来时集体装车，得了钱款后再按各家斤两分钱。相信的瓜农就照着方案摘瓜运到公路旁，将信将疑的瓜农持观望态度，不肯摘瓜运到公路边。

那些天从省城开往金牛的拉瓜车来来往往，有些瓜农不放心，跟着货车进城讨钱。我清晰地记得，有一次天太晚了，没有回金牛的车，几位瓜农滞留省城街头。我闻讯后找到他们，在南七找家宾馆让他们住宿。这家宾馆的负责人听说是瓜农，不仅免了住宿费用，还招待瓜农晚餐，喝了啤酒。他们回家一说，打电话找我的人更多了……

唉，谁让我当年月光下带小伙伴们偷了老家瓜农的西瓜呢。

看　瓜

前天晚上，我看到金牛镇夏雁飞镇长发的一条抖音，金牛乡妹姚明月出镜说：“金牛镇第三届西瓜文化旅游节即将开幕，快来金牛瓜分甜蜜吧。”现在城乡间，西瓜早已不是稀罕物，庐江金牛农民春光里多在田拐岗头间栽些西瓜秧，留着夏天结瓜自家吃。西瓜熟了，行路人口渴随手摘个西瓜解暑，也是很正常的事情。

瓜地处处有，不见看瓜人，不用像我们少年时半夜爬草田埂偷西瓜。而金牛镇搞西瓜文化旅游节，凭什么吸引四面八方宾朋来呢？

我给金牛中学老同学李世树去信问及此事。老李当年是同学中的奇才，我们数学都还搞不懂时，他给中学代课教数学。我们没钱交学费眼巴巴看着家长时，他跟同村长辈张林周借辆板车跑舒城晓天山里，赊两千只篾篮子，把山里篾匠带出山，吃住在他家里，负责安装篾篮把手。他与张林周拉板车走村串户叫卖。一只篾篮赊时 0.28 元，装好把手卖出价 0.45 元，得到的利润三人均分。他被挤下高考独木桥回家种田，栽培蘑菇、种西瓜是远近闻名的能手，高峰时曾带动上百户农民栽培双孢蘑菇，成为胡玉美酱原料供应商。他种的西瓜好吃，中科大数学教授郑业龙等人每年都要买他种的西瓜分送亲友们，我也专门跑他的西瓜地里看过。

当晚，老李回信：“伙介，孙立人将军故里的金牛镇农民现在不仅开耕出一片片芳草园，而且各种特色农业有声有色，金牛成了城里人向往的大自然乐园。”

于是，我决定回金牛，让女儿起早开车送我回金牛镇。

车从合肥出发，过三河在汤池北道口下高速，到金牛山孙立人将军故居只用了四十分钟。李世树早等候在那，他带我去街上吃金牛大饺子，一块钱一只，香喷喷、脆酥酥，一咬都是儿时的味道。老李劝我别吃太多，留点肚子去瓜地吃西瓜。我坐他的三轮车从古镇街上走过，他回头逗笑：“看看古镇上可有小芳认识你，请你干中饭，我跟着沾光喝酒。”老李没带我去他的西瓜地，而是到了古城王方清、王宗兵父子俩的西瓜地。正巧有外地瓜贩到地里买瓜，我们仨各抱一个西瓜合影留念。

王宗兵大学毕业曾在城里做事，十多年前回家跟父亲流转了三千多亩农田，与农户成立“千万家”合作社，分传统水稻、稻虾、西瓜三大板块。今年合作社种了一百二十亩西瓜，买西瓜要等三天，瓜熟蒂落，急不得。西瓜季节性强，瓜熟后就种蔬菜，蔬果轮作增加收入。我在瓜地目睹瓜农挑熟瓜摘下来装车上，好几辆运瓜车停在路边。

再好的西瓜也吃不了多少，到金牛古镇也不能只当个吃瓜群众。李世树眼珠一转，“上车，我带你去稻虾田捉虾、逮黄鳝”。老李带我到李世叶家门口，世叶刚把早上起网的龙虾送到镇上交货给贩子回来。他前些年就流转了五百亩农田，稻虾混养，现在早上一般要起上来两千斤龙虾，野生黄鳝也有二三十斤，上街就被人买走运走。

世叶很平淡地给我们讲了一个残酷的自然法则：大拇指黄鳝吃二拇指黄鳝，龙虾小时被黄鳝吃，龙虾大了吃黄鳝。很多人搞稻虾混养，到后来见不到多少龙虾，也逮不到黄鳝，就因为没及时捕捞上来分等级合养，被它们互相吃掉了。世叶每年夏季养五千只左右的鸭子，放野外从不归家，自家稻田、虾田，随它们找食吃。到了深秋，外面人进稻田抓鸭子，头顶上飞的都是鸭子。

李世叶比我小三岁，一双手骨节粗大、掌指厚实，他说早晨伸手进笼子里抓虾，虾贩子惊叹龙虾咋不咬你手？不是不咬，是咬不动。熟悉农情的庐江县直机关原书记范自才说，世叶承包土地款与人工开支，一年起码要五十万元。养的水产真正是纯天然、绿色食品，只是没有品牌、没有人手挑拣粗加工，都很便宜地卖掉了，龙虾还不到五元一斤，散放吃虾、泥鳅长大的野鸭子才十二元一斤，回家炖鸭子汤连隔壁人家小狗闻香都急得直转。我捧起世叶的那双手，无以言表内心的敬重。世叶已经尽力了，他只有这一双大手。

世树怂恿我说："你不是要动手参与吗？这里最缺的是人手，几百亩水田里的虾网要人收，虾网里钻进去的黄鳝要挑出来，还有千亩莲池采摘莲蓬，随便找一样事，保证你玩得欢快。"世叶一听，站起身来说："下午就来，我们去收虾网逮黄鳝。"临近中午，夏雁飞镇长喊我去吃饭，他说没有大鱼大肉，有几碟小菜你能尝到小时候的味道。

小菜上桌时，扑面而来的果然是儿时的味道。腌萝卜、臭豆腐蒸小菜、干泥鳅、渣马齿苋、五谷丰登……夏雁飞虽然年轻，说起金牛如数家珍，他说金牛不仅是孙立人将军故里、三国安城旧地，岗区土壤适合种植各类果物，而圩区泥巴适合水产。一同吃饭的堂侄何锋林讲有一个叫马复荣的无为人在陈垱圩心租田栽种莲藕，去年虽遭洪灾，仍赚了一百多万元。同桌人跟我讲当地一对夫妻在杭州市郊租了二三十亩水面栽莲藕，自种自挖自运市区卖莲藕，这些年来在杭州城里"种"出了三套房子……菜是儿时的味道，身边发生的种种新农村故事又是别样的好，无酒也欢。

金牛古镇距省城才四五十公里，合庐产业新城强力兴起，交通非常便捷。在金牛好吃的何止是大饺子，也不只是西瓜；好看的也不只是桃红柳绿。只要你来到金牛，穿行在千年古镇历史风云的雨巷里，随意向左或是向右走走，与肩担生活的老农闲话，或是与迎面走来的小芳们聊聊，你会感受到在金牛无论是做个吃瓜群众还是看瓜群众，都是件很幸福的事情。

桑叶里的桑梓情

桑叶能吃，而且是春季一道很不错的时令菜，这是我到江南九华山茶溪小镇后才知道的事情。

那是春分后的一天晚上，从东北来九华山行医多年的老中医岳大夫两口子请我吃饭。席间就有一道凉拌桑叶，食之软糯筋道，有股别样的春之气息。岳大夫说，桑叶从野外采摘回来，清水洗洗，焯两三分钟，盛进碟子里，加热油与少许盐，拍些蒜瓣拌拌，就能把自己当回蚕宝宝了。饭后，岳大夫见我有惋惜嫩桑叶日短之慨，她说：“经霜历雪后的老桑叶晒干后泡水喝，是一味对人体益处甚多的中药。”

此后，我几次提竹篮去山坡上、水渠边采摘桑叶，照例烫后凉拌，还与几味野菜一道切碎揉进杂粮面里，做成窝窝头，蒸熟了当饭吃。

闲在山野，将这些桑叶的吃法照实写出来，一些旧友取笑说：“世上可吃东西太多，你怎么与蚕争食呢？”其实，在古有“青山之阳”之称的青阳境内，无论是山野间，还是农田埂上、水沟两旁，随处可见桑树，就连农民家门前也有大片的桑园老桩，并不避讳“前不栽桑后不栽柳”。桑叶，在青阳绝不是稀罕物。我找来《青阳县志》《漫步秋浦》等书籍来读，真是大吃一惊。原来，仅有二十多万人的青阳县，早在民国初期，全县桑蚕产量曾占到全国总产量的五分之一。

青阳紧依长江南岸，属丘陵地区，气候温和、雨量充沛。据相关史料记载，“青阳沙土最宜植桑。安徽丝产集于大江之南，而青阳质量，皆允推第一”。当时国内很多著名的蚕种场都争相到青阳建场，植桑，养蚕，育种。1936 年，国内著名的“大有蚕种场”场主邵申备就来青阳兴建蚕种场，培育良种，普及推广，并行销于国内外市场。中华人民共和国成立后，全县曾有过三次大规模的栽桑高潮，桑园面积曾达三万七千多亩，境内随处可见缫丝厂，蚕桑业成了出口创汇的重要产业，青阳的丝绸成了丝绸之路上的重要货品。

世人只知青阳境内的九华山上寺庙多，却不大知晓青阳竟是桑蚕重地。怪不得一入青阳境，村落房前屋后随处可见桑树。春季里，桑葚熟透了，当地人喜欢泡桑葚酒，家家存储桑葚酒，一般人家泡够一年喝的。若是当礼品招待人或是送外地亲友，那自然会泡得更多。我接触的青阳男人，即使是古稀之人，天天劳作，依然会红光满面，身板硬朗，声若洪钟。他们无一例外，晚上一准在家喝上三四两桑葚酒。偶尔喝寻常的白酒，他们会皱起眉头，咂咂嘴巴，扔下一句："这酒不得味。"于是，从腰间摸出自带的桑葚酒，有滋有味地喝着。

青阳的桑蚕业走得很远，行销国内外。可走得再远、再发达的青阳人，也会念及桑梓，施福于斯。就在"大有蚕种场"场主邵申备在青阳兴建蚕种场的1936年，青阳一个名叫朱明安的男人在上海购买航空奖，中奖五十万银圆。这无论是在当时，还是现在来看，都是一笔巨款。他可能慑于上海滩恶势力，不敢直接兑奖，请老乡们代领。朱明安拿回这笔巨款后，捐出十五万银圆，用于扩建青阳天主教堂，内有小学、诊所。后来，这里改为蓉城小学校舍，琅琅书声中走出了此地一代代才俊。前些年，小学另择新址，这处建筑沉寂了一些时日。今年初春，当地雅士施七斤先生带我去这处旧址走走。碧绿的草坪上，两座圆柱穹隆顶形钟楼倒映入草地间的水池里，美妙得让人恍若在欧洲。更让外来者心生感叹，青阳人不仅桑梓情结浓厚，胸怀、格局也相当宽广。寺庙香火旺，教堂钟声响，道士亦有墓塔。

青阳人朱明安在大上海中大奖发大财回报桑梓的六十二个春秋后，青阳朱备镇另一个在外面闯荡世界的男人伍德福，靠自己的石匠手艺也谋到了一笔足够往后生活的钱。他回老家却出人意料地拿出在外赚的钱承包了九华山独秀峰背后一片三百亩的荒山野岭，他吃住在荒山，移石植草栽树。二十多年过去了，伍德福当上了外公，两口子依旧生活在这片山里，只是旧貌换了新颜。初入这片山林者常误以为此处即是世外桃源，闻潺潺溪水声响，观绿草天涯，在巨石雕刻成的棋盘上下一盘天地棋。我曾去那里两次，伍德福与妻子用自己的青春与时光，将一片荒山野岭打造成别人眼里的世外桃源，把大自然的艺术之美雕刻在家乡的岁月里，这不正是青阳人浓厚的桑梓情结的体现吗?

青山之阳是出过“大人物”的，1929 年 8 月，陈锦华出生于此，1944 年考入青阳中学读书。幸获一个叫陈次权的同村人资助，才上完中学，得以走出家乡。陈锦华二十世纪八十年代后至少有三次回到母校，筹资盖教学楼，自己拿出积蓄在青阳中学设立“陈次权助学金”，资助桑梓学子读书。如今走进青阳中学校园内，大门右侧矗立着陈次权先生半身铜像，铜像下方的基础上刻录了陈锦华《关于设立陈次权助学金的意见》。“陈次权助学金”不仅帮助很多青阳学生读完中学，考入大学，奔往美好前程，这项助学金也成了青阳人心目中一块凝聚着浓郁桑梓之情的金字招牌。

《诗经·小雅·小弁》中有文:“维桑与梓，必恭敬止。”意思是说家乡的桑树和梓树是父母种的，对它要表示敬意。后人用“桑梓”来借指故乡。父母在，我们还有家乡路径可寻;父母逝去，很多游子儿时的家乡成了故乡。这是我们必然经历的人生路程。只是桑梓之情犹如清泉溪流，会永远流淌在每一个游子的心田间。又要到清明了，此时节，雨纷纷，踏上故乡泥土之际，愿游子们掐一把故土上的桑叶，给自己做一道菜，记住故乡，尽己所能回报桑梓!

香　囊

我与爱人经历了自己外贸企业倒闭、世态炎凉之后，身心都已极度疲惫不堪。我们俩决定离别都市，进山里过简单的日子，调整身心，苟且偷生吧。

孙哥在我们走之前知道了，他打来电话说约几个老兄弟陪你喝顿散伙酒，有些感伤。我去了他办公楼边一家土菜馆，孙哥与老程、罗总、宛教授几个兄弟到了。孙哥拿出两瓶陈酒："这老酒还没有我们兄弟认识的年份久，今晚就凑合着给老何饯行吧。"

我们这一伙兄弟，三十多年前都是单身的时候，分到同一个单位，住同一栋单身宿舍楼，上下班全混在一起。从食堂吃饭回来，四只饭缸摆操场两端当球门，把篮球当足球踢，踢得烟尘滚滚。一场球踢下来，那四只饭缸早被球砸得不像样了。那时，孙哥刚从部队转业，身体素质远高于我们这群豆芽大学生。他在足球场上，成了重点防控对象。他有一次被绊倒在地，摔倒的声音很响，依旧爬起来踢完球。第二天，我们发现他左胳膊打了石膏吊挂在脖子上。

我们几兄弟先后离开了那个单位，当时没有电话，联系全靠通信，散落四面八方的兄弟都没了音讯，各自奔波在谋生的路上。后来，我进了省城一家报社当记者，那时候的报纸影响力很大，我的名字常出现在报纸上，昔日散落各处的兄弟们通过报社先后联系上我。我再分头联络其他兄弟，慢慢就接上头了。

我们这才知道孙哥离职后去东北边境做国际倒爷，富贵险中求，闯荡江湖中赚够了创业的资金后，回到省城开办公司，生意都还算顺风顺水。

散伙酒越喝越浓了，大伙儿说起当年单身汉一起混日子的情景，都唏嘘不已。有兄弟敲打我：“你到江南山里要老实点，别翻人家墙头，也别惹村姑害相思病。”

众人皆笑，孙哥不笑。

他若有所思地说：“我还真有件事托你这个名记帮忙呢。你能到山西找到断足女袁三妮的老家，给陕西儿女们找到失散十几年的疯娘，在找人方面你有经验。”孙哥应该是有备而来的，他掏出来一个小旧布袋，蓝底碎花布缝合的，细闻依旧有股中药味道。有兄伙抢过去嗅嗅，说：“莫不是当年在山里惹下的风流债吧。”

众人又笑，孙哥还是不笑。

他说：“当年还真是刻骨铭心。”孙哥沉默会儿，讲起了他亲历的江南那件往事：自己去东北边境找到昔日的几位战友，跟他们后面在边境倒卖货物，全是背着现货卖、收现钱，每跑一趟都有风险。后来还是出了事，那条路就不能再去了，老友们散伙各奔东西。自己也早已身心俱疲，便独自背包上九华山朝香。下山时拐进一条山坳里，没有行人，山越走越大、坳越来越深。江南的雨说来就来，淋得自己落汤鸡似的。走了一天山路，又饥又冷。天色渐晚，隐隐看到一处灯光，便跌跌撞撞摸向那灯光，昏倒在石桥前。

就像影视剧中，落难的行者遇到了贵人相救，救自己的是深山里的一个老郎中。躺在老郎中家那些天，老郎中熬药，他女儿喂食米汤。自己在他们家躺了半个月，从来没有过地疲劳，大约是那些年间一直在高度紧张奔波中，一旦躺下了，各种疲劳一齐袭来。老郎中有时白天外出采中药，就由他闺女熬中药，喂粥。自己就像一台出了故障的发动机，经高手修理调适，重又满血复活了。那年的那个季节，山是那么美好，水是那般地香甜，老郎中的女儿是那么地美丽。

临别时，老郎中的闺女送自己出山口，她泪水涟涟地将胸口的香囊摘下来，双手合十：“佛祖保你平安，香囊佑你健康。”当时自己也流下了眼泪。

原本是有他们父女俩地址的，回到红尘后开办公司，生活又高速运转起来，那张小纸条后来找不到了。这么多年间，自己曾多次到九华山寻找，只是再也找不到当年的山道。辗转二十多年了，唯有这只香囊没有离开过。

孙哥把这只香囊交给我，几个兄弟一起敬我酒，说：“你到九华山里留点心，看有没有可能找到那个香囊妹子，好让孙哥了却青春的债。”

我落脚九华山中后，一段时间足不出户。偶有当地文化名人路过，像施麒俊、何厚德、马光水等人来访，便托他们带来《青阳县志》《九华山志》《池州志》等书籍夜读。后来有时外出短距离行走，走访当地人，顺道托人打听山中那老郎中父女俩。偶尔得到点线索，也想法子去核实。

去年入秋后，可能是夏季趿拉着塑料拖鞋天天收拾小院子，身体不太舒服。爱人逼着我放下所有活计，陪我进山里转转。我已经不习惯人多热闹的地方了，我们带着生活必需品与食物，尽挑些山坳走，走到哪儿算哪儿。

一日中午，我们沿一溪水往山之深处走，拐了许多弯，忽见溪水之上分两股支流，环绕一处不足百平方米的“孤岛”，在孤岛上端又合二流为一溪。溪之一侧有两条长约丈许的石板，架在溪流之上通往“孤岛”，上有几间老砖屋，柴门锁了。我们坐在石头上，忽然想起孙哥曾跟我描述过的场景，我便拍照片准备发给他看看，山里无信号，图片传不出去。

此时，一个瘦弱、文静的女人挎只竹篮走上石桥，她冲我们善意地笑笑。我爱人迎上去说：“我先生身体不好，陪他进山走走，借贵处歇歇脚，待会儿就走。”

这个穿一身天蓝色长裙的女人把竹篮挂在屋檐下的钩子上，打开柴门，招呼我们进里面坐坐。我们随她走进院里，闻到一股中药味道。

她拿起竹篾外壳水瓶为我们杯子里添开水。我这才注意到，这个面相清瘦的女人，眉骨之间有一股英气，颔首低眉时让人感觉到她可能是与生俱来的那种渗入骨子里的礼数。她从柜子里取出一只碎花布袋给我，自言家父懂医，可惜去世多年了，自己只照父亲留下的方子做这种香囊。我心中暗暗一惊，这样的碎花布袋香囊我见过呀。

我爱人自小在山里长大，对各种中草药也略知一二，她说这香囊里有丁香、艾草、甘松味儿。女人抬起头看了看我们，嘴角露出不易捕捉到的浅浅笑意。“你们也是能闻香、品香之人了，日久了自然会听香。”

“听香”？我还是第一次听说，便好奇地问什么才叫听香呢？

她打开窗户，窗外溪涧小树，映入窗户，恰似一幅山水画，有溪水流动的声响。

她边整理木头架子上的干艾草边说，闻香、品香和听香都是人六根对香在味道上的辨识和体悟。闻香靠的是鼻根的鼻识，其香气有厚、薄，有浓、淡，有清、浊，还有高、低等，这些通过闻香就能分辨。品香增加了身根和意根的细腻感受，感知香气之气息、韵律和品格，如香气的变化性、灵动性、持久性、能量大小与空间感等。香与人同，每种香都有自己的脾气、秉性。至于听香，自己也只是跟父亲学会点皮毛，既然有缘，不妨与你们分享交流一下。听香其实是对香更加细微的觉察。闻香是找寻香的味道，而听香则是坐等香来，让香气自然而然地飘于我们的六根中，让这一切都发生于无念之念。日久，或可达到香与人合、人与天合，以及无意识下的物我两忘、明心见性的境界。

过去，我们常言“闻香识女人”。眼前这位山村女子竟已至“听香”高境，我不由得对她刮目相看。听她提及父亲时，我问了句：“你父亲是中医吗？”她顿了顿，讲了她父亲的一些事。我们才知道她父亲原是旧军队一名上校军医，他从跳板上轮船时被人挤下了水，换身干净的衣服回来时，轮船已开走了。许多年后，父亲回到老家山里，十几年前去世了。父亲是正经八百的医学院高才生，自己没父亲那份天赋，只是跟在他后面学了采摘草药、配制香囊，现在将这手艺传给了女儿。

临别时，我们要买她一些香囊，她说手头没几个现成的，都让女儿带出山去了。你们需要时，等下一批做好了让女儿联系你们，我们也是在换一份生活。我爱人要了她女儿的手机号，顺便问了她女儿多大了。两个女人聊得投缘，两家女儿居然是同年生，只是月份相差半年。

我们出山后找到自己的车，在回茶溪小镇的路上，我爱人忽然醒悟了，说：“这个人十有八九就是孙哥要找的那位山里女人，她女儿出生时间正好在孙哥走后九个多月，莫不是……”我让她专心开车，别瞎猜。我专程回了趟城，找到了孙哥。他看到我手机里的照片，目瞪口呆，连说：“像，像，就是她。”说起她女儿在山外卖香囊时，孙哥泪水盈眶。

我与爱人回到江南又去了深山里那个“孤岛”上，如约买了些香囊。与她们母女俩聊天，她们告诉我们香囊里除了丁香、艾草、甘松，还有石菖蒲、苍术等十几味中药材，经常佩戴能化浊避秽。那天，我们出山时，她女儿随我们来茶溪小镇，参观了九华国医馆，聊聊彼此合作开发香囊的事情。闺女很兴奋。

原本春节前磨合得差不多了，基本上照她们母女俩意愿去做。春节后疫情一来，事情耽搁下来了。疫情缓和后，城里的一些老朋友带孩子进山来看我们，他们带来吃的、喝的。我爱人便取出从深山里购得的香囊当“回箩”礼物送给他们的孩子们，孩子闻着好喜欢。

孙哥几次催促做香囊的事，而他的事我们也没告诉做香囊的母女俩，岁月蹉跎，一梦成痴，年轻时的一个冲动或梦想，走到这生命的秋季时，希望彼此不再遭磨难，不再受伤害就好。

素月来故乡

一锅来自老家江北庐江的红烧老鹅，一盆红烧老公鸡，整整香飘我好几个昼夜了。

我还不能说这就是我熟悉的家乡味道，我在离开老家金牛之前哪有机会吃这样的美味啊。只是工作以后回家乡遇到从前旧友，曾请我吃这两道菜，味道真是好极了，无论我走多远，也忘不掉这家乡的味道。

这两道菜，是我金牛中学薛荣年、李永东、叶翠云、夏晓琴几位老同学带给我的。他们春节后结伴下江南的当天早上，提前叮嘱农家做好，开车路过时连锅端到江南茶溪小镇何园来，还带来了好酒，说是让我尝尝家乡的味道。

还未举筷，别样滋味涌上心头。

今年这个春节我没有回老家，父亲过世后的二十六个春节，我连年回家陪母亲过春节，九十二岁的母亲去年春上去世了。临近春节，堂弟们打电话约我回老家过春节，他们一帮堂兄弟要陪我喝酒，我想想还是没回去。可能不忍面对空空如也的老家四壁吧，便与爱人待在山间过年。

腊月三十做年饭时，爱人说没醋了，我跑出山去买了瓶醋。回来看她独自在厨房忙着，我们收养的五只流浪狗蹿来跳去在活跃气氛。趁菜还未烧好，我写了篇《买瓶陈醋便过年》发在“茶溪听雨”微信公众号上。可能一直关心我在山中生活的这些老同学们注意到了这篇文章，当时一帮中学同学约定正月里来山间看我，一再言明他们带菜、带酒来，让我不要紧张，也不要忙碌。他们现在都在闯事业的路上，既是风云人物，也是行业与单位的领军人物，难得春节休息几天，却在这除夕之际约定下江南到我这里，我真的是好激动啊。我想除了血浓于水的同乡近邻之情，同窗之义可能让他们从文章中看出了我内心的莫名酸楚。

我们高中就读的金牛中学校园，是抗日名将孙立人将军家园旧地，位于金牛山南麓，原有孙立人将军家上百间晚清风格的青砖小瓦房，几进院落。院内明沟暗渠相通，四水归堂，分男苑、女苑、厢房、正堂、学堂。1958 年，政府将此庄园改做金牛中学，一直沿用至今。

天天出入昔日将军府宅的学生们多有习武习惯，晨雾中，月光下，校园僻静处总能见到同学们矫健的习武身影。我曾写过一篇文章《老井》，称金牛中学学生们身上都浸染熏陶出两种气质：一种是英雄主义，以雄武豪迈为特征；另一种是浪漫主义，以诗文与温情为特征。这两种气质特征并存于很多同学身上，也衍生出了一批有思想的青年学子。像陈玉炳、王方金等学兄，苦于当时农家子弟跟推荐上大学、顶职、招工、参军都难沾上边，中学毕业后只能回到农村面朝黄土背对天，躬耕于黄土地上。他们渴望有个平等竞争的环境，给一腔热血、满腹经纶的热血青年一个报效国家的机会。陈玉炳、王方金等同学后来挤过高考独木桥，选择了自己喜欢的职业，各自有所成就。

那时的金牛中学校园里，晚自习熄灯后，各个教室里就会亮起一盏盏煤油灯，如同浩渺苍穹的点点星光。每一盏煤油灯下都凑着几颗青春的脑袋，前后桌四个同学合伙用一盏煤油灯，在书山学海里翱翔。我们学校德高望重的谈注渠老师，每个夜晚都与煤油灯下的学子们同在，这位宅心仁厚的师长心疼学生们这样拼命苦读。尽管他深知“三更灯火五更鸡，正是男儿读书时”，可为这群学子们健康着想，他有时冲进教室将煤油灯下的孩子们赶去宿舍睡觉，他有句口头禅：“一个个不要小命啦。快去睡觉，麻个再干。”尽管如此严厉，校园里还有不少同学趁谈注渠老师下半夜回屋睡觉时，再起身回教室。三更过后的校园里，一盏盏煤油灯与天上的星星相辉映，成为那时金牛中学校园里一道独特的风景。

唐燕朝、张韶春、林清发、丁先存、王能生、徐经长、吴新春、陈玉炳、王方金、韦明、余跃武、薛荣年、李永东、王邦翠、潘大聪等金牛中学的同学，无疑是那时一盏盏煤油灯下最勤奋的学生榜样。

金牛中学学生的两种气质——英雄主义和浪漫主义，在中国出版业界名家林清发身上得到最好的诠释。寒冬腊月，风雪交加，他曾与四个同学一起在三河小南河上与当地人打过两场恶仗：一仗赌钱，一仗赌命。

事情起因是班上有两个同学穷则思变，放寒假前回家跟家长说学校要提前交下学期的十块钱学费，家长四处借钱交给他们。他俩在星期六晚上步行到三河镇，钻进一家赌场，满以为凭自己赌技赢点钱，回学校买米粉肉吃吃，让肚子里有点油水。三河古镇，向来民风剽悍，会聚八方客源，三教九流人等。两个中学生初涉赌场，开始时运气很好，赢了不少钱，想走走不掉。再赌下去，赢的钱还没焐热，连本钱也输得精光。

他们俩垂头丧气地步行回学校。林清发心细，揣度他们遇到了难关。获悉实情后，他与另两位同学商量，三个人想法筹到了三十块钱，那可是一个老师一个月的工资啊。五个同学相约结伴再下三河镇赌一场。这次约定：一旦赢钱，立马走人。

又是一个星期六晚上，林清发等五个高中生从金牛山下来，步行三十华里钻进三河那家赌场。开局运气照样不错，到三更之前，已赢了近两百块钱。那时学校食堂一份米粉肉一毛五分钱，两百块钱能买到多少份米粉肉啊！

见好就收，可收不了场。想撤退，后门锁死，大门口早已被几个彪形大汉守住，插翅难飞。林清发发出来之前的约定暗号：他把赢的钱全卷在一起，装作要下一把大注的样子。这就是要动手的暗号。待庄家发牌之际，林清发手疾眼快，抓回那卷大钞。有同学掀翻赌桌，两侧同学各自踢翻邻座板凳，五郎齐发一声喊，出手打倒把门壮汉，屋内顿时乱成一团，他们闪身从乱人堆里跑出去。待屋里人缓过神来，他们已跑出一截路了。赌场众人抄家伙紧追不舍，一路上追兵不断在增加。

追的是钱，跑的是命。

林清发与同学们跑得虽然比兔子还快，可河埂上有人围追堵截。他们接连打翻了几拨人，有同学的鞋子踢掉了，也没空捡起来，追兵越来越近。情急之中，他们奋不顾身跳进小南河，冰天雪地，正值严寒，河面上结的冰尚厚。他们在校园池塘冰上滑行的本领此时用上了，滑得飞快。河岸上的人不敢跳进小南河，只在岸上拼命往河面上砸东西。恰在此时，晨雾顿起，越来越大。黎明前巢湖南岸的这场大雾，让林清发和同学们寻找到了一条生命通道，终于摆脱了追兵。上岸后沐浴着灿烂的阳光一路跑回金牛山下，林清发把同学们带到自己家里，他母亲一看这群冻饿交加、连鞋子也跑掉的孩子，大惊失色。他们故作镇定，说学校在高考前为增强同学们体质，组织冬季长跑比赛，刚跑完比赛回来。家长看着心疼，向邻居借点面粉，擀面条给他们吃。

几十年后，这五个同学相聚时仍说这辈子也忘不掉那顿擀面条的味道。

我们在高考前，除了昼夜紧张学习外，印象最深的事情就是肚子老是饿得“咕噜”响。晚自习寂静的教室里“咕噜”声此起彼伏连成片，这时候老师便拿高尔基那句名言引导我们：“我扑在书上，就像饥饿的人扑在面包上一样。”有同学问：“老师，面包长什么样子？”老师想了想，说：“你们把课本看成是金牛街上大饺子就行了，考上大学了，大饺子天天随便你们吃。”大家顿感身上倍增了力量，再扎进书海里。那时我们还没走出家乡，不知道外面的世界，拥堵在高考独木桥头，想得更多的是端上公家饭碗，拿上工资，大饺子随便吃。

从金牛山奔往四面八方谋求生活与功名的金牛儿女，无论走到哪儿，做什么行当，一听操金牛口音的人便倍感亲切。连我这样原在省城微不足道之人，凡遇到金牛来的人，我都待若上宾，帮跑腿办事、请吃饭，每年都多方筹措费用资助贫困学生上大学。时隔几十个春秋后，薛荣年、谢平捐资铸成孙立人将军铜像送给母校，李永东、叶翠云、唐燕朝、盛作年等同学也为母校捐资助学，就像这大过年的他们跨江给我端来家乡两道大菜，这份浓郁的乡情、纯洁的同学情，天底下又有多少啊！

老同学们怕给我增添麻烦，吃过晚饭后就离开茶溪小镇了。我追着他们的车影往前走了好远，直到车子消失在月光下。我抬头仰视星空，心头涌起别样的离愁别绪。我低头想起古人曾有两句诗，“流云归何处，素月来故乡”。我是金牛山下一朵流落到江南山野里的浮云，今晚因为四十年前同窗好友来此山间，我怎么竟忘了抬头看看皎洁的月亮呢？我低着头不知不觉走到院门口，我想我是想我的故乡了，还有那青春年少时月光下寒窗苦读的同学们了。

故乡，那么近，那么远

金秋里，我犹豫再三，还是踏上回家的路，回到生我养我的故乡金牛古镇湖稍圩东圩埂。

此前，村干部几次打电话来，催我回去到农行办张农金卡，把我母亲生前卡上的余款转到新卡上。我迟迟不肯回乡，并非拿村长不当干部，实在是不想在“卡”上与母亲再次诀别。母亲在，家乡还在。母亲不在了，至少家乡还有母亲那张卡在，那卡上是我母亲的名字——王光华。

老 屋

近乡情更怯。

以往回家，老远就能看到家门开着，母亲或许早已倚门张望过往车辆，看哪辆车是儿子开来的。这次我回家，老屋门紧锁着，我坐在门口台阶上，没去邻居家找钥匙，静静看着我家门口建成不久的村文化广场。广场露土的地方都栽了花草，水泥地面上安装了孩子们游乐的设施。我家大门正对面有面宣传墙绘，“听党的话”“永远跟党走”，看着很亲切，就像母亲从前常跟我说的话一样。

我家门前原先是条小河沟，河坎上，母亲开了一片菜地，还有我们从河底用石头垒的停车场。村里要建文化广场时，母亲很支持，将这些都让了出去。母亲是个喜欢热闹的人，她多次跟我说，以后广场上早晚尽是大人小孩，你们在外也不用担心我了。去年谷雨后，广场上最后一片水泥地面浇筑好的次日，我母亲在家离世了，这广场成了我们宴请亲朋好友的地方。我遵母嘱没收乡亲们礼金，照样招待他们，以谢他们往日陪伴我母亲之情。乡亲们厚道，家家买来礼花堆满了广场。母亲出殡那天早上，广场上都是烟花，一地灿烂，给我母亲最后的热闹。

我家现在的这三间屋，原先是我爷爷和他的两个兄弟的，三兄弟一家一间屋，唯一的公共财产便是屋后那株月季花树，那是太太手里栽下的。一直到我这一代，还是与另两位堂兄弟家各住一间，三家每家都是七八口人，各家挤住一间土屋。

我记得1969年破圩后，隔壁德长叔家搬往北头圩埂上。我父亲用四十个工帮他家挑土填屋基，还有若干担稻，换下他家那间屋。我家有了两间草屋，我的中学时代就是在原属德长叔的那间屋里度过的，父亲用土基把房间一隔两半，半间做厨房与吃饭的地方，半间给我做“书房”。书房窗户正对着那株月季花树，闻着花香看书，总有种异样的期待。另一间屋里挤住着我一大家人，还有鸡鸭。

我母亲古稀之年后，德胜叔家也搬走了，那间空屋给我母亲了。老太太手里攒下的三间茅屋，经过四代人后，在我这辈子又统成一家了。我曾三次给我母亲翻盖老屋，在九年前，母亲八十四岁的时候，我又下决心推倒老屋，请人设计一个徽派风格的四合院，建成了东圩埂第一个四合院。

邻居大婶见我坐在门前台阶上，回家拿来钥匙打开我家院门，屋门口，“湖稍村史馆”的牌子很显眼。院子里干干净净的，屋内柜子里多了不少书，还有村里宣传图片。

碓 窝

我家也没有什么祖上传下来的物件，要说有可能那只碓窝或许有些意思。

这个青石碓窝，是我与两位堂弟大富、大存三家母亲年轻时候凑钱请石匠凿的，用于舂稻谷、麦子用。碓窝年岁比我大，没有我时就有了它。那年春节年三十下午，我父亲才从江南打短工回家，背回半口袋稻谷。正等米下锅的母亲去有碓窝的人家借用舂米，人家称封过碓窝吃过年饭了，不肯借用。我母亲用棒槌搓稻谷、筛糠，忙到半夜，一家人才吃上年饭。

我母亲与她的两个堂妯娌商量一定要攒钱，请人凿个碓窝。她们大概攒了三四年，终于请人从山里搬运来一块青石，凿了这个碓窝，就放在我家与大富家屋檐下。小孩子喜欢坐在碓窝里，大孩子带小孩子时，也喜欢把小屁孩往碓窝里一放，自己玩自己的。

大存的父母亲是东圩埂绝无仅有的两个手艺人，父亲是木匠，母亲是篾匠，尽管如此，一家人还是难以填饱肚子。他的父亲在农闲时节去舒茶山里做木工，手艺非常棒。他制作的玩具手枪成为我们儿时的骄傲，我一直想跟他后面学木匠手艺的，他总是鼓励我用功读书，以后东圩埂人吃饱了饭，也要有识文断字的人啊。他在村外山里的见闻，激起了我对东圩埂之外的世界的向往与憧憬，他是对我产生过重要影响的一位长辈。我大学毕业不到一年，我父亲带着德长叔到合肥看病，诊断是食道癌晚期。我闻讯后星夜奔往合肥，将攒下的二百块钱全给了德长叔，他趴桌上就哭了，说："伢啦，你给我这么多钱，我一定是得了很重的病了。"德长叔去世时才四十六岁，没几年，我篾匠老婶也过世了。大存十六岁就独自挑起家庭生活的重担，如今做爷爷了。今年夏季，洪水淹掉了他种的三百亩稻田，他说连哭的力气都没有了。

大富与我同岁，一天校门也没进过。我在读书时，他给瞎子当扶手，引着瞎子走四方说书算命。稍长大后，独自去东北下煤窑，随时可能丢掉性命的。我记得他母亲每到冬天便出门讨饭，出太阳的时候将讨来的饭晒干装袋子，靠这百家饭度过一个个寒冬。他母亲生病时，我专门在省城给她找医生诊治。她临去世，我将大富三兄弟召集到一块，叮嘱他们不能吵架，要给讨饭的母亲一个善终。他们都流泪点了头。

大存、大富两家搬走后，这只碓窝一直放在我家屋檐下，二十多年前不见了，我多次查找都没下落。五年前，我回家陪母亲过中秋节，请堂兄弟们吃饭，他们终于回忆起来了，碓窝被德胜叔推下家门前的水塘里了。德胜叔去世多年了，这碓窝沉入烂泥塘里了。

大前年冬天，水塘干了，我专程回老家要把那碓窝从泥塘里扒出来。邻居们不以为意，笑说我要那东西干啥，不能吃、不能喝的。我们十多个人费了九牛二虎之力，才从塘泥里扒出碓窝，弄上岸，抬入我家院内。我对他们说，以后我什么都可以不要，这个碓窝我会带着，它记录了上一辈人的苦难生活，还有母亲们自强不息的精神。

村里要建村史馆，或许这碓窝能算一件展品吧。

月季花

老屋院子里往年母亲在时，总有开不完的花。现在院内已难觅花影了，只有那株靠在墙边的月季花，叶片也掉落了。

我母亲从小喜欢花草，九岁到何家做童养媳时，是三县交会的三河古镇上有名的卖花小姑娘。我家屋后有一株月季花，是我太太手里栽的。我太太生了四个儿子，一个儿子打光棍到圩埂下搭棚子住，三间土屋分给三个成家的儿子，只有这株月季花属于三家共有。我母亲做童养媳时用心照料这株月季花，就连腊月三十一人仅有的半碗肉汤，她也舍不得喝，放凉了后兑水浇到月季花下。母亲那时就知道，开得越鲜艳的花儿，越喜欢干净，任何污秽放其根部都会让花容失色。

月季花开的时候，她趁夜里露水重时掐下花儿，三五朵用稻草芯系成一束，放竹篮里码好，上面用湿毛巾罩着。天不亮时她便挎着竹篮步行十五里路到三河古镇，沿街卖花。街东头二龙街尼姑庵住着一对姐妹，每次都招呼她进来喝水，为她准备了早饭，将未卖掉的月季花全部收下来。我母亲直到晚年仍能一气唱许多首佛歌，都是这对姐妹那些年教的。流传在金牛镇周边的《月月红》歌谣就是那姐妹俩教会我母亲传唱开的。“月月红，月月开，月月大姐有花戴。戴红花，穿新衣，欢欢喜喜过大年。”

我母亲卖花攒下的微薄收入，她一分四份，分别给几位叔伯长辈们买些吃的。这株原本几家争抢的月季花，后来一致意见：归王丫头管，谁也不争。那株老月季花，不仅扮靓了苦难岁月里东圩埂农家大姑娘、小媳妇头顶，也给长辈们一份开心与希望。

我母亲喜爱花是那种渗入骨子里的喜欢，她以桂、兰、菊、梅来做自己女儿的名字，就连我的名字也有个玉字。我小时候常与二姐何显兰争吵，她的“兰”是草，兰草的兰，我的“玉”才是玉兰花的玉。我们一吵，三姐就帮二姐讲话，说我欺负她们不识字，尽讲搅理。

后来，我从母亲那里知道，二姐还曾救过三姐的小命呢，怪不得三姐老是帮着二姐讲话。2009年春天，我大姐何显桂病重在床时，二姐与三姐昼夜侍奉。大姐疼痛难忍时，三姐总是极细心地帮她擦身子。三姐说："大姐呀，幸亏当年妈妈没听你的话，把我扔到水沟里，不然现在就少一个妹妹照顾你了。"大姐含泪摇手，"三妹别说了，那时人命都很贱的"。

三姐刚出世不久，家里断炊了，母亲拉扯着三个女儿前往百神庙奶奶娘家束家庄去。十几里路，对几天没进食的这母女四人来说无比艰难。经过一条小水沟时，母亲昏过去了。大姐用碗舀水不断往母亲脸上浇，母亲在哭声中苏醒过来，抱着孩子没力气爬起来。大姐说："把三妹扔水沟里吧。"母亲咬紧牙关让两个女儿拉她起来，说："横竖都是死，要死死一块。"

还是束家庄上的人用一锅稀粥汤救活了我母亲和她的三个女儿。我母亲常叮嘱我们要记住救命恩人：束克友、束克元、束克道、束克仓、束克松。我9月中旬专门去看望了这些已离世的束家庄恩人们的后代，与他们把酒话从前，都不由得流下了眼泪。

荷花池

我在堂弟大存家吃了午饭，一个人回到自家四合院里，一切都好安静，唯有院落那方小水池里的荷叶被秋风摇曳，稍有些响动。这一池荷花，是母亲去世不久，我从江南茶溪小镇带回来几节江南的莲藕，栽进池内，竟长满了池子。荷叶依旧是绿的，估计池里藕不少。

为这方荷池，我还曾和母亲吵过，惹得她大哭，吓得我从此再也不敢提种莲藕的事情。

母亲在这块地方整整生活了八十四个春秋，一生生育我们八个孩子，直到她晚年时还常流泪讲述大我一属的哥哥大兔子死在她怀里的事。大兔子死后，父亲把他埋到北圩埂坡上。几天后，我小叔何德余从朝鲜战场上负伤归来，说刚才在圩埂上看见野狗扒出一具小孩尸体，他拿军工铲打跑了，挖深了坑，重新掩埋了这个可怜的娃儿。我母亲听后哭得死去活来，父亲安慰她说："这孩子最喜欢他打仗的叔叔，这是老天让他们叔侄俩最后见一面。"后来我又有一个姐姐死去，那时她才六岁。

我在母亲八十四岁时请人设计盖了这座小四合院，在院中一角挖个池子，准备种莲藕的。我一离开家乡，母亲便让人把池里的水抽干，用来养鸡关鸭。鸡飞不了，鸭跑不出来。我再回家时闻着鸡屎臭很生气，有一次让姐姐们动手捉鸡逮鸭，嚷着要种莲藕。母亲伤心地哭了，“你们盖新房子说是给我住的，图个好名声。我养个鸡关个鸭都做不了主”。我赶紧让姐姐们把鸡鸭请回来，再也不提种莲藕的事了。

二姐劝我，母亲对莲藕有过伤心记忆。那时家里口粮不够，寒冬里，父亲夜晚悄悄到野塘破冰下水，踩野藕，割野鸡头米。半夜回家，两条腿总是血淋淋的，母亲烧好开水，让女儿们扶着父亲上床，她用热水一点点擦洗伤口。我父亲后来两条腿一到冬天就肿胀得厉害，疼痛得夜里哼哼。母亲冬夜里用隔年的艾草煮水，然后将父亲的两条腿放木桶里熏，直到大汗淋漓，她泡碗红糖水给父亲喝下，我们合力将父亲扶上床，她示范用热毛巾擦父亲身子，累了叫我照着样子擦，水凉了就不能用。

我这才明白，母亲为什么不让我种莲藕，她早已结疤的伤痕，再见到莲藕时可能会渗出血来！

这天下午，比我晚一辈的湖稍村党委书记何锋林，在村部开好各式证明与资料，陪我到金牛镇跑派出所、财政所、农村银行，每到一处，我都又与纸上母亲的名字诀别一次，心好累，也好疼。当银行把母亲那张卡收回去，将上面 284.87 元余款转我的新卡上时，我泪水盈眶。

我不回故乡，好像母亲还在老家，依旧过着她的日子。秋风落叶的时候，我回到了故乡，真切感到母亲不在东圩埂了，也不在这个人世间了。出走东圩埂半生漂泊在外的我，从此真的成游子了！

平淡的时光

秋日早上，山野间明显凉了许多。出门遛狗时，要穿上长袖衣服。

走过柳树林，落叶满地。

两位大姐天天很早就在清扫落叶，这种情况在城里司空见惯。都市街头刚飘下枝头的落叶便被装进垃圾袋，一生的荣光转瞬间不见天日。这山野间或许不必这么勤快，还落叶一片尊严也许是不错的风景。

想到有一年深秋我去欧洲，见公园与路边的树叶也落了一地，间或有一棵大树周围草地上全是金色落叶，那种生如夏花之绚烂、凋谢落叶亦有情的场景，更让人对生命有种别样的感悟。我在米兰曾专门抽出一个下午的时光，待在这样的公园里，就陪伴着大树，静守着一片片树叶无声落下来，看那同样不再年轻的小草却以最柔软的怀抱接纳了落叶，不让其受到一点点损伤，用尽温情与之缠绵往后的时光，没有人忍心撕裂这种温馨的场景。

至今想起那个下午的时光与场景，还是件非常奢侈的事情，也有种莫名的激动。

今晨我走过柳林，转入屋后的一片开阔地，与群山间没有了任何障碍物，偌大的空地上，就我与狗狗们。狗狗们撒着欢儿拼命跑，跃过矮墙，又跃墙进来，活力无限。我也跑了起来，渐渐地舒服起来，呼吸也深了，空气有丝丝甜味儿。

山野间的时光走得慢，空气真好，活着真好。

偶尔想想我们来世上，千辛万苦，磨砺前行，风云天下也好，平凡之路也罢，细思量，终是天地间过客尔。来时无一物，去时一物无。了了红尘，红尘了了。能爱时努力去牵手，能助力时尽管使劲，想做的事就去做，静听自己心的声音，勿为浮云妄言左右，活出自己喜欢的模样。我们在成长的过程中努力活成别人喜欢的样子，到成熟的季节就当活成自己喜欢的模样。

我也曾深陷在都市的红尘烟雾中，不舍昼夜，忙碌得如同陀螺，只是在转，没有停时。那时夜晚写作，有时困累至极，便和衣而睡，什么时候醒了，用凉水冲下脑袋瓜子，静下心来写稿子，迎来黎明。天亮后，又要开始新一天的奔波。

那时以为很重要的事情，现在回首瞧瞧，其实也只是谋生，留下的文字或许自己也并不在意，顶多是训练出了我的文字表达能力。最为可叹的是，那么多场酒局，花费了钱财倒在其次，无端地空耗了那么多时光，一掷光阴千万金于那些无益于人生的饭局、酒场，还有许多并无必要请进生命里来的过客。

什么都不心疼，心疼的还是时光。一个少年郎挤破了头钻进都市的旋涡里沉浮，一晃之间，竟已至生命的秋天了！我现在极少回城里，城里大约无人牵挂我这么个没有什么用处的过期之人。我也不想耽误那些正在奔波拼搏人的光阴，空耗了他们的时光，我往后能拿什么去偿还人家呢？好在与外界联系越来越少，常干活一整天，除了卖房子、骗子打来的电话，也无别的事情。

已记不清上一次打开电视是什么时候了，或许是春节吧。以往夜夜恋着的电视，在山野间并非生活的内容。后来偶尔翻看微信，主要是我随时记录一些感悟。现在资讯实在是太发达了，一机在手，天下拥有，丰富到海里去了。人在家中坐，纵观九州风云，指点江山，数数人物，佐以风流艳事，不经意间，时光就溜走了，自己生命的蜡烛被这些八竿子打不着的资讯白白掐去了一截。

其实好多人、好多事，我们再活八辈子也交集不上，他们过着自己的光鲜日子，我们却大方地把生命的一段光阴给了那些人、那些事，还跟着追风，一天转发十几条各类信息，好像博古通今、博览群书。我们在关注别人的生活，追逐着天下要事，独独忘记了自己的生活与日子。有一句话说得比较形象：小城居民在混吃等死中研判天下大事。

平平淡淡的时光，或许正是最好的生命状态。干干净净的朋友，或许就是最好的人生知己。拥有时珍惜，离开了少些忧伤。无论怎么好的戏，都有落幕的时候。生命的长短是由时光组成的，生命的价值全看我们在时光里做些什么。

金庸先生说过："人生就是大闹一场，然后悄然离去。"他九十四岁时悄然离去，身后留下诸多的传奇与著作，他的生命换了种方式依然在延续。我们普通人差不多也就是从娘肚子里出来，到一堆黄土归于尘埃，这中间的那段光阴就是我们各自的人生。生时爹娘笑，走时亲人哭。一笑一哭间，笑时你得来，哭时你得走。既然来了，为当下谋生活，也要为后世留点什么。不然，走则走矣，凭什么别人记得你曾经来过。

在生命的谷底看清自己

天底下没有一条河流是笔直的，淙淙溪流经过九曲十八弯，汇聚了八方水源方才成就大江大河的波澜壮阔。天底下也没有一条路是笔直的，上坡下洼、曲折盘旋，方才有数不尽的风景映入眼帘。人生哪有一帆风顺的，西天取经，尚且历经九九八十一难，何况我们来人世间谋生亦谋爱，哪一个不是千疮百孔后方才艰难困苦、玉汝于成？

磨难与受挫、伤害与重生，原本就是人生旅途中的必修课。我们每承受一次挫折、经历一番磨难，都是人生一次凤凰涅槃。时间顺流而下，生活逆水行舟。在生命的谷底看清自己，彻底的绝望往往能磨砺出最锐不可当的勇气。

近几天，我在翻看十几年前写的一部长篇小说的手稿本，虽称作小说，其“尾声”却是人生一段惨烈的经历，转录如下：

> 救护车凄惨地叫着冲进医院，范自法院长与一群医生早守候在急救室门前。他躺在救护台上浑身乌紫，身体扭曲，口吐白沫，不省人事。
>
> “快，快！”范院长指挥抢救，早已等候的医护人员忙活起来。
>
> 他的灵魂出窍，仿佛觉得地狱门前有座弯弯的小石桥，他在小石桥前遭受各种酷刑。一根烧得通红的铁柱子在他眼里幻想成他爱的人，冲过去抱住，一句话没说出口，又被激流堵塞住喉咙，坠入黑洞洞的深渊……渐渐地，他不挣扎了，感觉身子飘在半空中。他像在攒力气要过这桥，到桥的那一边去，与那边脸上没有

表情也不说话的小矮人一样幽幽地晃荡……

这个“尾声”完稿于2008年7月30日凌晨零点三十二分。头天晚上端坐桌前，六个多小时写下一万两千字，屁股没离开过椅子。历时半年多写完这部三十三万字的小说手稿，每个字都是蘸着血泪写就的，写完“尾声”，身上最后一滴血仿佛流干了。

灵魂出过窍的人，肉体在等待灵魂归来之前，大约只能算是一介躯体空壳在游走流浪。天作孽是没办法的事情，人作孽迟早是要还的，人生在漂泊中能否涅槃重生也看自己的造化了。

那段时光里，工作之外的时光都用于写作。当时我最喜欢的就是节假日，单位人都走光了，只有我独自在单位写作，受人尊敬的胡美兰大姐是单位的“大管家”，逢节假日她一准到单位。她临出门时把我反锁在里面，中午看见我从门缝里向小摊主讨要两个馒头吃时，她都深叹一口气，我冲她笑笑。大起大落间看清身边人，人生跌入谷底时方能感受到爱你的人都有谁。像胡美兰、宁平这些大姐姐那时给予我的关怀是弥足珍贵的，我一直记挂在心。

事非经过不知难，正在经历时才知道打碎一个人只是瞬间的事情，而要修复、重生的过程既难又漫长。

那段光阴里，我顽强锻炼身体。每天很早就起来走路。能稍微走得远一点时，就小跑起来，每次都比上一次多跑一小段路。几个月后，我能沿着环城公园跑一圈。从此后有三个春秋，无论酷暑严寒，还是雨雪天气，我每天早起在环城公园跑一圈，加上跑上坡冲下河边，总长超过十公里。晚上去体育馆训练拳击，努力恢复体能，修复损坏的躯壳。躯体是承载自己去远方的载体，损坏了只有自己负责修复。

有一天晚上，我在体育馆训练臂力时，拽断了拉力器的铁链，拉力杆与铁链中间的尖角重重砸到自己头顶上，顿时鲜血流湿了我赤裸的上身。我借用他人手机，给报社同事杨和宝打电话，让他叫方伟阳带钱到报社附近医院急救室门口等我。我还那人手机时，向他借了十块钱（至今无法还他），自己拦的士去医院。的哥见我一身是血犹豫不决，我安慰的哥：“我是好人，你别害怕。”他才肯载我去医院。

方伟阳早已守在急诊室门口，见我一身是血上前欲扶着我。医生要给我缝针时，来了一个跌破了头的醉鬼，一群半醉半醒的人大呼小叫的，好像天塌地陷似的。准备给我缝针的医生看着我有些犹豫，我指指那醉鬼，“你先给他缝吧，我等着”。那伙人转过头来看着先到的我，露出很诧异的眼神，继而对醉鬼说：“你别再闹了，你看看人家这位大哥一身血，那么镇定自若，还叫医生先给你缝针。”医生也跟他说：“你要向这位大哥学习，男人受点伤、流点血算得了什么？”

我把自己的头颅砸了个天窗，竟在这里成了被学习的榜样了？！我闭目养神，方伟阳急得如热锅上的蚂蚁，不停地给人打电话。我头顶上的伤口缝了四针，包扎后在头上套了个网状袋子，打了破伤风针。

走出医院门，已是凌晨了。

方伟阳带我去夜摊上吃饭，两条鲫鱼煮汤，他交代老板不要放生姜，不要放酱油，小葱也不要放。喝了鱼汤，他打车把我送回栖居处，才一步几回首，消失在夜色里。

方伟阳一直没问我怎么受伤的。过了几天，他才敢说：“那夜看你一身是血，以为你在外跟人打架了。你都受伤这么重，我猜想那个人不是被你打个半死，就是被你扔进哪条水沟里去了。”

头顶上的伤口还未拆线，总编室副主任王勤益告诉我一个消息：“要派一个记者跟随江淮瑞鹰车队自驾去珠穆朗玛峰，你可去？”“我去！”圣人不是说过“天将降大任于是人也，必先苦其心志，劳其筋骨，饿其体肤”，那我就先来一次苦旅。

去西藏的前夜，我在单位依旧写作，留点时间给孩子写了一封信，交代一些事情。午夜时分，我下楼看到一群年轻记者在等我，他们事先约好了今夜为我饯行。在街头摊子上，他们喝了三杯两盏烈酒，我以水代酒敬这些在我落难时给我信心与温暖的年轻人。我至今记得那夜送行的人：袁星红、丁贤飞、方伟阳、向凯、周晔，还有彭玲、朱艳琪、孙晨几个女记者。

宇宙茫茫然无边无际，无始无终。我们居住的地球也仅是宇宙间一粒无限小的尘埃，我们个人更是渺小得低到尘埃里看不见。若不是有缘遇见，我在这尘埃里喊破嗓子，你们也听不到。你们在哪儿？我可能望穿秋水，也看不见你们的身影。那个子夜，我在细雨中遇到这群站立在雨中等着敬我一杯壮行酒的小伙伴们！写此文时，我问那时刚从南京大学硕士毕业来单位的彭玲可遗漏了谁？她做了补充，感慨道："时光真快，自己今年虚岁四十了。"

西征，路漫漫其修远兮，我每到一地先要寻找能给头顶伤口换药的诊所，到青海西宁时，我找到一家诊所拆了伤口的线，带了些防止感染的药物。曾在西藏施工过的中铁四局宣传部部长、摄影家许国先生几次打电话给我，叮嘱一定要防止感染，高原反应对伤口特别不利。我的同事汪清波也讲述亲历的一件事：去珠穆朗玛峰途经唐古拉山时，一位同行者身上有伤口不适，滞留在原地，等他们返程时那人已死了。我在高原雪山上前行时，真觉得翻过雪山后命才是命，丢在山口就是孤魂野鬼，生与死从来都是邻居。当时有位叫王瑛的江南女子沿途发信息鼓励我："你越走越高，感觉胸怀也越来越宽了。但愿归来依旧是从前那个阳光帅气的你。"

可可西里在藏语中是"美丽的少女"的意思，海拔高度平均都在4700米，真正的高原了。昆仑山作为可可西里最高大的山脉，几乎集中了6000米极高山与5500米以上的高山。这里离天近了，沿路随处可见藏羚羊。剧烈的高原反应让同车人呕吐不已，有人打开车窗往外吐。有经验的车手提醒大家："不要开窗，宁可吐在车内，也不要伸头灌冷风。一旦在高海拔地区感冒了，出现肺水肿，那是要命的事情。"

可可西里这个"美丽的少女"固然迷人，可你历尽千山万水走近她时，脚前的鲜花芳草或许就是地狱入口。翻越5231米唐古拉山山口时，风急雪大，风寒似刀，刀刀冰冷入骨。有人见到昆仑山石碑，提醒大家下去照相留影，许多人连下车的力气与兴趣也没了。最美丽的风景最终还是要有命去欣赏的，当时巴不得早点离开山口，下到海拔稍低一点的地方，能顺畅地呼吸空气就是莫大的幸福。

夜宿安多城，我们全无食欲，昏昏沉沉地摸到床就倒下了。领队叮嘱我们：夜里要相互喊喊，听不到回答就伸手摸，不论是男是女都要摸，瞧瞧还有没有出的气。我半夜还是起床了，满屋躺着的人都在呻吟着。我摸着墙壁到屋外找个地方呕吐，胆汁都吐出来了。病与痛只有某个地方不舒服，而强烈的高原反应让人浑身没有一处是舒服的，生不如死的感觉。回屋才发现旁边床上躺着从广州来的叫吕静莲的女孩，我喊了她几声，她回了句："我没死。"天亮后问她咋跑到这床上了，她笑笑，说："既然可能是丢掉性命的一个晚上，与其死在女人堆里，还不如躺在男人身边做个漂亮的女鬼。"

我还是闯过了可可西里无人区，到了珠峰大本营。极目雪山荒原，俯仰天地，叩问自己的灵魂：我来人间是干什么的？在这离天最近的地方我终于明白：自己终究只是一介文人，此生一趟行程给这红尘中留下些文章。回想我此趟西行，看到长江的源头，还沿着雅鲁藏布江行走过，天下没有哪一条河流是笔直的，九曲十八弯，汇聚了沿途的涓涓细流方才让河流有了别样的生命张力，一路高歌奔腾到海不复归。

我在珠峰大本营站起身时，感觉灵魂跟上来了，回归到我躯体了。人生就像一列过山车，有时速度太快了，不加以控制就可能出轨翻车，家破人伤，甚至是车毁人亡。有时，人生不妨放慢脚步，让灵魂跟上来，免得血肉凡胎作孽种下诸多祸根。

狼来过

我是遇到过真狼的。狼从圩埂上跑到圩心来，跳过水沟时正好落在我面前，它夹着尾巴往金牛山方向跑去。后面一群持锄头、铁锹的庄稼汉追过来问我可看见了什么，我说一条大黄狗刚才从我身边跑过。那一年，我六岁。

那天圩心一口荷塘在抽水，我们伢们结伴去看能否搞到藕吃，我独自回家路上迎面碰到了那头奔跑过来的狼。我的父亲当时也在追赶狼的人群中，他抱着我，摆摆手不再让人们说狼。我回家后不知道怎么连着发烧好几天，睡梦中也在喊“狼，狼”。

我的故乡在巢湖南岸金牛山下湖稍东圩埂上，四条圩埂上挤住着近千张嘴，指望着圩心几百亩田里打的粮食，真正是寸土寸金。圩心里除了几条纵横交错的水沟，农民们巴不得将水稻栽到圩埂头上来。我们儿时在家乡看到的色彩是单一的，春天是青色，夏秋是稻谷的黄色，冬天则是白雪了。我家隔壁人家院子里有两棵柿子树，那色彩成了我们童年里最浪漫的色彩。

东圩埂有一口藕塘，缘于一场洪水。

东圩埂队靠北圩埂根下有一片洼地，可能是很久以前挑圩埂挖土落下的长条形深坑。年份久了，这坑洼里就有了淤泥，生产队舍不得丢下这片洼地，春季插秧前，派人用水车车水，犁土翻地，栽上秧苗。逢上春夏雨水多时，这个深洼三天两头水淹过秧苗头。庄稼人都知道，秧苗闷在水里一昼夜就没救了。我亲眼见过，最多一次有四辆水车车水，歇人不歇水车，希望能让秧苗尽早露出水面。

乡下人想多打几担稻就这么难，用我父亲的话来说：“从泥巴里抠碗饭难啊。”

我六岁那年，天像是被暴雨冲通了，洪水成灾。

我父亲带着东圩埂的男人们顶着风雨上圩埂防汛，昼夜守护在圩埂上，锯树打桩堵漏，拆下门板防浪护堤。男人夜里潜水打桩时腰上系着绳子，那是与死神在较劲啊。

东圩埂如我一般大小的屁孩子睡梦中，被从舒茶山里干木工活回来的何德长堂叔连喊带骂全拖下床，集中到我家。村里的女人们仔细瞅小屁孩们，发现少了两个，赶紧上门去抓过来，他们连裤子也没穿。德长叔领着我们走下圩埂，往圩心对岸的鹭鸶嘴岗头上跑。德长叔边跑边喊：“东圩埂长卵蛋的伢们都跟我走，一个也不要落下。”狂风暴雨的黑夜里，我们牵拽着彼此的衣角，从田埂上蹚着水跟在德长叔后面跑。遇到水沟，德长叔一个个抱我们过水沟。

当夜天亮前，湖稍圩破了，第二天，洪水漫过东圩埂。长大后，我才从相关资料上获悉，那年洪水中，巢湖周边连破了许多圩，我们家附近的湖稍、陈垱、林城、天井、哑巴、施湾圩全破了，汪洋一片，白浪滔天。灾难降临时，是东圩埂长辈男人给“长卵蛋的伢儿”挡住了灾祸，带他们逃生保命。

天上的雨下光了，天晴了。

洪水吞噬了快成熟的稻子，圩心依然一片汪洋。

那时候抽水机还极罕见，靠人工水车怎能抽干满圩心的水？只有等候江水、湖水退去，自然流走。人定胜天，很多时候仅是我们人类一种善良的愿望，就跟我们年年祈盼风调雨顺一样，哪年又能天遂人愿呢？我父亲将一根铁棍绑上许多铁丝，张牙舞爪状，两端系上绳子，让人划小腰盆带到稻田位置的水面放下去，众人齐力往回拉绳子，铁棍拖上来，铁丝上缠着许多烂稻草，女人们抢上前取下烂稻草，细心地淘洗出谷粒，洗净晒干，用棒槌碾出米粒，分到各家。

东圩埂又见炊烟袅袅升起。

炊烟袅袅，看上去浪漫温馨。可那尚未熟透的稻谷浸泡在洪水里快烂了，那“米”煮出来的饭是赤红色的，饭粒还没进嘴，早有一股浓烈的焦煳烟味呛入嗓子眼，嚼在嘴里，咽不下去。东圩埂上辈人吃过草糠、剥过树皮，我们在孩童时代也尝过人世间最难下咽的洪水饭。

乡下人的命不金贵，金贵的是粮食。

东圩埂那条深洼地怎么变成了藕塘，我又怎么会与狼迎面相遇？

那年圩心的洪水渐渐退去，露出来一块地，东圩埂的男女们立即播上麦种子，早一天播下种子，春上就早一天与饥饿告别。在等下一块地露出水面的间隙，生产队男人们绑扎起一条粗绳子，两端各上几个人一齐拽着粗绳子赶着水跑，绳子后面的水浅就有鱼儿在跳。众人各显神通抢上去逮，有人用罩鸡的篾笼子先罩住鱼，然后伸手进去摸。那根粗绳子拉到哪里，哪块水面就泛出笑声来。

那些清苦的日子里，东圩埂依然有笑声。大伙儿将各自逮的鱼集中起来，拎回东圩埂上由我父亲主持给各家各户分鱼。洪灾之后，东圩埂人的碗里总算有了荤腥。

那年冬季，圩心庄稼颗粒无收，圩埂上的住房也倒塌不少。乡亲们既要糊口，又要忙着撑起倒塌的土房。实在抽不出人来车那片深洼地里的积水，于是形成了一口长方形水塘。

春风吹来的时候，已回舒茶山里干木匠活的德长叔托人捎信给我父亲，让他带几个人进山扒藕种。德长叔在山里带了几个徒弟，没收过人家钱。徒弟们家人过意不去，愿将自家的一小块田藕，给圩区人做藕种。能够舍弃自家田里的藕给别人当藕种，把当时活命的食物拿给别人做种子，这是过命的交情、天大的人情。我父亲带人在舒茶山里小心翼翼地扒了一天，唯恐损坏了一根藕节，他们星夜挑回东圩埂，将这舒茶山里的藕秧子栽到圩埂下那片深洼地里。东圩埂上住的都是何姓人，有史以来第一次有了荷花塘，塘里有藕，也储存了我们孩提时代的希望与期盼。

我们一群屁孩子从春天开始，每天放学后，结伴到北圩埂下看那片水面，期待水面上露出荷叶来，幻想着连天荷叶飘香来，扒出泥巴露出白嫩嫩的花香藕。那时候，一个“饿”字如影相随。成天想着有什么东西能填肚子，实在没东西吃时就争论一顿能吃下几碗饭。有了这个荷花塘后，我们总是以花香藕作争论主题。饥饿的岁月里，一叶莲花，就能给我们藕香四季的梦想。那口藕塘，让我们度过了饥饿而又愉快的童年时光。

中秋近了，东圩埂的父辈们要将我们酝酿了几个季节的藕香之梦变成现实了。

他们用水车分班车藕塘里的水。我和小伙伴们天天结伴去塘边，看岸边水痕，满心等待中，藕塘里泛起一个水花，就能让我们欣喜半天。有时饥肠辘辘，谁也不肯回家去吃饭，生怕错过下一个浪花出现的机会。那天已过午饭时间，我独自沿水沟往圩埂上走，在一个丁字形的岔路口，一头飞奔而来的黄毛大狗纵身跃过水沟，贴着我耳边擦过，纵入干稻田往金牛山方向跑去，一股风差点带倒了我。我养过一条名叫赛虎的黑狗，在全村狗中跑得最快，可也没才从我眼前飞过的这条大黄狗快。

正寻思间，我父亲与村民们持锄头、扁担追到水沟边，他们气喘吁吁地问我刚才可看到了什么。我说：“一条大黄狗从我身边跑过。”我父亲跳过水沟，把我拥在怀里。有人说：“那不是狗，是一头饿狼！”“我们一直从圩埂上追过来的。”父亲忙冲众人摆手，抱着我回家。

当我明白那是头饿狼，跑到圩埂上吃了邻居家的两只老母鸡，被人发现后追撵下圩心后，开始怕了起来。抑或是在藕塘边吹冷风冻的，我高烧不退。乡亲们相继来我家，有送几个鸡蛋的，有送两个从草灰里扒出来的柿子的，还有坐月子的人让家人送来几勺红糖的……

乡亲们从邻队借来两架水车，壮劳力轮流昼夜车水。德权大伯与德军叔赤脚下藕塘，踩几节花香藕上来，众人送到我家。藕熟了，香味飘起时，我家土屋里挤满了人。众人看着我母亲端着半碗花香藕，我却昏迷不醒，一起使劲喊：“大玉，藕来了，藕来了。”迷迷糊糊中，我隐约听到“狼来了，狼来了”，一声惊叫，浑身冒汗。

一丝丝甜味，一点点泥土腥，仿佛是一泓浅浅的泉水，润湿了一片荒漠，越润越湿。泉水润地，芳草萌生，大地复苏了！“大玉醒了！醒了！”我听到有人在喊我的乳名，我母亲说：“你吃花香藕。”

今年谷雨时节，我九十二岁的母亲到那边与我父亲团聚去了。如今我栖身江南山野，有时独自在月光下走走，清风拂来，想想这半世在外的漂泊，屡挫屡战，身心俱损。有时听老歌《酒干倘卖无》，“多么熟悉的声音，陪我多少年风和雨，从来不需要想起，永远也不会忘记……”我都想起生养我的金牛山下东圩埂，想到了那方水土上的乡亲们，我这个漂泊他乡的游子不禁悲从中来，泪湿衣衫。

慢读一页旧情书

今天，快递员进山来，将我整整一只铁桶的江南莲藕种收走了，发往合肥市一家工厂园区，给我十多年前认识的设计师出身的企业家余晓慧。她那方水池一直种藕，却从不见花开，有些郁闷。九华佛境的莲花，藕小莲花多，自然与别处不一样。

江南的莲花并不名贵，甚至可以说其命很贱，有水有泥的地方就能生长。春日里，小荷才露尖尖角，夏花秋藕，冬季煮藕，香飘满屋。不像我们长江北岸的乡村人多田少，水田里舍不得种莲藕，几乎见不到莲藕。我到江南上大学时，见水塘沟渠间随处可见莲藕，山峦间更有一眼望不到边际的荷塘，风过处，荷叶波浪似的起伏有致，送阵阵荷香入鼻，观之如醉。那时读苏轼写惠州荔枝的诗，“日啖荔枝三百颗，不辞长作岭南人”。宋代文人因荔枝而想留作岭南人，我却因江南处处皆可采莲，那“接天莲叶无穷碧，映日荷花别样红”，让我萌生在江南择一处有荷塘的地方老此一生的念头。

那时大学毕业是分配制，一纸派遣证让我还是回到江北谋生。辗转之间，竟已虚掷了几十载光阴了，重又转回江南生活。遥想北宋才女李清照曾到过江南池州，“红藕香残玉簟秋，轻解罗裳，独上兰舟”，还心生“花自飘零水自流”之感慨。我写不出来这般娇滴滴的文字，可感慨肯定是有的。假若大学毕业真的在江南择一处荷花地，与来采莲的江南女子相守池边草屋，今生将是另一番景象，不至于挤破了头皮混迹于都市几十个春秋，弄得一事无成、一身是伤，一种相思，几处闲愁。

于江北的几十年间，我曾努力种植过荷花，新闻摄影名家张安浩先生拍过《老何种荷》短片。有一回我给出版集团讲新课，人家请我喝了场酒，还给了八百元讲课费。我当即跑到明珠广场瓷器展览会上买了一口很大的瓷缸，喊同事方伟阳来搞回家，帮着弄到自家顶楼露台上，深夜从田野里背泥土上楼顶，又寻找藕种栽进缸里。这口大瓷缸现在还在楼顶露台上，连年开出莲花，我每到开春要倒缸，清理掉盘根错节的莲藕，只留几根做藕种。

有一次读汪曾祺写他父亲种藕的文章，春季从塘里挑来塘泥，将院内两口大缸按一层塘泥、一层马粪叠加，水没过泥土。晒得泥巴裂开，再一层塘泥、一层马粪，水没泥土，再晒裂，如是者三回。春季栽下藕种，灌满水，等春风夏雨过后，中秋之际，即可挖缸里的藕。或煮或炖汤，抑或是藕眼里塞进糯米煮熟后撒些桂花，家人闲坐，灯火可亲，庭院里活色生香。

汪家父子俩的“种藕”经历，搅得我心生波澜。

人生经历过许多劫难，目睹亲朋好友相继离世，方才明白仓央嘉措所言并非诳语：世间事，除了生死，哪一件事不是闲事？我来江南的初春里，栖居地前面池塘里满是小蝌蚪，我常去集市上买些豆腐渣抛撒喂食这些小生灵。它们尾巴一掉便趁雨天结伴从池塘爬上岸，往山林间爬，路面上黑压压的小蝌蚪有时被车辆轧得遍地尸体。再碰上雨天，我与几位老大姐站在路口试图说服路过的车辆绕道走，放一条生路让小蝌蚪们回家。

夏季来了，春季栽下的莲藕一天一个样，真的是莲叶何田田，与别处荷塘不同的是，我们能闻到荷香，亦能听见蛙鸣，晚上蛙声鸣到月上枝头时，集体闭声，还夏夜一片宁静。我们猜想，这些合唱的蛙中，肯定有我们在雨中护送上岸的小蝌蚪。有蛙声，还有荷香，我慢慢恢复些元气，守得住寂寞，品味孤独，不再为尘世琐碎魂牵梦绕，努力将佝偻了的腰身站成孤独，做回自己。

又一个春雨的季节里，我将小院内的角角落落挖好了小池子，沤好了泥巴，虽无汪曾祺父亲那时用的马粪，我将沤了一个冬季的菜籽饼拌进泥巴里，向九华山中老农家讨来莲藕种，栽了下去，满怀期望地静等荷花绽放。那年春天，书法大家张兆玉老兄还健在，他特意给我书写“何园”二字，还打趣说：“你姓何，你爱人小孙名字中有华字，华就是花，何园种荷花是天意。”去年入冬后，我请来山中几位老农，改造何园中的荷花池，主要是蓄得住天水、精选莲藕种类，我趁枯水期从池塘底捞出一桶桶淤泥拎到何园池内。伸手捏一把池中泥巴，软软的、细腻的泥巴就从指缝间漏走了。我就知道，以后的春季里何园小荷尖尖角准会特别漂亮。

我在台湾买过被誉为“现代抒情诗绝唱”的诗人郑愁予的诗集，其在《错误》中吟咏:“我打江南走过，那等在季节里的容颜如莲花般的开落……”郑愁予哪里有福气看遍江南莲花，他自己也承认，“我不是归人，是个过客”。江南的莲花真不是随便什么人都有福气赏够的，曾在安徽师范大学执教的朱良志教授转去北京大学任教后，把他的中国艺术理论讲演汇编成集，取名叫《曲院风荷》。江南曲院自古就婉约含蓄，培育和隐藏中国文人灵性所在。朱教授在江南生活许多年，即使迁徙京城，又哪里能忘得了莲花江南的美妙风情?

牛年的春雨还未降落，春风已热烈地吻过江南的青山，吹皱一池春水。在江南做一介布衣，从旧书堆里看看可能翻检出旅途上没有寄出去的情书，用几场春雨的时光来慢读，续写好后面的篇章，静等荷花开。

寻找心灵的牧场

我们自孩童懵懂启蒙时起，大约都在用自己一生的流浪去寻找一个可以让心灵牧马的地方。

年少时离别家乡，我们胆怯地去了远方，到一个陌生的地方寻找生存的方向。看不见亲人的凝望，更无了儿时的依靠，恐慌无助中求得衣温食饱。流浪途中遇见心仪的 TA，只是自己空空行囊，拿什么陪 TA 去流浪？没有人强行将彼此分开，也只好目送 TA 去了更远的地方。我们将所有的黯然神伤都藏进了简单的行囊，偶尔谋食的间隙我们跑到高一点的山岗上，眺望那渐行渐远了的情伤。不能忘，夜夜伤。

一缕晨光斜斜地照进窗户，把我们夜间掉落的泪珠变得晶莹透亮。猛然翻身下床，怎敢这般奢侈地迷茫？一时竟忘了自己在流浪，居然学了别人的模样去奢望。纵使孤独无助，今生也当有所成就，莫负离乡出走时那份最初的愿望。

万家灯火通亮，哪一盏灯能温暖到自己的心房？风雨兼程，路途中别指望有人给自己打伞，只能风雨无阻地流浪。心血将一盏盏街灯点亮，智慧给了一条条街巷以光，汗水把一座座城池美化，继而将温暖传递到更多的山川河流……

别人或许看到了我们所谓的成就，我们却还是别了刚刚熟悉的他乡，继续此生完不了的流浪。衣食温饱已不是从前的模样，只是不想再像蝼蚁一样为食而忙。这回不同于那年青春的山岗上，怀揣一份情伤，要为远行的 TA 将来骑马路过时建一个大大的牧场。

我们精简行囊，断舍离，再出发去流浪。原本空空的行囊里装载了太多的欲望，放得下的东西越多，我们才会越轻松，轻装前行继续此生的流浪。这一回，我们流浪寻找的是自己心灵的牧场，放飞禁锢已久的心灵，让其重归纯洁的牧场。

半世流浪漂泊，我们凄风苦雨过，也曾沐浴过阳光。太阳邀请了看见他的人去流浪，我们岂能被转瞬即逝的负累拖住了流浪的脚步，甘愿沦为诸多负累的奴仆？生命不能承受之重，承载太多负累的心灵无法在广袤无垠的牧场上驰骋。我们有力量放下沉重的行囊，只是缺少拂去被尘封已久愿望的那份勇气。

伫立茫茫天地间，江河奔腾东逝水，四季轮回哪一季都有数不尽的风流。我们短暂的一生仅是长河中的一滴水、落日前那满天彩霞中的一点红。既然太阳邀请了我们，何不用自己余生的光阴流浪，去寻找一个可以让心灵牧马的地方。

学做石匠

立秋入冬后，江南茶溪小镇就鲜闻雨声。我山中居所前的葫芦塘仅剩塘中间锅底状的一汪浅水，小狗阳阳与它的小伙伴们常在塘四周追逐打闹，比往年多了一处玩耍的地方。

每年夏季，我差不多天天下葫芦塘游泳。有时提前扔一张虾笼到塘里，游泳上岸时顺手拖上来，我从活蹦乱跳的几十只虾子中捡出肚里有子的虾扔回塘里，余下的配上几只辣椒爆炒，一碟好菜就成了。唯一美中不足的就是塘底石头太多，上岸时脚踩在石头上硌得直龇牙。

股神巴菲特曾说过一句话，“只有退潮了，才知道谁在裸泳”。葫芦塘水穷处虽然不见谁在裸泳，倒是塘底那些大大小小的石头全裸露出来了。我从塘泥中捡出一块块石头，堆放到门前塘埂边。在冬雪还未飘来的时候，就着我冬修水利时剩下的水泥与沙子，下塘边补垒荷池外壁石头坝。几年前，我初来九华山中筑园时，秋浦河畔的文化名人汪皖平先生曾送来几车秋浦河滩水冲石，石匠们砌池壁时用光了石头，后来夏雨多水涨就耽搁下来了。

山里秋冬季无雨亦无雪，于庄稼生长不利，对庄稼汉打工倒是利好，只是像我这样的零活找不到临时工也请不到师傅。好在我曾请山里石匠给我筑园，跟着他们后面干过砌石头墙的活。石匠们求牢实，石头挤靠着石头。我要求尽可能将石头漂亮的一面呈在外面，时常有意见不同的时候，甚至拆了砌好的石头墙重新再来。好在他们返工的工时也是我出钱，对于争论结果他们倒也不会有意见。这次石坝外壁垒石头，找不到石匠，我就自己干吧。

垒筑石头首先每块石头要立得住，无论是垫、楔、靠、挤、压，松开双手，石头能稳稳地立住，才能用砂浆固化石头。石头尽可能选择最美的那一面向外，待水泥砂浆稍干后，往里层填充大小不一的石头，再塞些碎石子充塞大石头间缝隙，然后往里面灌砂浆。每隔几块石头要找块石头“顶天立地”，纹丝不动，当成“柱石”拉扯两侧横竖不一的石头，这样坝埂形成一个整体状，方才固若金汤。

平时看别人吃豆腐牙齿快，临到自己上手做事方知实在不容易！我要在园中和好水泥砂浆，一桶桶拎着翻下坝埂到塘里，随机从一大堆杂乱无章、大小不一的石头中挑选恰好适合那一个地方的那一块石头，无论俊丑厚薄，不管轻重，都是我一块块弯腰捡起来粘上水泥浆让其各就各位。砌石头技术姑且不论，一小段石坝垒起来，相当于搬了一个石头小山，特耗体力。码砌石头墙不能光埋头干活，施工过程中既要近观也要远望，在远近高低各不同的端详审视中捕捉灵感，把寻常的石头坝埂演奏成凝固的乐章。

一连忙碌好几天，终于在冬雪来临前将荷池外壁全砌上了石头。累到都想瘫坐在泥塘里，端详间忽然发现挑挑拣拣中似乎每次都挑出最好的石头用掉，而那些挑剩下的丑石，连最不堪观赏的怪石也作上好的填充石材用掉了，倒成了坚固坝埂的重要材料。那时候突发奇想：成堆乱石尚能材尽其用，各有各的用途，何况普天之下英才俊杰，应皆可用。

我将新筑的石头坝拍照发给我儿时同学范自才看，他回了一句话：“老家门口在搞合肥南城建设，缺少石匠。”他这个当过局长的人未必是在夸我的石匠手艺，有可能觉得我在山间虚度了时光吧。人总要静下心来，最终会将目光从那些转瞬即逝的东西上移往自己的内心，心静才能品味人间清欢，而后活成自己喜欢的样子。我曾混迹于热闹的都市三十载光阴，于最深的绝望中离别时犹如一片秋叶落下，没有一丝声响。遁迹江南山林间，慢慢静下心来整理自己，过着宁静而又自省的简单日子，默默耕耘于文学田野。

人生如白驹过隙，谁又能始终跟着太阳一直辉煌下去呢？许多人一生都在拼命赶路，期盼着比别人走得更远，比从前攀得更高。垂垂老矣，或是命运骤然发生裂变，方才想起一路上忘了欣赏沿途风景，一心只放在那些转瞬即逝的东西上。若是能在最美的时光里清醒地淡出，守着一份温暖慢慢变老，放得下有形的东西，内心就会更加富有，徜徉山林溪畔，品尝至味清欢，有知己朋友同游，活成自己喜欢的样子该多么好哇！

我于他人已无甚用处，山里砌段石头墙根本入不了正在路上的奋斗者法眼。可砌垒石坝的那些天，尽管我累得晚上躺下即睡着了，可每天升起新的一轮太阳又像是发给我一份快乐的请柬，邀我与这山林间的大自然一样沐浴着简朴而又纯洁的阳光。我在快乐中且慢慢于茶溪听雨，等着欣赏就要来临的大雪。

进城与出城

立春后，若是依据天气预报江南几乎一直在下雪，而且雪还不会小呢。事实上，雪花姑娘匆匆来见过一面，又赴另一场约会去了。天虽阴着脸，伸出手不觉得冷，偶有阳光穿过云层晒到身上，暖暖的。

这样的天气，适合下地干活了。一年之计在于春嘛，新春伊始总要做点事情，不然哪来的秋获冬藏呢？我看中墙外山坡上那一方小水塘及其周边的稻田，邻居谢丹薇大姐春夏之际航拍了那一片小山坡，被碧绿稻苗拥抱在怀的那方水塘特别有诗意。夏日傍晚若是伫立塘边，聆听青蛙齐奏《盛夏的果实》也许是另一番风味。山野间的秋风起时，再去这方田野看看天上月亮和水中月亮是不是一对孪生姐妹呢？甚至想着以池水当墨抒写人情世故，可能会涌出来许多精美的诗文。

我曾几次去墙外那方田野等待来此耕地的老农，仅有一次看到一个老农从山上扛着一捆新砍的柴火，匆匆走过我身边。我追上去询问他水塘边的稻田是谁家的时，他把肩上的柴火用木棒顶着，腾出手来接过我的香烟，狠狠地连吸了两口，听完我的问题后，缓缓地吐出烟圈，说：“开春后我帮你找户主，他们早不想种田了。”当时仓促间没留下老农的联系方式，加之我回家跟家人说了这个“春天计划”时，家人笑了，“你真种田了，一年下来就是地地道道的山里老农了”。妻子坚决反对的另一个理由是，我若是种田，她得天天跟我后面洗衣服。想想也是，仅就园子里的小活，我差不多上下午各换一次衣服，内衣为汗透，外衣粘满泥，洗衣服确实难。至于能不能成为山里老农模样，我倒是不在乎的。我本农家后生，误入都市红尘，身心的诸多零件都被城里的风霜欲念弄坏了，能在山野间“大修保养”，恢复些元气，多看几年门前流水，那也是件天大的好事情。

年轻时拼着命往城里挤，乡下娃儿成了城里人，有着一份还算体面的工作，那时最大的奢望就是将来有一扇窗户的灯火为我而亮着，我在这陌生的都市里有个遮风挡雨的居处。当时浑身有的是力气，下班后闲得慌便撒腿往郊外荒野里漫无目的地跑。我搬过许多次家，那时荒郊野岭水塘多，想撒野有的是地方。最先住宁国路与九华山路交口，紧挨着一座著名的高校。冬季积雪很厚，我早晨是那所大学校园里那口水塘边的第一个跑步者。

春夏季里，我在校园那片杉树林间锻炼身体，直到搬家到稻香楼附近时，我就到环城公园撒野，再后来往西边的大蜀山跑。那段时光在野外石油勘探队养成的“野性”依然十足，根本没有想到后来的生活中有着那么多的曲折磨难，差点让我如一片落叶飘零于都市的街头，徒留下一段段深深的伤痕。人在都市里生活日久，野性渐弱，野心与贪欲反而跟岁数一样渐长，看不到欲望满足的尽头。当私欲膨胀、贪念滋生，就会潜滋暗长着诸多凶险。私欲犹如一条盘踞在人心里的毒蛇，稍不控制或是遇到合适的环境，这“毒蛇”就会见风长大，大到足以吞食包括人身心在内的许多有形无形的东西，摧毁一个人的一生，还会殃及池鱼。我有一个女同乡，非常有才华。她在事业如日中天时公开说过，自己读大学时因为长得丑，没男生追求自己。她说此话时，内心应当非常自信了。事实上她确实为那个城市的建设做出过贡献，奉献过智慧，原本受人尊重，却掉进了物质的泥泞里。据说，她收受的各类昂贵皮包就以千计。那么多包包，几世也用不完啊，只是她已没有挎一只包逛逛街的机会了。

水往低处流倒是没有什么坏处，人往高处走也是人之常情，只是心术不端的人越往高处走，掌控的东西越多，他的破坏力会越大，小到毁了自己及周边的人，大到将给社会造成很大的破坏。我老家一个人坐在“一把手”的椅子上许多年，树大根深，飞扬跋扈、胡作非为到了令人发指的地步，男人晋升必须要送钱，女人想进步要陪他睡，长得丑的还要倒贴钱。多行不义必自毙，正义可能会迟到，但是我们要相信它不会缺席。只是这迟到的正义，已给一方生态环境造成了极重的伤害。

有一首歌叫《小城故事》，纯而又纯。可人在欲望横流的都市里因心里驻着的那条“毒蛇”没控制好，而毁了自己的事情海了去了。一个小贼随便都能偷出诸多离奇的故事来，在欲望的海里无论发生什么都已经见怪不怪了。我在城里担任当时全省发行量最大的一家报社首席记者和社会新闻部主任期间，每天接触到数不胜数的伤痛与伤害事情，试图用道义、善良唤醒更多人的良善之心，伸出温暖的手去帮助那些在命运泥泞中挣扎的人。自己背负着太多乞求与期盼，内心负重承载超过了极限值，几乎丢了小命。涅槃重生后醒悟到，人世间种种不幸固然有天灾人祸，还有来自制度的缺陷，还有就是人性本身在作孽。并非人间“龙凤”才会作怪，很多平常之人也被内心的“毒蛇”撕咬着在欲望中挣扎，作下诸多孽，种下祸根。不是不报，时候未到，时候一到就自然诸多不幸来。

2011年初夏，上海复旦大学青年教师于娟在病中的遗著《此生未完成》出版，我们一群人为此搞了个小型读书会，于娟丈夫赵斌元专程从上海赶来出席。我们都不好去触碰这个男人的伤痛，倒是他不断提醒大家：大家要照顾好自己。于娟生病之前的三十年都在非常辛勤地做蚍蜉，其实，名利权情，没有一样是不辛苦的，却没有一样可以带去。想想我们何尝不是一直在做蚍蜉？蚍蜉做大了，便想着撼树，积累更多的有形东西，宁可负重前行，也绝不轻饶自己。我至今仍记得于娟在日记中写的一段话：“在生死临界点的时候，你会发现，任何的加班（长期熬夜等于慢性自杀），给自己太多的压力，买房买车的需求，这些都是浮云。如果有时间，好好陪陪你的孩子，把买车的钱给父母亲买双鞋子，不要拼命去换什么大房子，和相爱的人在一起，蜗居也温暖。”想我当年初进城时，浑身有使不完的力气，强壮的身体也壮了我的胆量。那时采写社会新闻，揭露社会阴暗面，时常受到恐吓与伤害。我曾只身进入老板布满打手的地方给农民工讨要工钱，追踪报道用下水道油污炼制食用油流入市场的恶劣行径，还曾横跨五省给一个断足女讨个公道。当然，我也被人下过毒药，被狼狗咬得鲜血直淋，被恶人围攻……但是胸中的那腔正气，让我从来就没有怕过谁，动起拳头的事情也时有发生。只是对自己的损耗也太大了，落下许多后遗症。

我曾那么藐视过死亡，甚至用自己的生命去与之较量一回。几年前，当我爱人公司跌入低谷，我们的身心也受到了极严重的损伤。于绝望的泥淖里，我们选择了“生”，活下去才是最重要的事情。于是果断将被估值两个亿的资产极便宜地抵了债，我们重回一无所有的境地，拖着病躯到江南山野间过着农夫的日子。

城里数不尽的“风流”过后，一个强壮如牛的乡下男人被掏空了身心，沦入空山“大修”自己。我在山间劳作也有三冬四夏了，偶尔有城中人来看到我劳动的𡱂样子，都摇头叹息。若是见到我平常吃的食物，更觉得不可思议。有人总结说：“干的是硬活，吃的是软饭，写的是传世文章。”当年牙口好吃铁都能消化，哪像现在干饭嚼不动，稀饭糖分多，只能吃些五谷杂粮，粗糙得剐油水拉嗓子。山中光阴不值钱，逢上雨天，我读别人的书，也想以后别人能读我的书。于是笔耕创作，也算是给山中岁月刻下一些痕迹吧。几场雨雪将山间一处烂泥里的石头裸露出来了。我在九华山中见到的都是赭石，黑咕隆咚，麻麻癞癞的，似这样呈白色有些玉化的石头罕见。春节前我散步山野间已发现了，只是泥泞路滑，望之兴叹。

雪后初霁，妻子回城之前找人帮我修好冬修水利时弄坏的板车，我拉上板车去那堆烂泥中拖出一些石头来何园。我试图将三五百斤重的石头弄上板车，石头挪动了，板车被挤跑了；板车固定住，石头又陷坑里……我如同与狮子搏斗，我动它动，刹那间，双方僵在一个点上，彼此动弹不得，谁也制服不了谁。山里一个小媳妇路过时，她停下脚步看了许久，欲言又止。走过现场复又折返回来撸起袖子对我说：“我帮你稳住板车，你把石头搞上车。”我重鼓勇气挪动大石头，老是担心大石头砸进板车时小媳妇接不住，车把莫要伤了她。虽一鼓作气，再而衰，三而竭，终究还是我是我、石头是石头，我们依然谁也制服不了谁。我对那个漂亮的小媳妇说：“谢谢你出手援助。”她搓搓手爽朗地说：“你又没搞上，谢什么？”言罢，衣袂飘飘而去，我愣了好一会儿神。山里小媳妇有口无心，倒让我思量了一个晚上。我们混迹都市努力人模狗样，可我们终究弄上了多少生之能用、死之能带去的？我们仍旧像是于娟所说的一只只“蚍蜉”而已。我们很多人在城里觉得自己一身本事，能够呼风唤雨，可在这山村小媳妇的眼里或许是个啥也“没弄上”的人。

上午，我换一辆底盘矮的铁板车，再与狮子般的石头较劲去。先将板车直竖起来，前端嵌入泥土里，把石头一端先挪动压住车前，用力把石头掀翻靠紧铁板直立，腾出一只手来握住车把手，双腿夹住石头，排山倒海般压过去，就在石头重心倾倒之际，双手握住车把手压平板车，稳稳地接住大石头。喘喘气，用浑身力气拖石头出烂泥。今天那个山村小媳妇没有路过，只有几个来减肥的大胖子喘着大气走过，看也不看我正在狮子搏象。对这些花钱减肥的城里大胖子来说，不看也罢，免得对牛弹琴。

日子是自己的，跟我们乡下老父亲那一辈人相比，真是好上天了。现在的关键是怎么把在城里弄坏了的身体，在山野间重新修复好，还原一个健康快乐的自己，不能让山里小媳妇笑话我们干不了硬活儿。

万物有灵

小白没有走完四季

心里极不舒服，我爱人几度落泪。

一只生崽的小白狗难产，我们夫妇眼睁睁看着它挣扎在死亡边缘。两次请来医生救治，还是无能为力。小白寒冬大雪天从娘肚子出来时就是我们一手喂养长大的，躲过了抓捕与伤害，承受了孤独与恐惧，它在这个秋天要做狗娘时，用最后的力气生下两个崽子，带走了肚子里的两个崽子！

“娃之生日是母之难时”，这是我母亲活着的时候常挂在嘴边的一句话，她是巢湖南岸方圆几个圩口最有名的接生婆。我儿时常跟母亲去给产妇接生，一是夜里回来做个伴，二是我能讨到三个糖打蛋吃。那时乡村女人怀孕从不去医院检查，生孩子就是过鬼门关。我母亲能给临产妇抚摸肚子将横胎、倒胎变成婴儿头先顺产出来，母婴平安。林城圩朱木匠的残疾妻子横胎难产，我母亲抚摸了产妇两昼夜肚皮，等顺产生下儿子来，我母亲累得跌坐地上。朱木匠妻子后来又生下一儿一女，长大后，兄妹俩都读了博士。我母亲去年谷雨去世时，年已古稀的朱木匠赶来长跪不起，称“没有何家奶奶就没有朱家今天三代人”。

这只我们呼之为“小白”的狗娘是去年隆冬大雪时，它的娘“老白”一窝生下五只狗崽中的一只。那是一年中最冷的时节，一场大雪将江南九华山冻成了冰的世界，夜里零下十一摄氏度。此前，我常陪爱人去喂那些流浪狗，她总惦记着那只怀孕的“老白”，每次都单独喂它些肉或是鱼。我们每次送饭去时，聪明伶俐的老白，还有那只一直陪伴在它身边的情郎小灰狗都高兴得原地打转，一派欢喜的样子。

去年疫情期间，路上不见行人，山中亦无神仙出没，路边店铺关门闭户。那些流浪狗一个个饿得皮包着骨头，走路都踉踉跄跄。我们夫妇在山里已经收养了七条流浪狗，它们每天出院门溜达回来时都会带来一群流浪狗。我的父亲在巢湖南岸农村当生产队长，我爱人父亲在大别山里当生产队长，好客义气的两个生产队长常带回一个个陌生人到家来吃饭。那时农村吃粮不够，母亲总是想方设法招待好来客。自小受此耳濡目染的我们，混迹城里时也像父母亲那样热情好客，现在归于山野间看到眼前这些可怜的小狗们，哪能忍心让它们饿着呢？我少年时遭遇过破圩，秋天跟邻村老太太讨过饭。现在看到狗狗来我门前乞食，总会让我忆起少年讨饭路上的辛酸场景。于是，房前屋后，凡是有狗来讨吃的，我们都喂它们。

入冬前从老家带来的两尼龙袋米很快就吃光了，风雪途中我们又去买了两大袋米回来。春节前，猪肉价格涨到三十元一斤，我们起早去集市上买些鱼回来，大头鲢六至七元一斤。鱼煮熟后，我将鱼刺挑出来，鱼肉拌饭，我们拎着大大小小的饭盒子，送往不同的地方给那些流浪狗吃。我们这样做不只是牵挂那些大雪天无处觅食的流浪狗，也免得它们天天往我家门前跑。门口狗多了，附近山里有些人骑电瓶车或摩托车从我门前过，扔下还没睁开眼的小狗崽子就跑了。我们喂养了好多这样的狗崽子，稍大点四处联络看可有人愿意收养，送不少小狗给外地人家。扔来的狗狗多了，我们的心上像是压上了一块块石头。

北风那个吹，雪花那个飘。“老白”在寒风大雪中诞下了五只小狗崽子，我们夫妇与好心人刘政一起把它在马路边草丛里的“窝”迁到屋檐下，用板子扎个能遮风挡雪的“窝”，地上垫上板子防潮，从家里拿来两个棉狗窝，算是给它们安了个“家”，天天早晚送食。茶溪小镇刘政、李力、岳大姐等善人也送食给老白一家子。熬过最冷的三九寒夜，挨过春节，这一家子就能感受到牛年阳光的温度。

那些个寒冷的日子里，我和爱人看着老白一家子钻在简易的窝里避寒，每次送吃的一声呼唤，狗娃们一个个连滚带爬钻出来，数一数正好五只，还有它们的狗爸狗妈欢蹦乱跳，我们心生欢喜：这一家子度过一个零下十摄氏度的寒夜，离春天又近了一步。

这年春节，堂兄弟们来了多次电话，说了许多暖心窝的话，让我回老家过年。我的老母亲在春天谷雨时节走了，空留下一处老屋，思来想去，我们决定留在山里过春节。刘政、李力等好心人临回家过年时，还不忘叮嘱我们要天天给老白一家子送食留水，翻看狗窝可淋潮了。

最冷的冬季来了，春天也不会太远了。

春天如约而来，次第花开，一切都好。老白与小灰的崽子们差不多成天在外面玩耍，每次见我们过来，它们一窝蜂似的飞奔过来，绕着我们转圈子跑。我家的狗阳阳和它的兄弟们时常跟过来玩，小灰与老白警惕地围上来对它们吼叫。我从中调停，它们才放松下来，允许阳阳进入它们的“领地”参观。五只狗娃子们吃饭，狗娘老白只在边上舔食散落的饭粒，狗爸小灰照往常一样在路边阻拦别的狗狗来抢食。

有时看着这一家子的生活，联想到人虽然活着也不容易，至少我们有法子搞到饭吃。狗狗们不会种粮食，又不会搭房建窝，三九寒冬里能挨过冬夜，晒到春天的太阳，是何等不容易啊！同为天地间的生灵，我们何不慈悲为怀，多给老白、小灰和它们的狗崽子们一点生存的空间，将吃不掉的食物送给它们。

草长莺飞二月天，拂堤杨柳醉春烟。

狗狗们的爱情世界好像还是原始初时的浪漫，狗娘生几崽，狗爸皆不同。一般狗爸只管谈情做爱，怀胎生崽、养家糊口全是狗娘的事情。然而，老白遇到的有情郎小灰却一直陪伴在其身边。它个头虽小，遇到外狗踏入“领地”，却能奋不顾身冲上去大声狂叫，毛都竖起来了。我们送饭时，老白与小灰都在一旁巡逻，等狗崽子们吃饱了，小灰让老白先吃，最后它才捡食些散落饭盆周围的饭粒。有时我们看着心疼，便给小灰些肉块，它叼在嘴里或等狗崽子来抢走，或是送给喂奶的老白吃。有一次，我城里几个旧友进山来看我，我带他们目睹了这一幕场景，他们唏嘘不已。当天中午喝酒，他们聊起当下一些多情男人时，感叹：世间很多男人都比山中这小灰狗矮一大截子。

老白、小灰在春风杨柳中带着它们的崽子们生活，我们外出归来时总习惯性地拐到它们的领地看看。见它们一家子在青青草地间追逐打闹，我们不想惊动它们。只要有谁先发现了我们，它们一准停止一切玩耍，飞一样奔跑过来，围着我们转悠，摇头摆尾，开心的模样也感染了我们。有一天我正在喂食这些小狗，有个山外的朋友提醒我：今天是世界家庭日，你在干什么？我这才意识到，我们夫妇栖居山野，陪伴我的家庭成员除了小狗阳阳、小黑豆、四妹它们，还有老白、小灰和它们的崽子们。它们都很乖、很好，有时连着几天没见荤腥，这些小家伙顶多临到吃饭时看着我，不吵也不闹。弄得我们不好意思起来，于是便去买些肉或鱼，烧熟了拌饭给它们吃。日子再苦，也不能亏待了这些陪伴我们山中生活的小家伙们。

我在山中养的不是狗狗，是家庭的成员们。

经历的人世风雨多了，对人生之旅出现的诸多意外，我们慢慢学会了接受。世间哪有不散的宴席，明天和意外哪一个先来，永远都是个谜。

我们与老白、小灰一家子的缘分，终止于一场捕杀。

那天我们从外地回来，再去看它们一家子时，寂静的空地上不见一条狗的影子。我们四处找寻，终于在一个楼梯洞里找到了浑身发抖的“小白”，我抱着它都能强烈地感受到它惊吓后的恐惧。原来，上午从城里来了一群统一着装、手持网兜的捕狗者，他们围追堵截网住一条条小狗，任凭它们哀号惨叫，装上铁笼子全部带走。以前没疫情时一些饭店业主偷偷捕猎土狗，存放冰箱里，等到冬季炖狗肉锅子招待南来北往上山的香客。现在从哪儿冒出这些着装统一的捕狗人呢？一个熟悉的朋友说，有家养鸡场要狗看院子，都放那儿去了，我心稍安。未几，另一个熟人告诉我，土鸡都卖不出去，还要狗看院子吗？全给打死了。像一只手掏进了我的心窝，揪得我五脏六腑都疼。

小白躲过了网兜，孤独地守望着原本一家子共同守护着的那片蓝天草地。我们几个人给它单独搞了间棚子，它非常乖巧地躲在那个不起眼的小棚子里，听到我们的声音它才会钻出来摇头摆尾。夏季太热，刘政等人引导它躲在楼梯洞里，晒不到太阳。小白是体形很小的土狗，体重不到十斤。有一天，小白不见了，我们结伴去寻找，发现有几条公狗追逐它。才四五个月大的小白仓皇地夹着尾巴跑，一副无助与绝望的神情。狗世界的青春期远比人早，小白还不到半岁呀，就被那些早熟的狗东西盯上了。我们轰走了那些公狗，觉得没狗爸狗娘的小白像是根草芥，弱弱的无依无靠，又很无助。

小白还是中招了，怀孕了。肚子越来越大，身材矮小的小白钻出棚子时，肚皮似乎都贴着地面。我来茶溪小镇栖息后，前前后后给狗娘们当过好多次“接生婆”了。我母亲给村妇们接生肯定不会让我这个屁孩子看到，我父亲给老母猪接生时，我端着母亲调好的红糖米汤爬进猪圈，递给守在里面的父亲，他端到母猪嘴边让其喝下去，母猪放一个响屁就掉下来一只猪崽子。我在山间几次用此法给生产中的小母狗喝红糖米汤（牛奶），增添些生产的力气。山间邻居们见到狗娘生崽子时，最先想到的是跑来喊我，似乎我能妙手回春。

小白生产时，我正在屋内写作，我爱人急匆匆喊我去了现场。小白两条后腿已没力气了，四肢伸直收不回来，浑身颤抖不已，屁股底下汪着一摊水。可怜的小白羊水早破了，它已无力生产。我爱人急忙去找当地医生，我用针管往小白嘴里灌些汤汁，它连头也抬不起来了。菩萨心肠的岳医生用手抚摸小白肚皮，慢慢擀出来两个狗崽子。小白早已只有进的气，没出的气了。岳医生很难过，摇摇头叹息。我跪下一条腿，蹲在小白身边，抚摸着它的身体，希望给剧痛中的小生命最后一点安慰。我曾在医院的走廊上陪护过石油工人彭小根病危的母亲，这位老人用最后的力气握着我的手，一点点松开，咽下了最后的一口气。而现在，小白四肢伸直，连握我的手的力气也没有了，浑身不住地颤抖，一点点耗去最后的力气……

我爱人在一边哭了，我的眼前也是一片模糊。

小白的生命如此短暂，却要历经雪寒酷暑。它未曾给过任何生灵点滴伤害，却经历一家子生离死别的捕杀，挨过那么多孤独恐惧的白天和黑夜，乞食于人间，苟活在天地间，现在离别这生无可恋的世道却承受这般痛楚。小白，你来这世间走一趟到底是对还是错？你从生到死才八个月的光景，你之离世又到底是幸，还是不幸，抑或是我们这种叫“人”的生灵之不幸？！

我踉踉跄跄地离别了小白，我见证了它的生，目睹了它的死，我已没有力气埋葬它了。我要回去歇口气，找条洁白毛巾包裹了小白，攒些力气再回来埋了小白。我爱人来电话说，李力先生已把小白埋了，她与岳医生将小白的两个小崽子护送到刚刚当了狗娘的小黄身边，应该能活下来。

青山就在不远处，那里有许多新坟旧冢，哪一个坟包不埋葬着一个苦难的故事，说不尽的人世酸楚；池塘就在窗下，这池里装的未必全是天水，也会有人和小白们辛酸的泪水。

今夜阳阳还没回来

冬天的九华山山风吹到脸上就像山间结着冰凌的松针刺入骨头一样，入骨地寒。要是雨雪天，那就连同心情都是寒彻骨的。而冬日夜晚，山里的这种冷又比白天严寒了许多。你若是在屋外行走，脚步稍作停留仿佛就会被这种冷冻傻了似的。

今夜有风，连日阴雨的九华山上霜冻成冰，风似刀刮。我在等小狗阳阳回家，院门与家门都开着，盼这小家伙如往常一样从门外伸进头来，瞅瞅我在哪里，然后轻脚轻手到我身边，咧着嘴冲我笑。那种时候，觉得一股暖流在升腾，于是便温暖了起来。

今夜这么晚，往日的情景还没有出现。阳阳下午出去，到现在没有回来，我的心随着钟表嘀嗒声而渐渐沉重起来。

阳阳的妈妈阿黄到茶溪小镇流浪比我们早，我与爱人流落到江南这山间时，阿黄已在茶溪流浪了。它有着一双会说话的媚眼，极灵敏、懂事。每次见到我们都乖巧地跟着我们，不远又不近。我们吃饭时能看得出它的饥饿，却不见它乞求的神情。每次用碗将饭菜放它面前时，它都看着我们，听到“吃吧”才肯下口，吃相很文雅。天气渐冷了，它夜里就待在屋檐下，头尾蜷缩在一起。我爱人会裁缝手艺，缝制了一个棉窝，在走廊放一块垫子，再放上这棉窝。阿黄跳进棉窝里很是兴奋，可能是第一次住上这样的窝，每当我们路过时它都伸出头看着我们。

流浪的阿黄有着很浪漫的故事，发情时毛色格外漂亮，围在身边的都是帅狗。它跟我们外出时，身后会有四五条帅狗跟着。跟得太紧了，它回身“呼”一声，众皆退避。等它走远，又尾随而来。阿黄恋爱的时光很短暂，孕育的季节很辛苦。它饭量大了，虽仍如往常那般矜持，能看得出它喜欢吃荤的了。我爱人又找些布料与棉絮给阿黄做了大棉窝，给它即将诞生的狗娃们用。

中秋晚上，张兆玉与薛克勤夫妇请邻居们去他家院子吃饭，即将分娩的阿黄也去了。那晚，它吃得好，吃得多。次日早上，它在我家走廊上生狗崽子了，它放个响屁生下第四个狗娃时自己吃掉了胞衣，舔干净窝里的黏液，像是累极了，睡了。狗狗们的伊甸园里有着别样的浪漫，一娘生四子，毛色、神态、体形也各不同，它们有着不同的狗爸。我们给它们都取了名字：老大瘦小，叫小黑豆。老四也是黑毛，体形却比老大大了一倍，叫大黑豆。老二小白弱不禁风的样子，取名“九儿”，希望它活得长长久久的。三娃子灰毛，最为机灵调皮，便取名叫阳阳，希望它阳光般灿烂。四个狗仔中，唯独阳阳与其妈妈一样，两条后腿内侧各长出一对弯钩一样的爪子，这是中华田园犬最明显的特征。

我们在山间波澜不惊的生活里，忽然间有了这些鲜活的小生命陪伴，开始忙碌起来。为了照顾这四条狗仔和它们的狗妈，我们夫妇便决定暂时不再漂泊别处，先留在茶溪小镇。狗娃们越长越好看，毛色也在变，有好几次它们被游客抱走，我们发现后要了回来。每次从别人手里抱它们重回我家时，小家伙们都惊吓得一两天才能缓过神来。聪明的狗娃们此后总在我们能看到它们的地方玩耍，我们到地里干活，它们也跑到地里捉小虫，互相打闹。

阳阳和它的兄弟们来世上不到一个月，就开始经历生离死别，最先离去的是狗二娃“九儿”。九儿生下来就弱，我们尽量让它多吃阿黄的奶水，还单独喂食。可九儿还是死了，阳阳与大小黑豆目睹狗妈把九儿从头吻到脚，它们也挤过来用小嘴拱小九儿。那天中午，有两个山里村民在我家吃饭，我选了条干净毛巾，把九儿包好托他们找个能晒到阳光的地方埋了吧。他们出门后，我于泪光中写了篇文章《有阳光真好》，记述这个小生命的过往。我与爱人在都市商战中一败涂地，一身是伤，流落到这片山野与阿黄和狗娃们结缘，小九儿刚谋面就离别了。联想到我一个哥哥、一个姐姐六七岁时死在母亲怀抱里的情景，不禁悲从中来，泪流满面。

我们偶尔回城时，也带上三个狗仔。阳阳与大小黑豆进了都市，在小区草坪上看见的多是娇生惯养的各色洋狗，尽管它们还小，临阵毫不胆怯上前打斗。特别是阳阳，没有丝毫胆怯，敢打敢斗。渐渐长大了的阳阳，灰毛变成了金灿灿的黄毛，个头与大黑豆相似，这对兄弟奔跑起来难分先后，它们在草坪上猛跑，突然转弯，互相追逐打斗。每天清晨我打开院门，阳阳与大黑豆像两支离弦的快箭奔向晨光。我有时也跟着它们奔向晨光，有时忙了，开门前交代它们玩一会儿就回家，它们仿佛听懂了，才放它们出门。

然而，有一天早上回家的只有阳阳，不见了大黑豆。我们夫妻出门找大黑豆，查看附近窨井、水沟，阳阳就有一次掉进池里困了一夜。我们跑遍了附近村舍家庄，也没找到。有一个村民来告诉我：早上在公路上见一辆轿车轧死一只黑狗，被人捡上车驮走了。

我们固然伤心，最难过的还是阳阳。此后一个多月里都无精打采的，见不到它在草坪上的神气样子。爱人叫我早晚陪阳阳去跑步，不要让它太难过了。阳阳情绪刚从低谷升上来，大哥小黑豆突遇横祸：被车轧断了左前腿，拖行了十几米，肚皮都拖掉了。那是 2019 年 6 月 7 日下午，阳阳几次跑到我妻子面前“嗷嗷”哀叫，我爱人跟在它后面跑，发现路上血迹很长，血肉模糊的小黑豆被恶人扔到一边。我爱人打电话叫我快来救小黑豆。我用毛巾小心抱起小黑豆，它在我的怀里颤抖哀鸣，我们连夜把它送到城里医院。狗医生索要了近万元，才肯接收小黑豆住院医治。我们夜里回茶溪路上，爱人把车停到路边，说：“我开不了车了！”我脱下被小黑豆血染的衬衣，赤裸着上身开车回山里。

阳阳来人间才一年光阴，同胞兄弟们就接连遭厄运，非死即伤，只有我们能看得出原本阳光灿烂的阳阳眼睛里添了丝忧郁的神情。我爱人说，或许这些小生命在替我们挡灾避祸。

今年春上，因为疫情，山上路上不见行人，路边饭店关门，阳阳却格外忙碌起来了。阳阳每次外出回家都要带回一群狗友，它们待在门口，阳阳跑来冲我们摇头摆尾，咧着嘴笑，似乎告诉我们：狗友们来了，给点吃的吧。经常是上午带一群在前门，下午出去又带一群在后门。我们忙着喂食它的狗友们，阳阳在一旁维持秩序。家里有时炖只鸡，我只喝些鸡汤，下一顿找鸡肉吃时，连鸡骨头也不见了。爱人说：“阳阳的狗友太多了，一个个可怜死了。”

阳阳虽不能言，却也教会了我们一些人生道理。其实人世间这债那孽的，诸恶多是人干的。贪、嗔、痴、慢、疑会使人造作恶业，像毒药会妨碍人的修行，也给其他动物更多的灾难与伤害。生而为人能给其他动物多一点生存空间，善待它们，或许就是善待我们自己！

阳阳长大了，开启了恋爱季节。狗女郎发情时的味道能让方圆几里内的狗爷们都不淡定，它们追逐争斗交配权。阳阳也不例外，舍命往前冲。有一次很晚了它还没回来，我们在找寻途中遇到了疲惫不堪的阳阳，它一见到我们即瘫倒在地。我上前抱起它时，借着月光发现它浑身是伤，这小家伙也不吭声不叫唤。

阳阳今天是下午四点多出去的，它走前还跑来跟我玩耍。我正在写作，便俯身跟它说："你自己去玩一会儿就回来。"它跑出去了，吃晚饭的时候，没有回来。我已出门找过两次了，夜里又出去找了一次。夜深了，这么冷的寒夜里，莫不是被人捕杀掉了。

夜深人静，风似刀冷，阳阳还没有回来。今夜我的院门、家门都开着，盼这小家伙如往常一样从门外伸进头来，轻手轻脚地走到我的身边。我已打开取暖器了，阳阳若是归来好给它温暖，可我已不知道有没有这个机会了。

蛤　蟆

屋后池子里漂起来一只蛤蟆，我的心惊了一下。漂起来第二只蛤蟆时，我的心疼了起来。第三只蛤蟆又漂起来时，我便觉得自己是罪人了。又一季春风吹进山野间的时候，这些蛰伏了一个寒冬的蛤蟆钻出泥土爬向葫芦塘里产卵，迁移途中不知何时掉进我屋后的池子里，尽管水齐池沿，可能池壁光滑爬不上来，水中又无可栖之物，它们或冻或累死了。

我一个上午呆立池边，心里极其不安，唯恐再有蛤蟆漂浮上来。握网兜的手禁不住簌簌发抖，脑海中浮现出五年前的那场春雨中，我初到九华山茶溪小镇葫芦塘时见到的情景：水塘边上一窝窝小蝌蚪抱成“球”，每一窝筛子般大小。“球”在水中滚动，只是那些小蝌蚪并不散开。自小在农村长大的我挤在都市里几十年，难得一见这幕熟悉的自然趣景。我只知道青蛙妈妈喜欢在春雨中的水田或是小水沟里产卵，它们极少去水塘产卵。塘里水草中藏着黑鱼，大嘴巴一张，数不清的小蝌蚪就再也找不着妈妈了。这佛地山野间，青蛙怎么喜欢在这方水塘里恋爱、产卵、哺育后代呢？当时我猜想这水塘三面环山，四周山野间的雨水归塘，藏风聚气，日照充分，塘里又无鱼侵食小生灵，可能适合小蝌蚪生长发育，这才成为小蝌蚪们的乐园。

那段日子里，我隔三岔五去庙前街石拱桥北老槐树豆腐坊买豆腐渣，捏成团抛往葫芦塘边那一个个筛子般大的“黑球”中。原本黑白分明，不一会儿便白中有黑、黑里透白，一个个小生命争抢养分，可能急着快快长大找妈妈去吧。

我目睹这一塘小蝌蚪渐渐长大，只是没注意什么时候它们没了尾巴，还没往细处去想，就为它们迁徙途中的悲壮与惨烈震撼了。小蝌蚪要爬上塘埂，过一条小路爬往山林间，我屋后的栈桥头成了它们爬上水塘埂的突破口。逢上雨天，栈桥那段土坡上爬满了黑压压的小蝌蚪，层层叠加在一起，看不见泥土。它们从小巷间爬上小路，顺着墙根往山林间爬行。这时候若有行人经过，无论怎么小心落脚，每一脚落地都会踩死许多小蝌蚪。最为惨烈的是车辆开过的路面上，被轧死的小蝌蚪黑压压横陈在两行车辙印里，其状惨不忍睹。那些天里，我和几个老大姐便立于路口，遇到车子过来便上前劝阻换条路走，有的司机只是放慢了速度，惨象依旧，我们心疼不已。它们去找妈妈，就要回归大自然的怀抱，却惨死在路面上。须知它们奔赴大自然是要替我们人类消灭害虫的呀，出师途中反而被我们人给毁灭了。是它们的不幸，又何尝不是我们人之不幸呢？

春雨中的葫芦塘畔小生灵大迁徙前后也就两周多光景，类似的惨景每天都在重演。我能做的事情，就是与家人在雨天用柔软的扫把和簸箕帮助它们快速通过小路，早晨将路面上那些碾成泥状的小蝌蚪集中起来，埋入泥土里。我觉得人欠了这些小生灵一个道歉，我们走路、行车固然为了生计，却无端地剥夺了有益于我们的小生灵的性命，谁来对它们说一声：“我们做错了！”事实上我们习以为常，早已见怪不怪了。

我知道葫芦塘这些小蝌蚪并不是青蛙的孩子，而是癞蛤蟆幼时的模样，还是当地一位老农教会我识别的。老农姓袁，原本就住葫芦塘附近。他那年春夏季帮我筑何园，见我差不多天天喂食塘中的小蝌蚪，便笑了，说：“你喂那些癞蛤蟆干吗？”他告诉我青蛙产卵的小蝌蚪摇着一根小尾巴，尾巴掉了便成了小青蛙，而癞蛤蟆产卵的小蝌蚪无尾巴。有尾巴的小蝌蚪掉了尾巴长大后多生活在稻田里捕捉害虫，而没尾巴的小蝌蚪长大后多生活在山林荒野间捕食害虫。我这才明白聪明的癞蛤蟆为什么选择这处三面环山的水塘来恋爱、产卵、育娃，葫芦塘成了这片山林间的蛤蟆福地。

老袁跟我讲起此处山中有一个老中医用癞蛤蟆治好过很多人的病，老中医称癞蛤蟆为“大蟾蜍”，平时一口一个“蟾宝”叫着，看得跟小孙子一样金贵。冬季，山林间的蟾宝隐蔽于塘四周的石头底下、土洞内或草丛中，有时也钻进干泥巴里藏身冬眠。我这才想起刚参加工作在野外石油勘探队时，见到过部队转业的老兵冬天从泥巴里扒出癞蛤蟆，按在水中剥了皮便是白嫩嫩状，炖汤喝，谎称是鸡肉给自家小孩吃，据说这样到夏季不生痱子、不长疖子。我觉得那种样子太过残忍，便渐渐淡忘了。老袁说他原先住这塘边，夏天没有蚊子苍蝇，都给癞蛤蟆平时当零食吃掉了。我当时以为是笑话，后来栖居塘边度过几个夏天，真的是不见蚊子苍蝇。癞蛤蟆的丑模样虽然不为人喜欢，却既能捕食山林害虫，也是居家塘边蚊虫与苍蝇的天敌，给它们颁发“大自然卫士”“居家环境好帮手”两张奖状应当名实相符。

葫芦塘边的住家渐渐多了起来，人的到来却给蛤蟆的繁衍生息造成了越来越多的伤害。

每户人家入住都会在塘边做些文章，垒筑石头坝埂，或是阶梯状的台阶，陡峭的池壁和光滑的台阶，一只成年癞蛤蟆也难以爬上爬下，更不用说小蝌蚪了。各家在外围砌围墙，墙墙相连，无缝可钻，爬行的蛤蟆连院子也进不了，又哪里能爬到传说中的那片蛤蟆福地——葫芦塘里恋爱、产卵、育娃呢？现在即使有勇敢的蛤蟆相约在冬季的葫芦塘，可爱情旅途太坎坷了，甚至是一场有去无回的生命绝响。有人往水塘里放了鱼，其中食草又食小鱼的“青混子”，连我栽种在葫芦塘里的莲藕春天里发出来的嫩芽都吃掉了，那些小蝌蚪更被它们打牙祭了。我在葫芦塘见到的那一窝窝筛子般大小的“小蝌蚪球”，这几年间“球”越来越小，窝越来越稀少了。

两年前，当我意识到我们挤占了原本属于蛤蟆的生活福地，反而将它们挤压得难以栖身，便试图做些改变。我改良了栈桥头的台阶，用泥巴土堆成斜坡，将塘埂与水面相连接。蛤蟆幼娃们顺着这处斜坡能爬上来，顺着小巷越过小路，就踏上它们先辈们走入山林的路途。在蛤蟆幼娃们迁徙期间，我每天将院子的两个门全敞开，方便误入我家院子的它们能从门里爬回归途。我与妻子每天用软扫把和簸箕将院中能见到的蛤蟆幼娃们集中起来，送往墙外山坡林地。去年冬雪来临前，我给墙根边的月季花施肥，撬开冻土层，居然发现好几只冬眠中的癞蛤蟆，它们睁开睡意蒙眬的眼睛慢慢爬往别处。我唯恐惊扰更多正在酝酿春梦的癞蛤蟆，便不再开挖院中任何泥巴，包括撬动石块。我猜想，那池中漂浮起来的三只癞蛤蟆莫不就是被我从冬眠中惊扰醒来挪窝途中掉进池子里的？

我心有戚戚焉！

临近中午，我收拢起三只癞蛤蟆的遗体，带上铁镐下到葫芦塘里，刨出一个土坑，将它们放入坑里，摆放成它们熟睡的样子，默立致哀，掩埋了它们。还在其旁栽种了一圈莲藕，希望在埋葬它们的地方有盛开的莲花，青混子不再拿那些小蝌蚪打牙祭，也不要吃掉莲花。那时刻，不知从哪儿飘来《牡丹之歌》，这歌很老了，我在上大学时就流行，至今还记得其中有几句赞美牡丹的歌词：

冰封大地的时候
你正蕴育着生机一片
春风吹来的时候
你把美丽带给人间

九华山间的癞蛤蟆何尝不值得称赞呢？它们平时藏身于泥土或石头底下，不讨人嫌，不扰人梦。在冰封大地的时候孕育着对人类的忠诚，满怀期待地在春风中的葫芦塘繁衍后代。春江水暖时，便结伴迁徙到山林间，或是藏身于我们的周边，当好大自然的卫士，做我们栖居环境的好帮手。可我们人呢？除了延续许多年来对癞蛤蟆的嫌弃习惯，还正在日益严重地挤占它们的生存空间，不惜力气伤害它们。

真是情何以堪！

我们活着，癞蛤蟆们也要活着。我们活着就拼命挤占它们的生存空间，损毁它们栖息繁衍之自然环境，最终是在损毁我们活着的自然环境。